我最不忍看你背向我转面。

我喝光了你为我买的最后一杯热饮，与你并肩最后一次走过那段清冷的长街。夜色之中，你眼神模糊而坚定地对我说，再见。

听说 你 还 回 忆我

林栀蓝
Lin
Zhi Lan
著

2 完结篇

我忍住了再去找你 / 只是把回忆还给你

我们在春风秋雨里无话不说
却在春去秋来中失去了联络

北京燕山出版社

图书在版编目（CIP）数据

听说你还回忆我 .2 / 林栀蓝著 . -- 北京 ： 北京燕山
出版社 ， 2022.11
ISBN 978-7-5402-6660-8

Ⅰ . ①听… Ⅱ . ①林… Ⅲ . ①长篇小说－中国－当代
Ⅳ . ① I247.5

中国版本图书馆 CIP 数据核字（2022）第 181211 号

听说你还回忆我 .2

林栀蓝　著

出 品 人：余　言

责任编辑：李　涛

特约编辑：蓝蓝子

封面设计：吴思龙 @4666 啊

出版发行：北京燕山出版社有限公司

地　　址：北京市丰台区东铁匠营苇子坑 138 号 C 座

邮政编码：100079

电　　话：（010）65240430

印　　刷：长沙鸿发印务实业有限公司

开　　本：880 mm×1230 mm　1/32

印　　张：9.5

字　　数：254 千字

版　　次：2023 年 1 月第 1 版

印　　次：2023 年 1 月第 1 次印刷

书　　号：ISBN 978-7-5402-6660-8

定　　价：48.00 元

序 / 顾潮生

（《听说你还回忆我》男主）

我现在正在天津开往济南的高铁上，时速三百五十五公里。我答应帮蒙蒙的新书写点什么，可真正能让我安静下来的时间，却一直都在路上。

昨天从深圳飞往天津，晚点三个多小时，再加上深圳天气不好，飞机一路颠簸，写点儿什么的心情便荡然无存了。另外，"究竟要写什么"的情绪很复杂，心里已经构思了无数遍，真正敲打键盘时却发现无从说起——有太多想说，又觉得用多少文字都略显苍白。

先说说蒙蒙吧。如果我没有记错，这个名字是我给她取的，这两个字也恰好是她最初写作时用的笔名。不过最初，这两个字其实并不是这个萌萌哒的"蒙"，而是英勇无比的"猛"。

我一直觉得，在我与她青葱的学生生涯，她一直都是个相当勇敢的人。一起出门，我总是怂恿她向陌生人问路，有什么问题了她总能第一时间解决。相比于自诩为"谦谦君子"的我，她实在男人多了。后来相处的时间长了，一起上学，一起逛街，一起经历好多个春夏秋冬，我早认为我们成了拥有同一副灵魂的两个人。我知道她想要的是什么，她也明白哪里是我的禁区。也许这便是人们常说的"青梅竹马"吧。

如同一句大俗话所说，人生没有不散的筵席。很多朋友、恋人走着走着就突然散了，似乎都逃脱不了这个宿命。我与蒙蒙也不例外。

2009 年吧，那个时候和寝室几个兄弟每天都在寝室大战网游，不分昼夜。我也不记得那天晚上因为何事，突然想起要给蒙蒙打电话。

第一通电话她接听了，却用特别不客气的口吻快速挂断。再继续打下去，就又挂断，到后来就变成无人接听。我应该打了快七十个电话吧，最后终于忍不住，一个大老爷们儿在寝室里号啕大哭起来，一边哭一边给蒙蒙编了条好长好长的短信。

当时寝室的哥们儿都吓傻了，一屋子诧异的表情。前一分钟还在大声嚷嚷组队打怪，怎么就突然这样了？大家都不敢说话，寝室如同冰窖一般。现在回忆起来，我当时就是觉得好委屈啊！为什么啊？凭什么呢？这么多年形影不离、如胶似漆的朋友，怎么说不联系就不联系了呢？

每个咔嚓挂断的电话声，都会让人觉得有点终结的意味。

后来，我们就真的断了联系。

我只身一人从长沙到北京，加入了北漂大军。到北京的第一个晚上，我站在四环边的过街天桥上，看着这个灯火辉煌的陌生城市，想打一个电话，翻遍了手机却发现不知道拨给谁。

但是还来不及难过，扑面而来的便是黑白颠倒的生活。

每天工作到凌晨三点，舍不得打车回家，就在地铁口等第一班地铁运行；又或者走上几公里路，去赶连很多北京人都不知道的一小时一班的夜班车，坐到离家较近的站点，再走回家睡上三四个小时，然后开始新一天的工作。

直到现在，我还在频繁地出差，成了很多人眼中羡慕的"空中飞人"，每个星期至少有三天都在飞机上，北京、天津、上海、杭州、西安、济南……再到后来还有泰国、日本、西班牙、法国。我从最初的会孤单、会寂寞，到后来的每去一个地方都会当作一段旅行，一个人，一个背包，走走停停，看陌生的环境，和陌生的人聊天。

我曾一个人漫步在曼谷的湄南河畔。一阵温热的风吹过，我随意发了个朋友圈："湄南河吹过阵阵暖风，如书中美丽文字'温澜潮生'，我的夏天提前来临。"

然后，我就成了你们知道的顾潮生。

我常回老家。有一次陪父母散步，突然碰到蒙蒙和她的男友从的士上下来。多年未见，她还是独树一帜的打扮，让人一眼便能辨识出来。可惜也不知为什么，当时我的第一反应便是"落荒而逃"。父亲还特别问我，你看见蒙蒙怎么不去打个招呼？我随口说道，哎，她啊，就是重色轻友，她男朋友不愿意她和我玩，她就不理我了。我还记得父亲当时讶异的表情，可能他也不愿相信曾经天天黏在一块儿的两人近在咫尺，却如此陌生，咕哝了一句："啊，她是这样的人啊？"

不，她不是。

我偶尔会翻她名为"林栀蓝"的每篇微博，甚至会看下面的评论；我听过一个女生用稚嫩的声音为她录制的电台节目；我听过那首很好听的"顾潮生"。我欣赏蒙蒙，也觉得蒙蒙值得你们去喜欢和爱。不只是因为她细腻的文字，更多的是因为她的真诚与善良。真实是这个世界上最简单却也最容易失去的东西。

这是她的第二本书，我还没来得及看。但我知道一定会很精彩，因为里面有她、有我，也一定有你们的故事——心酸且唯美。

2015-12-10
于 济南西高铁站

自序

你不在我世界的那五年

写《听说》系列的第一册，是在 2014 年的夏天。

现在回想，那段时光还历历在目：我卸载掉手机上所有社交软件，把自己关在房间，循环着同一首歌，几乎断绝与外界的一切来往，写着那个不为人知的故事。

那些我藏了十九年，不曾说破的柔软句子。

每当我在中间卡住，写不动了，又或是写到某个情节，特别特别想念那个人的时候，我都好想给他拨一通电话。

望着手机上顾潮生的号码，我总是想，如果能再听一听他的声音，那也好啊。

但我明明答应自己，要一鼓作气写完这个故事，要把这十九年中本该鼓足勇气对他说的话，在这本长达十几万字的小说里，一字一句地，全都告诉他。

抱着这样的信念，我完成了整本书。

中途写得疲惫，我也只是趴在电脑前眯个十多分钟。

似乎生怕那些想说的话，会在我稍不小心多睡了一会儿后，就变得模糊不清了。

我把自己写哭了好几次。

在拉着窗帘，又没有开灯的房间，我崩溃地捂着脸，任由泪水大颗大颗地滚落。

仿佛这本书写完，那些与他有关的记忆，包括这个人，就都要离开我了。想想，就好难过。

那时的我满以为，再不会经历这样的辛苦和难过。

却没想到，时隔一年，我会再写它的续集。

同样是夏天的尾巴，同样是幽暗封闭的空房间，同样是不想被打扰的情绪，也同样那么用力。

因为发现，原来还有很多的话，在之前的十几万字里，我没有来得及细说。

之前就有读者问我，这本书会不会写第二册。我曾斩钉截铁，坚称不会。我决不允许自己再将这样的崩溃，重来一次。

可我发现，我错了。

当初温澜逃离了顾潮生的世界，她和他之间有五年的空白时光。在此期间，温澜经历了什么？她有没有遇到过别人？是谁陪了她五年？

这些，我都没有在第一册里详说。

当初的自己，仿佛也想逃开那五年的空白。

想要对那个去看过北城的雪，吹过南海的风，他所去过世界上的每座城市都没有我的影子的人说：

"离开你的那五年，我一直还停在原地。

所以，请你回头看一看我。

我们是不是还会有机会，可以重新来过？"

我这样偏执地想着，只要我不说，这五年所发生的一切，就可以当作不存在。我没有为了忘记他，就努力地去爱别人。我没有经历深爱后无力的失败，也没有经历这五年始终陪伴我的那个人的离开。

这些我都没有写在第一册里。我以为这样自欺欺人，就能骗得过全世界的人，也会成功骗过自己。

但发生过的一切，不可能变成没发生。

第一册完稿后，我飞去他的城市见他。碰面的时候，顾潮生轻声地问我："这些年，你和他还好吗？"

我哽了一下，有很多很多的话，想要告诉他，但都没有说出口。

告诉他说我不好，你不在我世界的那五年，我一点也不好；五年里我

7

尝试过一百种忘掉你的方法，所有人都说最快见效的那个却是——

去爱另一个人，去过没有了他的人生。

五年，我骗了自己五年。

我走到别人身边，我经历青春的起起伏伏，跌跌撞撞。我孤独过，沉沦过，选择过，横冲直撞过，也静默无声地隐忍过。

终有一天，我醒来了，这一切都已经过去。

我这才后知后觉地发现，错过的时光就像被巨人用斧头凿开的洞，它深刻无比，无论我还想花多大力气去填补……

我已失去了那个契机。

五年里，我明明遇到过一个很好很好的人，但因为你，那个人留给我的风筝线，松了。

/目 录/ CONTENTS

3

第一章

当赤道留住雪花

眼泪融掉细沙

你肯珍惜我吗

2006 年秋天，我十八岁生日的前一天下午。

我跑去顾潮生的教室门口等他："放学一起走吗？"

"不了！"他摆摆手，"今天我……"

"有约嘛。"我替他说了出来，转而追问，"那你答应帮我问的事情有消息了吗？"

他神神秘秘地看我一眼。我做出有些泄气的表情追问："怎么，沈明朗他不肯来吗？"

"答应了。"顾潮生意味深长地看我一眼，"不过他到底是哪里好？不是我说你，你的眼光为什么总是那么……"

我一副"才懒得问你意见"的表情，故意说："他就是很好啊！"

生生把他下面想说的话堵了回去。

顾潮生，他怎么会懂，他怎么会懂我想逃离他的世界的心情有多么迫切。

他和傅湘每天腻在一起的时候，又怎会明白，我已经不再像以前，可以毫不避嫌地频繁出现在他身边。

沈明朗，他就是很好啊。

他想让我离你远一点，想让我离那种孤单的心情再远一点。

"那明天你们一起来！"说完，我好像也没了再霸占他时间的理由，转身往自己的班级走去。

隔天傍晚，江边的 KTV 包间里已经坐了一些我拉来凑热闹的同学。其实对于很多人给我过生日这件事，我并不那么在意。但为了能顺利约到想见的人，我只好努力让大家有一种"连跟我关系一般般的同学都来捧场了，你不会不来吧"的感觉。

顾潮生如约把沈明朗拉来的时候，大家已经三三两两地点了歌在唱。但毕竟几拨人之间并不熟络，所以气氛是有点尴尬的。

我坐在对面，偶尔用余光偷瞄一下他们的表情，顾潮生和人有一搭没一搭地聊天，而沈明朗则是一副很不适应的样子。他察觉到我落在他身上的目光，主动站起来，走到我身边。

"生日快乐！"他说。

我有点紧张地笑着点点头："你来啦。"

"嗯，但是……"他说到这里顿了一下，伸手指了指在场的其余他并不熟悉的同学，"你看，我都不熟。我想我还是早点回去好了，你们玩得开心点！"

我还没来得及反应，他已经伸手拍了拍我的头顶，温柔地笑笑，然后转身准备离开。

我下意识地看一眼顾潮生，他似乎并没注意到这一切。我心知自己已经没人可以求救，只好破罐子破摔地起身，追了出去。

当时天色已经暗了下来，江边的晚风吹得人有些冷。我们两个走到堤岸边，我故作轻松地问："你这么早就要回家吗？"

"嗯，回去太晚了我爸妈会说我的。"他的眼神有些闪躲。

我咬咬嘴唇："你……"

"怎么了？"沈明朗不解地看着我。

我觉得他的眼睛很好看，笑起来弯弯的，让人觉得很温柔，又很阳光。后来的很多很多年里，我总在听到林俊杰唱《爱笑的眼睛》时，想起他。

"你能陪我到十二点……"我鼓足勇气，"再走吗？"

沈明朗愣了一下："但是我不能回家这么晚……"

他说出这句话时，我仿佛已经听到了他后面欲言又止的部分，以及他对我原本计划十二点时对他说的话的回答。

我只好丧气地搓了搓双手说："那好吧。"

沈明朗转过身。我眼光空洞地落在他的背影上，恍惚想起以前我们俩同桌时，他和我一起拿摞得高高的课本挡着脸，小声聊天的画面。

还有后来，我们的座位分别被轮换到第一小组和第八小组，每次我下意识地扭头看他的座位，十次有九次都能感觉到，他扭头看过来的同样带着笑意的眼光。

这时我会赶紧别过头，假装自己只是不经意的，但却能听到自己的心，正怦怦地跳个不停。

愚人节那次，他明明对我说，他是喜欢我的……

我脑子有些乱，似乎已经猜不透他究竟是怎么想的。

就在这时，走出没两步的沈明朗忽然停下脚步，扭头，眉眼弯弯地冲我做了个"打电话"的手势："十二点之前，记得听电话哦！"

说完他笑着转身，再次大步流星地走了。

我呆呆地站在原地，脑海中还反复回放着那个温柔的笑容，还有他意味深长的那个句子。

我回到包间，已经有同学上前跟我打声招呼，提前离场。我看了下时间，确实有些晚了，就没有强留。这时顾潮生也凑过来跟我说："那我先走了哦，生日快乐！"

我一下子想起他生日的时候，也是这样一屋子人，但没有一个我熟悉的。当时我就是这样凑到他身边，跟他歉意地说："我先走啦。"

"那好吧。"我假装生气，"我好惨哦！沈明朗走了，现在你也要走。"

顾潮生配合地做了个冷哼的表情："装！你们打算唱到什么时候啊？"

"通宵吧。"我把眼光投向说好陪我的两个女孩子，"她们都答应我的。"

顾潮生赶紧捂住胸口："你们的精力也太好了，我看我还是先走啦。"说完拉着和他一起来的两个同学迅速地溜掉。

我环顾四周，不知什么时候人已经走得只剩我们仨了。另外两个女生看出我有些失落，怂恿我说："好了，别虚弱了！他们都走了才好，我们自己玩！"

就在她们两个麦霸自娱自乐嗨翻全场的时刻，我却始终不自觉地盯着手机。大概是我按亮它检查未接来电的次数实在太多，不一会儿，手机便提示电量低。我不敢再不断翻看，索性握在手里。

我不清楚沈明朗所说的"十二点之前"具体是几点，又后悔自己当时没有多问一句，所以从他离场的那刻起，我就一直处于胡思乱想的状态。

可我的手机却始终没有响起来。

直至时间已经指向 23 点 45 分，我深切怀疑他是不是已经忘记这回事的时候，手机才顶着最后一点点闪烁的电量接到他的电话。我小心地接起来"喂"了一声，确定是他的声音后，几乎第一时间拿过身边女生的手机："我手机要没电了，你等我打给你。"

拨通他的号码时，我已经起身从 KTV 出来，再次来到刚才跟他分别的江边。这时许多店铺已经不再营业，江面上没有船只，也没有明亮的灯火。我忍不住下意识地望向沈明朗的家所在的江的另一头。

"刚才一不小心睡着了。"沈明朗有些不好意思地说，"生日快乐！你们还在玩吗？"

"嗯。"我深吸了一口气。对话进入短暂的沉默。

直到我说："哎，我有个问题想问你。"

"你说。"

"你还记得我跟你借来的那个一元硬币吗？"那是我以前在一个故事上看来的，我跟他说起过那个典故：如果想让一个人忘不了你，就跟他借钱，并且，永远不还。

"嗯。"他小声应道。

"如果……我想用它换一个愿望，可以吗？"我小心翼翼地问。

他温柔的声音里听不出什么波澜："如果我能做到的，当然可以。"

"我就是想和你重新来过。"

沈明朗，我想和你重新来过。

没错，以前你说喜欢我，可我却被别人威胁逼迫得选择了退缩。我骄傲地觉得，除了顾潮生，不会有人值得我冒着自己受到伤害的危险去接近，去留恋。

所以我从没对你说过原因，就选择了和你保持距离。

但此时此刻，我想和你重新来过。

沈明朗，你不会怪我的，你会懂我的懦弱，对吗？

这个问题出口以前，我想过无数种沈明朗可能会给我的答案："不行""对不起""不可以""我考虑一下"……再直白、再拒绝也不过如此了吧？我以为我可以承受，我不会有问题。

然而当"办不到"三个字从听筒的另一端清晰地传来时，沈明朗没有做任何的铺垫，只赤裸裸地将这三个字丢给我的那刻，我还是愣住了。

望着眼前深沉安静的夜，我好想追问他为什么啊，你已经不喜欢我了吗？再给我一次机会也不可以吗？

"如果是别的……"他吞吞吐吐，"但是这个，真的办不到。"

"哦。"

"你还好吗？"沈明朗在电话那边追问，似乎有些担心。

我没有说话。

他却忽然想要缓解气氛一般不着边际地说："我唱首歌给你听吧！"

"嗯？"

"以前你不是经常教我唱歌吗，"他语气中带着试探，"让你检查一下我的学习情况啊。"

说着，他轻声唱了《安静》。

这也是我教他唱过的第一首周杰伦的歌。

"我想你已表现得非常明白 / 我懂我也知道 / 你没有舍不得……你要我说多难堪 / 我根本不想分开 / 为什么还要我用微笑来带过……"

我眼眶微微泛潮，脑海中始终还在回响着他脱口而出的那三个字。

那是我永远永远也忘不掉的三个字。

挂断电话，我看一眼手机，23 点 58 分。

沈明朗，谢谢你，让我再难忘掉的我的成人礼。

那是十九年中，我第一次想要彻头彻尾地将自己从对"顾潮生"三个字的眷恋中抽离。

但我失败了。

沈明朗，他明明靠近我，却推开我。

我明明走近他，却错过他。

不久之后，当我诧异他出现在我家附近，又从同学口中意外得知，他现在交往的女生和我住在同一个家属院，我才清楚地知道什么叫"阴差阳错"。

而最讽刺的是，这四个字在往后我们两个一再交错的漫长人生中，不止一次地被证明。

凌晨两点多时，KTV 老板来敲门，说要打烊了。我收拾好自己尴尬的情绪出门，手机却用剩余的最后一点电量意外震动了一下，我点开看，是一条短信。

林航发来的："看来你已经睡了，那好吧，晚安。"

我有点奇怪，去看收件箱，才发现之前还有两条未读消息，也是他发来的。

"生日快乐。"这一条，时间刚好是零点。

"睡了吗？"零点零三分。

手机恰好在这时自动关机，我把它揣回包里，乘着江边的夜色，很慢很慢地，走向家的方向。

或许我该给林航回句"谢谢"，然而机缘巧合，没能完成。再后来我就像选择失忆般，忘记了这件事情。

即便他才是那个从认识我开始，就雷打不动地每次守候在零点发"生日快乐""新年快乐"给我的人。

有时我们喜欢一首歌，只是喜欢当中某一句歌词，某种情绪，又或是勾勒出的某个画面。

就像那段时间，我一直单曲循环的《手心的太阳》。

不过是因为，当初沈明朗拿钢笔在手心写"喜欢"两个字给我看时，教室外面阳光正好，那画面在我心里留下的痕迹，和歌名有种莫名的贴合。

后来，我用这首歌做背景音乐，甚至截 MV 当中特写手心阳光的那帧画面，做成一个短视频，刻成 CD，让同学帮我转交给了沈明朗。

那张 CD 他究竟有没有看过，我并不清楚。

但那时的我，一心一意准备这份"礼物"时，内心的确充满对他的眷恋。

只可惜，送出礼物的那天，我才被帮我转赠的同学告知，他已经有了交往的女生。

再后来，我休学了。

有家杂志社的主编向我抛来橄榄枝，说可以让我过去工作。地点在长沙，离家也不算远。我刚好到年龄，学业普通，但对写作对编辑这个行业的热情却特别激励着我。我跟家里商量了一下，爸妈也默许了。

其实那时的我，并不清楚自己究竟是因为想逃避模糊的感情，还是因为无法再在学校坦然面对沈明朗。

但原因不重要吧，重要的是结果。

妈妈帮我去学校办理了休学手续，回来还跟我说，年级主任叮嘱她："既然学校算不得重点，升学率平平，温澜又有自己的爱好，就让她好好发展，说不定比待在学校的前途更好。"

回班里收拾书本那天，我刚好选在午休时间。我没有告诉沈明朗，也没有去找顾潮生。像是与自己赌气那样，我整理好一切，转身头也不回地离开了。

去长沙安顿下来，已经是初冬时节。我和两个同事合租在公司附近一间简陋的三室一厅里。平常除了上下班，也就是回到房间，自己写写稿子。

当时还不是所有同学都用得上手机，所以离开学校，也就意味着我和从前的生活、朋友都失去了联系。

除了林航。

他一直写邮件给我，没什么特别的，就是一些关怀的话。有时候看我更新空间日志，尽管只是几句感触的文字，他也会通过邮件回复我。

许多年后，有人曾问我，到底林航对我来说有什么不一样。

路过我生命的人那么多，能留下痕迹的却没几个。相比之下，林航确实不能算那个最懂我，或者说是与我最有默契的。

但他却从一开始，就给我一种陪伴的感觉。

那种感觉，其实是我曾极力想要营造给顾潮生的。

这是一种好像他从来都没有强求过你，却始终在你身边，静静的，不会走掉的感觉。

你当时或许并不觉得，可回首却会发现，那恰恰是你最想拥有的。

忙碌了一个月，我参与制作的第一本由自己组稿以及撰写栏目的杂志终于面市。当时特别有成就感，照例发在空间。

接着，我居然在第一时间收到了林航的邮件。

"我在学校买到你做的杂志了，连续问了报刊亭老板快半个月，今天终于拿到了。看了后面小栏目上你写的自己的糗事，哈哈。"

那天下班后，我一个人回到出租屋，煮了点儿面吃。因为是冬天，很快窗外的天便黑透了。我把自己蜷进了被子，迷迷糊糊的刚有睡意，就听到电话响。

是主编打来的。

"温澜，我有事情要问你。"主编是个性子很直的人，开场白也不遮掩，"你是不是跟别人说了白晴的坏话？"

我一怔，半天没有缓过来。

白晴是主编认的妹妹，也是我认的姐姐。当初我来公司，主编非常信任我，撇开我的工作能力不谈，在我看来，多多少少也有这层关系在里面。

主编见我没吭声，又继续追问："你不只在别人面前说了白晴，还和白晴说了别人的坏话吧？白晴她们俩都把聊天记录给我看过了。"

这下我才彻底清醒过来，好像整个人被迎头一击。我想我大概明白了是怎么回事。

我和白晴，还有个女孩子，都是写字圈里认识的，白晴当时认了我们俩做妹妹，说很欣赏我们俩的性格。之后大致就是三个女生之间的狗血故事，总有时候两个人互相说说另一个人，然而此时此刻，她们俩聊到了我，发现我是个两面三刀、专说别人坏话一百年的人。

写字圈本身很小，大家相互之间对其他人的印象也都完全靠口耳相传。我当时是真的吓蒙了，甚至于脑补出了这件事如果被传开，大家会怎样声讨我的情形。

尤其主编也来质问我这件事，是想向我传递什么样的信息？而我大脑接收到的信息是：我这么信任你，给你工作，你为什么要这样对我妹妹？

面对这样的问责，我竟然无言以对。

那个年纪，我其实并不懂坚持自己的立场，只觉得，当全世界都说你做错的时候，你就一定有问题。

于是我认定自己有问题，而且聊天记录摆在那里，我没有办法跟任何人解释清楚这个事情。

却听到她还在继续提醒我："我招你过来，就是觉得你是个小女生，天真单纯，没想到你会做出这样的事情，更没想到你会承认。"

我在电话这边咬着嘴唇，竭力忍住，不让眼泪在这一刻决堤。我害怕她听到我哭，怕她觉得我在博取同情，在示弱装可怜，或别的什么。

我仅存的一点点自尊心在提醒着我，这一刻我只能什么也不说，更别提要反驳了。

"你先好好想想吧。"她终于说了结束语，"我先给白晴打个电话，她应该很难受。"

电话被掐断，我的世界忽然陷入一片茫然的死寂中。就在我以为一切已经暂停，要告一段落的时刻，手机又匆促地响了。

接着，白晴和那个女孩子分别给我打了电话，无一例外地质问我为什么要这样伤害她们。我被堵得哑口无言，只能含糊地一个劲儿拼命道歉，说对不起，是我的错，真的很对不起。

她们分别挂断电话后，我呆愣地握着手机，确定它是真的不会再像颗定时炸弹般响起。

然后，我把头埋进被子里，狠狠地，痛哭失声。

那应该是我记忆中第三次清清楚楚地感受到自己的懦弱吧。

第一次是中学时被高年级的同学欺负，可是那次还好，事后还有顾潮生在维护着我。第二次应该是因为和沈明朗走得近而被人辱骂。

但凡遇到对方强势的，我都会非常没骨气地迅速蜷缩起来。似乎这一刻，世界就变得只有巴掌大，而我如果能够让自己躲到指缝之间，就不会有人来苛责我，我就不会害怕。

　　我一整夜都没有睡，不敢给家里打电话，也不知道可以跟谁说。

　　其实这件事，后来即便时隔快十年，我都丝毫没有将它与人诉说的勇气。

　　在我心里，这件事就是我不堪的过去。

　　因为所有人都来质问我，为什么要伤害她们啊？所以，我认定那个出口伤人、口无遮拦的人是我。不会做人的是我，道德败坏的也是我。我甚至一度觉得，不论和我关系多么亲近的闺密或朋友，一旦我向对方提及这段历史，对方是一定会选择远离我的。

　　我是个有污点的人，凭什么再被人信任呢？

　　一想到这里，我就害怕。

　　我坚持跟主编提了离职申请，尽管我非常热爱这份工作，尽管我才做了短短的一个半月。

　　大概是接到辞职信，主编隔了一夜也没缓过劲。她单独喊我过去谈话："是因为昨晚的事吗？"

　　老实说，我并没有直面的勇气。即便主编跟我说她不介意了，我也没有办法当这件事情从没发生过。

　　于是我只好找了个托词："我一个人在外地，有点想家了。"

　　主编似乎没有想到我会选择绕开这个话题，但我到底伪装得不像那么回事，她还是轻易就看穿了我的心思。

　　"我昨天是太替白晴不值，所以说得可能有些难听。你别往心里去，我知道你们都是小孩子，犯点错也是正常的，以后改正就可以了。"说到这儿她话锋一转，"何况你工作也很出色啊！我本来还打算你这个月如果不走，就升你做责编。你真的要放弃这么好的工作机会吗？"

　　我想，如果是几年后的我，听到她这样说，会后知后觉地弄清工作和感情本不必混为一谈。可当时的我，却根本不懂。

我只要稍微多想，就会觉得毛骨悚然。要从此和对我人品存疑的上级一起工作，在她面前，我真的没办法保证自己还能心无芥蒂。

可最重要的是，我是真的想家啊。

想见见很久没见的顾潮生。不知道他还好吗？这么久没有联络，我没有在学校，他偶然一个人回家的路上，会孤单吗？

我摇摇头，委婉地坚持道："谢谢主编的赏识。但真的很对不起，来这一趟，辜负了您的信任。"

她见我执意如此，也就不再劝说，只是让我先做完这余下的半月，再考虑一下。

给林航回邮件时，我说起工作可能要打水漂了。他刚巧在线，回复得很快："发生什么事了吗？"

我想了下，还是没有跟他说实话。

"不管怎么样，你一个人在外地也是让人很不放心。既然做得不开心，那就回来吧。"

那一刻我的感觉，就好像无助漂泊的自己终于有了依靠，可以停下来大口呼吸了。我恍惚间想起林航安静的眼，沉默的目光，仿佛夜空中温柔的月光，有着笃定的力量。

我回到家，半个月后便是元旦。

林航跟我说会趁这个假期去武汉转转，因为伯父在那边做一个活动，我们可以过去学习，他带我过去，我也不用担心安全问题，就当是过去玩一圈也不错。

武汉刚好是白晴所在的城市。我想了一下，像是想把一切交给天意，索性发 QQ 消息给白晴。意外的是，她说对之前的事情早不计前嫌了，然后很开心地说到时候来接我。

当时我和林航的相熟程度其实仅限于邮件来往，偶尔 QQ 上碰到，才会多聊几句。所以更别提一起出远门，甚至连一块看场电影都没有过。

但或许是因为，他是当时唯一一个还会关心我生活中细枝末节的人，而我的世界又急需这浮萍。

于是我伸出了手。

和他约在火车站见，然后一起买了站票，好在车程不算远，四五个钟头。路上我们有一搭没一搭地聊天，直到中途有人下车，座位短暂地空了出来，他眼疾手快地拉我过去："快点！"

"万一等下有人来呢？"我胆小得总觉得自己买的是站票，就不配有座位，"要不还是先看看有没有人上车吧？"

"不会的，再说有我在呢。"他微微笑了下，伸手拍了拍我的头发，扳着我的肩膀直接把我摁到了座位上，然后就站在我的身边，以一种刚好护住我的姿势守在旁边。

中途我有些困了，就趴在座位上眯了会儿。我醒来时看到林航站在那个位置，始终没有动，头轻轻地靠在两张座位中间的靠背上，迷迷糊糊的。我忍不住笑了。

他被我的笑声惊醒，不好意思地挠了挠后脑勺："应该快到了。"

出站时，他一直在我身边护着我，直到看到来接站的白晴。我远远冲她招手，她看到我以及身旁的林航，有些意外，过来揶揄道："你们俩……"

林航又露出了那种不好意思的表情，紧接着我们听到不远处有人叫他的名字，扭头去看，是他伯父来接他了。他扭头问我："你有地方住吗？要不要跟我一起去我伯父家？"

"不用啦，我可以住我姐姐那儿。"我看了眼白晴，她心领神会地点了点头。

林航的伯父过来跟我们打招呼，问他："这就是你跟你妈妈说起的女孩子？"

我来不及尴尬，林航大方地点头："是啊。"

"那小姑娘，和我们一起回去吗？"伯父笑着问我。

白晴感觉到我求助的目光，立刻上前一步："伯父不用了，我是温澜的姐姐，她今晚住我那里就行。"说完转向林航，"你今天就早点回去休息，明早来接温澜吧。"

林航上了他伯父的车，我被白晴塞到另一辆出租车后座。她八卦地坐到旁边问我："你喜欢他？"

我连忙摇摇头："我没有啊。"

"你不喜欢他，干吗跟他过来？"白晴拿胳膊撞了我一下。

"我……我来看你啊。"我紧张得慌忙找理由解释，生怕自己说不清，"好不容易有人陪我一起出远门，我就当来玩了。"

她将信将疑地拖长尾音"哦"了一声，车子启动，快速行驶在夜色中。我望着窗外飞快后退的景致，忍不住有些晕眩。

来到陌生城市的那种感觉，真的很不一样。

这里没有熟悉的人和熟悉的世界，好像一闭上眼，关于过往的记忆就会变得很遥远。

非常，非常地远。

我跟白晴到了她住的地方，就在她就职的公司，办公室刚好有个空房间，公司就破例让她住在里面。我们抵达时已是凌晨两点多，我登上QQ，看到林航的留言："到了吗？"

他头像旁边显示着一个小小的蓝色手机图标，那时候"移动QQ"的功能还很少有人舍得用，跟发短信差不多一个价格。我忍不住回了句："你怎么开通了移动QQ啊？"

"我用我伯父的手机开的。"林航的头像一下就晃起来，"有点担心你。"

我的心漏跳了一拍："我有什么好担心的？我和我姐姐在一起啊，我们已经到她的公司了。"

"那就好。"

"东西也放好了，"白晴过来问我，"饿了吧？带你下去吃烧烤。"

楼下的烧烤摊居然还没有打烊，白晴买了份蛋炒饭给我，还有几串烤肉。

"你不吃点什么吗？"我往嘴里塞炒饭，觉得味道不错。

"我吃过了，你看你还想点什么。"白晴掏出钱，迅速结了账。

白晴只比我大一岁，其实来之前，我知道她住公司，和我一样，是刚到外地工作，没什么钱。所以看到她特地带我来填饱肚子，自己却不舍得吃，我忽然有点儿难过。

"上次的事情……"我有些难以启齿地试图开口，"真的很对不起。"

她抬起头，冲我大方地笑："那些我都没放心上，你也别记着了。"

我揉了下眼睛，白晴已经换了个话题："那个跟你一起来的男孩子，我看蛮不错的。"

"是吗……"我含含糊糊地应着，捧着饭盒往回走，气温有点低，我哆哆嗦嗦地喊了声，"好冷哦！"

"冬天当然冷。"白晴把我往她身边拉近了一点，"……很快就是2007年了。"

我回去发现林航的窗口还在，大概是他发了几条我都没有回，所以最后一句是："我明天早上去找你，你早点休息吧。"

毕竟颠簸了一天，我很快入睡。

第二天一早林航过来，见了面才告诉我，活动其实是隔天。"那今天我们一起出去玩吧！"白晴提议道，"你们俩来过武汉吗？要不我带你们去看一下长江。"

"好啊！"我第一个赞成。

我们辗转换了两趟车，终于来到长江边。

白晴特地带了相机，嚷嚷着要拍合影。林航帮我们拍了一张，照片上，白晴穿着她喜欢的那件玫粉色外套，直到现在我还能清晰地回想起来，当时我们两个一脸青涩的样子。

拍完后，白晴把相机接过去，又把林航推到我旁边："你们俩也拍一张吧。"

林航有些腼腆地笑，而我不知所措，不知该拒绝还是该同意，我们两个单独合照难道不是有点奇怪吗？

当时，我脑海中的念头竟然是：连顾潮生都还没有和我拍过合照。我们之间，竟然都只有两张毕业照而已。

在我还扭扭捏捏的时候，白晴已经"咔嚓"一声，按下了快门。

江河两岸的风猛烈地一直吹着，滚滚长江水就在我们脚下，身边有好多和我们年纪差不多的学生在打闹嬉笑。我扭头张望，远方是一望无际的辽阔的天，而身边，是冲我露出温暖微笑的少年。

隔天我和林航一块去他伯父那边听课，午休时去餐厅吃饭，路上却意外迎来了那年的第一场雪。

林航不知从哪里变出把伞，挡在我头顶。我走在他身边，他忽然伸出手说："你拉着我走吧，路上好滑！"

我有点慌乱地摆摆手："不用啦，我可以的。"

他霸道地把手伸到我面前，我只好轻轻拽住他的衣袖。他用另一只手撑伞，整个将我头顶的雪遮住。也许是那段路真的打滑得厉害，也许是我被他的细心温柔打动，我有点脸红，没有说话。

后面的整场饭局，我都不好意思和他说话，只有旁边他伯父的亲戚朋友在开我们两个的玩笑。他偶尔会微笑，偏过头来看着我，我只好尴尬地埋下头。

活动结束已经是晚上十点多了。林航伯父一直在劝我，外面下大雪，就别回去了，但我坚持要走。林航追出来，我已经钻进出租车，他伸手拉开车门要上来："我把你送到你姐姐那再回来。"

"不用那么麻烦，我打车过去不会有什么事的。你放心吧。"我坚持。

当时雪还在下，而且越来越大，雨雪混合着湿冷的气息拍打在车窗上。我觉得心里很乱，以前一心想走向另一个人，好能忘却往事前尘。然而我感觉自己正一点点接近林航时，却下意识在退缩。

我真的清楚自己想要的是什么吗？脑海中的一切都变得混沌。

此时此刻我只有一个念头，那就是先逃离现场。

我也不去管车窗外林航一张一合的口型究竟还说着些什么，只说："开车吧。"

没想到的是，当二十分钟后，我回到白晴公司附近的路口，林航居然已经等在那里。他看到我下车，我们之间隔着一盏街灯的距离，他用复杂的眼神望着我。

我看到他湿漉漉的头发上还沾着将落未落的几片雪花。

那一刻我忽然想起一首歌里唱的——

"当赤道留住雪花，眼泪融掉细沙，你肯珍惜我吗？"

第二章

世界上有那么多的城镇
城镇中有那么多的酒馆
她却走进了我的酒馆

那天，我和林航在街灯下迎着大雪，就那么站了很久。

每当我转身要走，他就会伸手拉着我的胳膊，轻轻使力，然后冲我露出恳求的眼神。

"这么晚了，你回家好吗？"终于还是我忍受不了这样的僵持，先打破了沉默。

这时不远处一束车灯的光突兀地照射过来，不偏不倚地打在我们脸上。我眼光一晃，下意识用手去挡住眼睛，却没想到林航一个快动作，将我拉入他怀中。

他用力抱了抱我，我以为他会说什么，本能地仰起脸看他，他却侧着目光一直望着远处。许久，我终于意识到自己该推开他的，于是稍微用力想挣脱。他却忽然小声地说："我总觉得今天如果我走了，就会失去你了。"

这句话像把软刀子，虽然有些钝，却仍然准确无误地戳痛我心上软弱的那块地方。

我竟然哭了。

我哭着对林航说："求你了，你先回去！这么晚了，而且雪这么大，你想就这样一直冻着吗？"

我感觉自己好像在哄小孩子。

而我自己呢，我何尝不是那个无助的小孩。

林航看看我，揉了揉我头顶的水珠："好，那你答应我！你答应我，我就听你的话！"

我一时失语。

"那我不走。"

他孩子气的模样终于促使我的理智恢复大半，我大声冲远处亮着"空车"招牌的师傅吼了声："出租车！"

师傅听到我的呼喊，缓缓开过来。在这个过程中，林航始终赌气地别着脸，不愿看我。我把他塞到车里："你先回家！"

他直到此刻还不甘心，摇下车窗："我们不是说好明天回去吗？那明天八点我来接你。"

"不管怎么样你先回去，我也要回去了，不然我们都会感冒。"我避开他的问句。

"那反正就这么说定了。我来接你，晚安。"他说完便收回目光，径直看着前方。师傅将车子启动，我站在雪里，看着视线中他的身影终于一点点地消失。

其实很多话，我没有对他讲。

回到白晴住的地方，我才发现她还没有回来。她没有手机，我只能在门口等她。当时气温特别低，我也浑身湿答答的。我正在拼命地搓着双手呵气，却接到了林航的短信："你到了吗？这是我伯父的手机，我刚到。"

我想了想，礼貌性地回复："我姐姐还没有回来，我在等她。"

"那很冷吧？要不要我过去？"

我赶紧打字："不用了！"

我都来不及想别的，生怕他又莽莽撞撞地跑来，连忙按下"发送"。

"我这里有火烤。"他说。

我又有了那种想要结束对话的冲动，因为心里还是会乱，会不知道怎样和他相处，只好骗他："她回来了，先不说啦。"

林航果然没有再回。可是隔大约半个钟头，手机又响了，我点开，发现还是他发来的，内容却是："新年快乐。"

我再看时间，果然刚好零点。

2007 年，就这么来了。

那个晚上，我用白晴公司的电脑刷了很久顾潮生的博客。看他给傅湘写的日志，看一遍，又看一遍。最后我注意到他最后一次更新的日期，距离现在已经快两个月了。

我这才意识到，其实我已经很长时间没有见到顾潮生了。

原来，你和一个人的开始是怎样的，并不重要。

在我们漫长的一生中，有太多太多的分岔路口。

只要一不小心，其中一个稍微走前一步，步调就会变得不再一致。

这大概是成长中最残酷的一面了，你发现所有人都是无法取代的。

可同样的，所有人又总会被别人取代。

第二天一早，还不到八点林航就来敲门了。我匆忙洗漱完，拎着背包跟白晴说再见。她笑着说："也许不用很久，就会再见呢。"

路上，我不自觉地别扭起来，从出门起，就没有主动跟林航讲过一句话。

我们排队买了票，而后又候车，进站上车，全程都是尴尬的沉默。林航几次冲我投来诚意的目光，然而都被我以低头翻手机的姿势逃避过去。

直到列车开过行程大半，坐我们对面的是一对爷爷奶奶，奶奶见我们俩一直没有跟对方说话，起初还以为我们并不认识，是陌生人。后来林航买了瓶水，说什么也要塞给我。我拗不过，只好接过来。他看我不喝，又拧开递到我面前。

奶奶这时忽然跟我攀谈起来，聊了几句，接着非说要给我看手相。她握着我的左手摆弄了一会儿，又示意让林航伸手给她看看。

我这时就警惕地想抽回手，没想到老奶奶的力气竟比我大。

"小姑娘不要生气啦！你看，你男朋友都给你买水了！"奶奶冲林航挤眉弄眼，"快道歉啊！道歉了就没事了，听奶奶的！"

我还没回过神，林航已经会意地将我的左手接过去，自然而然地握在他的手心。

"奶奶，我不是他女朋友，你不要误会啦！"我着急地边试图解释，边用力抽回手。

林航的笑容就那么僵在脸上。

没想到奶奶却不依不饶："奶奶知道你们是在赌气。但是两个人哦，如果心里有对方……"

老奶奶话里有话的"心里有对方"戳到了我敏感的神经，我幡然醒悟，我喜欢的人什么时候变成林航了呢？

我起身，一刻也不愿再多待，索性舍弃了座位，站到两节列车的中间去。

这一次，林航没有追上来。

我歉意地望着窗外，或许，这趟旅程，我根本就不应该来。

下车后，我先出了站，走到广场才发现在下大雨。林航在后面喊我的名字。我回头看，发现他撑着伞追过来。

"下雨，我送你。"

"不用了，我自己坐车就好。"大概是因为那股想逃避的犟劲又上来了，我坚持道，"我去找我朋友，应该不顺路。你先走吧。"

"那伞给你。"林航不由分说，把伞塞到我手里。

我竟然生起了气，一想到他把伞给我，可能我改天还要去还伞，就觉得没有办法想象以后怎么面对他。"我不要！"

"反正伞给你了，你不要，那扔掉好了。"他说完，暗下眼眸，转身冲入雨中，头也没回地跑掉了。

我握着伞，进也不是，退也不是，愣愣地在雨里站了半晌。

我想起初中的时候，也是这样的大雨，林航知道我没有带伞，会悄悄放一把伞到我书桌里。

我问过他:"那你自己不用打吗?"

他每次都说:"我带了两把啊!"

还有,那时每周一上午都要升国旗,当天我们所有人都必须穿校服,否则被纪律委员登记就要挨罚的。可我又偏偏很懒,三次有两次都会忘穿。有一次林航在出勤前塞了一件超大号的校服给我,我惊讶地指着他身上那件说:"你怎么会有两件?"

"我表哥不是上学期和我们同班吗?他转学之后,这件就放在我们家了。"林航故作轻松的口吻我到现在还记得,"所以我就多穿一件,带来给我啊,反正爸妈也看不出来。"

好像仔细去想的话,这样的回忆还蛮多的。

可是因为初中我们说话的次数并不是很多,高中以后又分在不同的学校,所以联系就变成了仅仅互发邮件。

当初他借我抄过的作业,后来沈明朗也借我抄过。而他给我写过的一张仅有的圣诞卡,也不知被我压在了哪本字典下。

可是只有我自己心里知道,如果不是这场雨,也许我会选择性地失忆般,忘记所有他曾假装不经意地给过我的关心。

但这场雨,却恰好没停。

新学期开学时,我又换了份工作。

或许因为觉得自己没在学校乖乖上学,工作又搞砸了,我心里特别不安。所以一旦有了新的机会,我必然是要试试。

而我从武汉回家后,只有寒假期间见过顾潮生两次,我们之间,从前的天天见已经全然不存在。

我回避着一切,同时,希望可以再找到一份工作,来证明自己。可当我再次收拾行李去长沙,却无论如何也没有想到,这次,我仍然没能超出预想。

因为租不起太贵的房子,我住在离公司路程很远的小区。仅仅是因为一次迟到，薪水竟然直接被扣掉了三分之一。

发工资那天，我边等银行卡的款项变动通知，边心情复杂地打量着工资条。这时却意外地通过移动客户端接到了林航给我的 QQ 留言："好久不见，你还好吗？"

没有人知道我好不好。我离家时曾答应爸妈，无论如何不会跟家里伸手要钱，这样他们才答应我再出来工作。"你去一趟外地成本也不小，如果又三天打鱼两天晒网，我和你爸可承担不了。"临出门时，妈妈为免我多想，还特地语重心长地叮嘱道。

所以当积攒的稿费全部花完，却还没熬到工资发放的时候，我没办法，只好向主编开口，借了一百元生活费。不想，上午发工资的前一小时，主编却忽然跟我说她急需用钱，让我立刻还给她。我顿时无地自容，躲到洗手间给家里打电话："妈，你能先借我一百块钱吗？我有点儿急用，下午发工资就可以还你的。"

"澜澜，我现在在你舅妈家帮她带孙子，走不开啊！你自己想想办法行吗？"那边传来她手忙脚乱的动静，"先不跟你说了啊，有事再联系，拜拜。"

其实这真的是特别特别小的一件事。

但我当时握着手机，自尊心一时间无法接受这样的答复，我觉得非常无助。眼泪在眼眶里打了个转，我强忍住，生怕自己吸鼻子的声音被其他同事听见。

我想那应该是我第一次意识到，其实并非任何时候，亲人都会无条件地帮助你。我们每个人都有自己的生活，彼此是独立的个体。

我们都应该学会独立坚强。

但当我努力佯装若无其事地回到座位，斟酌自己到底要怎样才能厚着脸皮告诉主编"我没有钱"这四个字的时候，林航却忽然找到我。我重新起身，快步到走廊尽头，其间回给他一条信息："你能给我打个电话吗？"

听到林航声音的瞬间，我"哇"的一声就哭了。

他在那边慌乱地一个劲问我出什么事了，我吞吞吐吐把事情对他大概叙述了一遍，其间他一直在安慰我："你先别哭。"

在迅速捕捉到关键词后，林航打断了我："你现在不在公司吗？你附近最近的是什么银行？你先过去等我，我现在请假出去帮你转钱，手续费我会帮你打进去。你安心去等就行。"

他的话音还未落，我已经能清楚地听到他那边风风火火的回音。他接着补充道："我先挂了，待会儿我存好了告诉你。我们先把事情解决，你再想哭多久我都陪你，你看行吗？"

我吸了吸鼻子，连忙说："好的。"

十分钟不到，我便顺利地从银行取到现金，并赶到公司，恭恭敬敬地交还给主编。

那一刻，我不得不承认，有的人，他只是出现得刚刚好。

半个月后，我再次递交了辞职信。这次是林航特地利用五一小长假去公司接的我，我答应主编把工作做到放假，她找到人手接替就行。然而我的好意却并没有换来尊重，离开公司那天，主编照例给了我一张工资单，上面的数额是我最后十五天的工资，共计人民币二百五十八元。

这个金额，即便在当时，也连我半个月的房租都不够付。

我有点无奈地冲林航摊手，他却不以为意，只坚持要在临走前带我去游乐场玩一圈。

只可惜，毕竟是小长假，当天游客多到爆满，我们两个只好在游乐设施附近撑着伞，人手一杯冷饮，散了散步，最后悻悻地原路折返。

这次回家，当然是少不了要挨骂。最终爸妈经过讨论，决定还是让我去参加一趟高考。

按照他们的话说，就是"正好赶上这个时候，感受一下也好"。

当然我的成绩并不理想，这随便掐指一算也知道，没有认认真真念书的学生如果都能考好，那让那些真正的学霸情何以堪。

比如像顾潮生那样的学霸。

高考成绩下来，他的分数之高、成绩之优秀，就已经传遍了整个家属院。

那一刻，我是真心地为他感到高兴。但我却忽略了，其实我们的人生从这一刻起，就真正驶到了再也无法回头的岔路。此后，我大概再没机会等在他去学校必经的巷口，也再没机会在放学后去他教室门口假装不经意地问他"要一起走吗"，更不能再那么好运地，在九月的校园"出乎意料"地与他偶遇了。

《明年今日》里说：在有生的瞬间能遇到你，竟花光所有运气。

而我的好运，大概已经在之前的每一次升学，每一次分班，每一次与你的偶遇中，消耗殆尽。

不久后，我按时去学校填志愿，在教室里看到了好久不见的沈明朗。

我远远经过，发觉自己竟连假装轻松地和他打声招呼的勇气都没有。望着他的背影，我只是手足无措。

忽然想起和他刚认识的时候，彼此之间可以随便开玩笑。上课传字条被老师发现，还可以一起不惧绯闻地站起来承认。

如果说，我的高中时光，能够留下什么深刻的印记，那一定是沈明朗，除他之外再没有别人了。

虽然我从来都没有告诉过他。

在我心中，他从来都是那个除顾潮生之外，唯一让我心动的人。

"上次你让我转交给沈明朗的CD，我可是帮你给他了哦！"肩膀被人拍了一下，我转过头，却见对方无限唏嘘，"但我真的很替你不值。"

"怎么了？"我还有些走神。

"就她咯。"她说着，神神秘秘地指了一下沈明朗后座的女孩子。

我不明所以："她是谁？"

"你情敌嘛，"她叹气，"哎，怪只怪你没有先问清楚人家是不是已经名草有主。"

我听她这么说，就忍不住盯着那个女生看了几眼，可惜从我这个角度只能看到她的侧面："很漂亮吗？"

话一出口，我又觉得自己问得很多余。

我想起来沈明朗曾经说过，他喜欢的人一定要和他可以聊到一起去。

我当时还一度觉得，这个描述和我很符合。

而这一刻，听到同学这样说，我的第一反应其实还不是特别相信。因为总觉得，以前班里也经常会传一些不着边际的绯闻，大家还传过我和他走得近呢，那他不是也拒绝我了嘛。

我承认我有点儿给自己找理由，但事实证明，打脸总是来得飞快。

我当晚回家，下了公交，正过马路，一眼就认出了对面零食店里那个女生熟悉的浅色外套。

而她身边，正是那个我再熟悉不过的身影。

沈明朗正用手揽着她的肩，他护着她走出来，然后跟她在路口摆摆手，说再见。

更为巧合的是，那条她回家的路，竟然刚好就是通往我家方向的小路。

沈明朗送完她，转身往回走，我本来可以迎上去，刚好和他打个照面，可我却害怕得赶忙快步走向另一边。

那次他和我之间，最多就隔着不到五米的距离。然而他却连我这个人，都没有发现。

如果说心动在一瞬，那么灰心大抵也只需同样的一瞬。

沈明朗不会知道，我在面对他说出冷若冰霜的"办不到"时，都没有对他失去全部的期望。但他坐和我同一段路的公车，走我每天放学都要走的同一条街道，却是为了送另一个女生回家……在他和我从这么近的距离擦身而过却没有认出我时，才是我真正对他灰心的时刻。

我觉得自己好似变得透明。

只有在意一个人的时候, 你才会去关心他眼中的你是什么样子; 你才会关注他的心里面, 究竟还有没有属于你的一点点位置。

真的, 只要一点点就好。哪怕只是让我相信, 如果没有她的出现, 你一定会选择我。只不过因为我来晚了一点点, 你已经牵了她的手。

哪怕是这样所有人都不信的理由, 我也愿意相信。

可是为什么, 你连这样的理由都不肯给我?

沈明朗, 后来我曾经不止一次地想, 如果当初我和你没有刚好错过, 而是你牵了我的手, 在我最甘心情愿忘记顾潮生的时候, 那么是不是, 我就不用狼狈地走向别人?

九月开学季, 我填的志愿并没有被录取。顾潮生应该已经一早启程, 而我甚至都没有打听他去的什么学校, 哪里的学校。

对我来说, 反正都没差嘛。

何况他一直嚷嚷着想去成都, 从地图上看, 我们相差何止千里。我根本不敢也不愿意去面对那段盘桓在我们之间的距离。

月中, 我去了北京。

我在网上认真地做过功课后, 选择了一家化妆学校的课程, 报了名。据说全国名列前茅的彩妆造型学院就那几家, 基本都坐落在北京。

那年我还没想过, 我曾一度很想去的北京, 后来我去了, 却终究不过是短暂逗留。但我离开以后, 顾潮生却怀揣着他的梦想, 成为了一名北漂。有一次在他的朋友圈看到他转的一个鸡汤文, 帖子标题是: 你来北京几年了?

他转发时写:"五年了。"

我看到时有刹那的恍惚, 到底还是……有时差呢。

就像是清晨等日落, 黄昏等黎明。等不到, 或许真的不是因为我不够好, 而是因为我和等的事情之间有时差。

我一个人揣着爸妈帮我东拼西凑借来的学费, 贸然地去了。

其实回想起来，我人生之中真的做过不少这样的莽撞事情。我不知道那些有人指路的小孩是不是会和我不太一样，拥有更为令人骄傲的经历。但对我来说，一步一跌倒也好，但好在我还保有不惧摔痛的勇气。

这应该也算一种勇敢吧。

到北京时，是林航的一个哥们儿接待的我。当时他刚好在学校报名，准备开始军训。那年还没有百度地图，所以我连路都不认识，心里超忐忑地从北京西站下车。当我发现一个火车站竟然可以大到有十几个出站口时，我只好老老实实地等在下车的地方，巴望着那个来接我的人。

我等了差不多两个小时，他终于赶到，问了我要去的学校具体在哪里，然后又热心地帮我去查公交，买了麦当劳请我吃，再把我送上公交。

北京真的好大，我拎着行李辗转了快两个小时，经过无数次问路，最后终于抵达目的地。在前台办理入学手续的时候，我终于掏出手机给林航的QQ发消息，告诉他我到了。

林航鼓励我好好加油，可我在北京待的时间仍然不到半个月。

这半个月我发现，原来我做功课时查询过的要缴的学费和住宿费、生活费远远不够，身边已经学完一半课程的姑娘全劝我说，至少还得几万块。

我这次真的慌了。

大风天，我跑到楼下的公用电话亭给家里打电话。妈妈接到电话后第一句就是："所有能借的钱都帮你借来了，我和你爸也实在没有别的办法。要不这样，你先看着学好吗？能学多少算多少，不够的话就回来吧。"

许多年后，我都能清楚地记得那个晚上，北京冰冷刺骨的风。我一个人在昏黄的街灯下站了很久，哭够了就休息一会儿，休息好了继续哭。

北京留在我记忆里的，除了夜晚永远刺骨的寒风，便是公寓对面小店里最便宜的鱼香肉丝饭也要十块钱一份。我吃了一个星期，吃到后来听到鱼香肉丝就生理性反胃的地步。

原来贫穷的感觉是这样的。

我痛恨自己那么不懂事，让爸妈已经跟亲戚、朋友借了钱，却没有提早弄清楚状况，现在已经交了的学费不可能再要回来，课业也无法完成，也不可能拿到那张真正对找工作有用的毕业证。

而这时的我，却早已经没有了顾潮生的任何联系方式，我能随时联系上的，只有林航。

我给林航发了消息，却又清楚地知道此时说什么都于事无补。夜晚瑟缩在八人寝室的上铺，我特别怕自己哭出声音，吵醒别人。林航的消息在深夜传来："我同学的手机，你睡了吗？"

"还没。"

"你还好吗？"

我无法形容自己看到他这条信息时，像山洪暴发般不受控的情绪波澜。没有人知道我多想找个人依靠一下，多想有个人可以告诉我说："不要担心，有些事虽然你解决不了，但你还有我，我会永远陪着你的。"

很久很久以前，顾潮生曾经是这个人。

他在我最无助的时刻，远远望着我，光是温柔的眼神就能给我鼓励和慰藉。

而我是怎么把他弄丢了的呢？

"不好。林航，我一点也不好。"我忍不住噼里啪啦地打字。

"我现在可能没办法给你打电话，寝室的同学都睡了。"他回复得很快，似乎是怕我等久了，还特地分段发过来，"你白天给我留的言我都看到了，你别难过好吗？"

我还没来得及回，紧接着收到他的下一条："看到你这么不开心，我很担心你。唉，我有办法能帮到你就好了。"

望着这条信息，我发呆了很久。

我终于下定决心，问了林航一个问题："我做了这么一意孤行的事情，你还是会站在我这一边吗？你难道不觉得我是活该吗？"

林航给我的答复，或许真的是那年的我，最想拥有的一句誓言。而全世界有那么多的人，只有林航对我说了。

　　"我永远都会站在你这边。"

　　我想起一句电影台词。

　　"世界上有那么多的城镇，城镇中有那么多的酒馆，她却走进了我的酒馆。"

　　离开北京，却远比去时麻烦得多。

　　这次不再有人送我。我推着一个二十四寸行李箱，背着一个塞得满满的登山运动员才用得上的巨大的双肩背包，手里还拎着两床被子。

　　我一边辗转去坐车，一边不理解自己是怎么把这些东西扛过来的。

　　而不经用的行李箱在途中便已寿终正寝，滚轮掉了一个，几乎没有办法再推着走；装棉被的布袋也凑热闹般断了一根带子；更令人绝望的是北京西站实在太大，我下车的公交广场根本无法和记忆中的出口重叠。我张望四周，眼看着检票时间逼近，却连入口都找不到。

　　每个人都是在无路可走的时候，才恐慌自己的孤单。我也不例外。这种时候我真的特别期望，能有英雄踩着七色的云彩，前来搭救正处于水深火热的我。

　　然而并没有这样一个人。

　　后来我自己有了稳定的工作，有了还算不错的收入时，有次打算去外地参加活动，临行前需要买个行李箱。所有人都说行李箱这个东西不常用，实在没必要买贵的。可我仍然没有听劝。

　　并不是因为那个箱子有多漂亮，只是我只要一想到当初那个半路坏掉的箱子，在北京街头茫然四顾欲哭无泪的自己，我不忍心再让自己感受同样的无助。

　　我搜遍了记忆库，只想到有个写字时认识的作者也在北京，于是鼓起勇气，尝试着拨通他的电话。我试探着问："你现在在北京吗？不好意思, 我在西站迷路了, 想让你教我怎么找进站口, 你有时间吗?"

没想到他特别意外:"你在西站的哪个位置? 我刚从外地出差回来, 才下火车。你站在原地, 告诉我附近的标志性建筑, 我和我朋友来接你。"

我又惊又喜, 感觉自己简直碰到了救星。

"不过我朋友这边还有点事情, 不能耽误太久, 我可以先送你到候车室。你是几点的车?"他又非常认真地帮我算了一下时间。

十分钟后, 果然有两个匆忙的身影出现在我面前, 帮我搞定了所有笨重的行李, 不但把我送到候车大厅, 还找到小红帽, 进站的时候帮我推行李。

林航担心地给我打来电话, 问我有没有顺利上车的时候, 我已经稍微恢复了理智。

很快就要回到熟悉的城市的那份安定感, 让我不再好似不知归处的浮萍。我跟朋友道了谢, 然后一边跟着人群往车厢走, 一边跟林航汇报:"我挺好的, 你放心吧。"

一个月后, 我终于迎来了我的第三份工作, 还是在长沙。但我这次学乖了, 租的房子选在了公司附近, 每天上下班通勤时间加起来不到一小时, 刚好可以省一些公交费。

当时是秋天。三年前, 林航曾因会考成绩不是特别理想, 选择复读一年。所以此时, 他高三炼狱般的生活刚刚开始。他偶尔也会给我写邮件说, 觉得很辛苦。

这时候我一心想着家里为我欠下的钱, 所以过得可以说是前所未有的节省。

印象最深刻的, 始终是当时早上去公司的路上, 会路过一个卖烧饼的小摊。一块钱一个的酱菜烧饼, 我其实很想买两个, 但是舍不得, 就早上吃一个, 晚上回来的时候路过再买一个。中午在公司吃, 这样平均一天的饭钱才两块钱。

住的房间因为没有热水器，十一月底，我还在用龙头里的冷水洗头。

这些都只有林航知道。

因为十二月初，他们学校放月假，他约了同班一个熟悉路线的男生拼车来长沙看我。快到时他才给我打电话，让我到公司楼下等他。我意外得不行，然而看到他风尘仆仆却又带着腼腆的神情，忽然觉得鼻子酸酸的。

他在公司坐了一会儿，直到我下班，然后我们散步往回走。

十字路口，他突然一本正经地站定，看着我说："温澜，我不想回去了。"

我有些被吓到了，震惊地看着他："什么？"

"不想回去上学了。"他组织了下语言，又说，"高三压力很大。"

我努力消化他言简意赅的两个短句，忍不住问："不回去上学，你能做什么呢？"

"和你一样，努力找工作啊。"他说到这儿又忽然话锋一转，"温澜，你会不会觉得我很差？"

"不会！怎么会呢？"就像他曾经无条件地选择站在我这边一样，我告诉自己，当有一天他需要我的时候，我也会毫不犹豫。

"我就是想陪着你。"林航转了个身，面对着我，却并没有看我的眼睛，"你一个人在这里过得一点也不好。如果我陪着你的话，你就有一个人可以分担压力了。"

我望着林航，觉得他遥远又贴近，陌生又熟悉。他似乎成了我在这座不属于自己的城市里，唯一亲近的人。前提是他真的不会离开。

"那你爸妈呢？他们怎么可能会让你辍学啊？"我知道我最应该做的，其实是第一时间打消他荒唐的念头。哪有人因为觉得念书辛苦就不念书？那我还可以觉得工作辛苦就不工作？所有人都因此懈怠，如何解决吃穿用度？又如何生活呢？

最亲爱的第十九年，我写了一本书给你，十九年了，终于等到你的回信。

所说你说回忆不录之 非爱说

听说 你说 回忆不录之

但这些话，我偏偏一句都没有说。

"他们都在外地。"林航轻轻皱了下眉头。

"他们知道你要退学，肯定也会回来把你抓回学校去。"我尝试着向他分析最可能出现的结果，"应该会很生气地骂你，或者揍你吧？"

为了缓和气氛，我甚至做了个逗他笑的表情。

"我也不知道。"林航看着我，"但是我真的想留下来，陪你一起。"

大概是看穿了我眼底的尴尬，他连忙补充："我可以明天就去找工作，包吃包住的工作应该很多吧？我不会给你造成什么困扰的。"

那应该是我对林航做的，最为过分的一件事。

因为接下来我说："如果你已经想好了，我是站在你这边的。"

第三章

闭起双眼你最挂念谁

眼睛张开身边竟是谁

林航的存在，可以说温暖了我 2007 年的整个冬天。

　　那段时间他在网吧打零工，我趁着公司搬迁，也换了个距离更近点的房子，和林航一起合租。我们两个人上班的地方相隔很远，赶上堵车，坐车来回要差不多两小时。他是两班制，所以常常是我早上起床赶上他刚下班，我晚上回家他正要出发。

　　好在这样的模式只是我们相处时间的一小半，更多的时候我们都上白班。当时我还不会做菜，晚上下班回来，发现林航已经在厨房准备蛋炒饭。而每周最丰盛的晚餐，就是我买回一瓶老干妈当加菜。

　　这期间我陪他回了一趟学校，办好了退学手续。他当时的学校其实算省重点，比我念的混日子的普高升学率不知高出多少倍。所以他在寝室收拾东西的时候，身边的同学无一不意外他的选择。有人羡慕，也有人扼腕叹息。我在操场上安静地坐着等他，说不自责是假的，毕竟如果不是我，他或许也前途无量，怎么会十八九岁的年纪便沦落到在网吧打杂，还要被人呼来喝去。

　　但这些似乎都不足以令我坚定地对那份极具诱惑力的"陪伴"，说出一个"不"字。

　　是他说的，他不舍得我孤单。

　　我是真的害怕孤单。

　　害怕到明知是出于自私，却对他错误的选择，没有阻拦。

　　春节期间，我终于再次见到了顾潮生。

　　我和他约在熟悉的公园散步，这才知道他最终没有去成都，而是和我一样留在了长沙。

这同样是一所录取分蛮高的学校，专业也是他喜欢的。我跟他从学习聊到生活，再到感情。他说傅湘常去看他："等开学后，我和傅湘带你一起去吃好吃的啊。你虽然在长沙，但说起那里还都是一副人生地不熟的样子，真不知道你是怎么过的。"

我有些黯然，但不想被他发现："我还好啊，只是住得偏，所以很少出门而已。"

"所以才要我们带你去，"他自顾自地说，"对了，把你的号码给我。"

原来他不知道什么时候已经有了手机，我却一点儿也不知情。

我们究竟有多久没联络了呢？

但我最难过的其实是，自己真的已经在一点点地，抽离了顾潮生的世界。

虽然我早就无数次预想到了这一点，可当我真真切切地感受到和他"好久不见"的时候，心情还是不受控制地变得很低落。

他口中的带我一起玩，也只是在收假后不久，实现了仅有的一次。

我们三个约在市中心见，一起去吃麻辣香锅。看他轻车熟路地跟傅湘讨论上次来的时候都点了些什么，哪个菜最合胃口等等的时候，我才意识到自己像个局外人。

我有点儿不自在地熬过全程。

饭后，我露出抱歉的神色，把顾潮生拉到一边："我想早点回去了。"

"不是说好带你玩的吗？怎么了？你不舒服？"他边说边退后两步，上下打量我。

"没有啦！"我实在找不到其他借口，只好把林航搬了出来，"……我还约了人。"

我以为顾潮生的反应会是"啧啧啧"，甚至我自己已经做好了被他审问的准备，然而没想到他只是沉默了一下，然后问："谁？"

"……"我别别扭扭不愿开口，开始有点儿后悔自己的冒失。

"沈明朗？"顾潮生见我不说，自己猜测完了，又自我否定，"嗯……不可能。"

"为什么沈明朗就不可能？你倒是给我说说！"我顾左右而言他，企图把话题绕过去。

顾潮生却一眼洞悉我的伎俩："谁？说！到底是谁？"

"……是林航啦。"我撇撇嘴，看着他的嘴巴诧异地张成 O 形，然后夸张地做了个"喔——看不出来"的鬼脸。

"那我走了。"我其实是手足无措，不知道该作何反应。

但顾潮生却迅速拉了下傅湘，表情也是极尽夸张："你知道吗？澜澜恋爱了！"

不得不说他们两个真是好演员，傅湘立刻也配合地做出"哇！惊呆！"的表情。我尴尬得不行，下意识想否认，话到嘴边，又发现现在已经没办法否认了。

毕竟我如果在傅湘面前极力声明自己还没有男朋友，那又算什么？是在证明什么呢？

想了想，我露出一个优雅的微笑："祝福我，谢谢！"

顾潮生理所当然地冲我翻了个白眼："真是白请你了！应该你请我们才对，好亏！"转眼去看傅湘，"是吧？我就说我们好亏！"

傅湘连连点头。我不想看他们继续秀恩爱，掏出手机故意看时间："林航快下班了，那我先走啦，下次见！"

我自己都不清楚自己是怎样逃离的现场。

这些年，面对顾潮生，我总活在一次又一次的自欺欺人当中。

时间不是很强大的吗？所以我相信时间。

但我怎么也没有想到自己竟然会失败。

有一个人，从我们相识起，就一直住在我心里，我以为我已经把他存在我这里的记忆删除了，清空了。可现在我才意识到竟然不是这样，他从来都没有离开过，只不过是我太软弱，失去了继续消耗自己的力气。我把他藏起来了，藏在心底的最深处，一个特别特别安全的地方，一个我自以为安全的地方。我以为只要他不见天日，一切就会好起来。

可我错了。

我的自欺欺人，从来都没有用。

不，倒也不是一点用都没有。

我虽然骗不了自己，却轻轻松松就骗过了周围的所有人。

包括林航，包括傅湘，也包括顾潮生。

事情在我工作的第四个月，发生了变化。林航每个月通勤的开销不小，挣的钱却比我试用期还少。他给爸妈打电话汇报生活的时候，我也几次听到他妈妈在劝他说，不想高考没关系，不想上大学也行，但做这样的工作实在没出息，既然已经辍学，不如去广州帮他爸妈打理生意。

虽然林航次次拒绝，坚持不肯让我一个人留在这里。但生活嘛，狗血就在于你很难永远保有拒绝的权利。我试用期满，薪水也自然多了些，特别开心，还说好要跟林航一起庆祝。却不想会在领薪水那天，被老板单独叫到办公室。

"温澜，我跟你说一下我们公司现在的情况。是这样，"她慢条斯理，"你也知道，公司人手本来就不多，做的项目呢，也少。"

"嗯。"我适时附和，静待她的下文，心里想着我的试用期不是已经过了吗？她这个言下之意怎么……

"项目少，赚的钱就少。你现在过了试用期，工资要上涨不少。我们是小公司，也请不起太多人，实在付不起这个钱啊……"她说这些话时，从头至尾盯着满是表格的电脑，没有回头看我一眼，"你看，要不你考虑下，做完这个月怎么样？"

这一刻的心情，我想用如遭雷击来形容也不为过。但我也明白多说无益的道理，点点头，退出门去。

我坐回办公电脑前,觉得自己从来没有一刻像现在这样无助过。我发现自从辍学以来,我自诩拥有的才华,自以为具备的能力,无一不在一次又一次地打我的脸,并且招招均是打在最吃痛的地方。

每次跌倒,我都安慰自己说不怕的,谁没有经历过一点小伤小痛呢。

可奇怪的是,这些自我安慰平时都挺好用的,这次却意外不管用了。我忍不住把脸埋进臂弯里,感觉到眼泪不受控制地大颗大颗地滚落。

我甚至不敢伸手去拿纸巾,生怕办公室里有人察觉我的异样。万一她们来关心我,问我发生了什么事,我该如何回答呢?

直到坐我身后的女生凑过来,小声在我耳边说:"其实老板早就跟我说过了,我也想告诉你的,但是她不让我讲,我也不太好说。公司应该会再招个实习生代替你……"

我虽然蒙着脸,遮着眼,却意外地听出她的声音竟然有一丝不怀好意。

我抬起泪眼蒙眬的脸,回头看她:"然后呢?"

"哦……也没什么,我就是想帮你出出主意啊!"她居然真的是一副幸灾乐祸的表情,"你要是不介意继续拿试用期的工资,我想老板是很愿意留下你的。"

"……"我无言以对,慌忙找纸巾拭干泪水,在 QQ 上噼里啪啦地敲字给林航,叙述原委。那天他刚好调休在家,本来还在说着话,他头像不知道怎么回事,突然就暗掉了。我倍感失落,无力地到走廊上站了一会儿。吹吹风,我似乎冷静了些。

我刚回到座位,林航忽然出现在我面前。

"我来接你下班。"他温柔地拍了拍我的头,顺势环顾办公室一圈,"还帮你同事带了点小零食。"

我这才注意到他手里拎着个袋子,看他把吃的分发给几个女生。他经过我后桌的座位时,我又听到熟悉的声音:"你是温澜的男朋友吧?"

林航没有吭声,微笑着,算是默认了。

"哎呀！你终于来了，快安慰一下你们温澜，她今天可心情不太好哦！"她笑着做了个"嘘——"的动作，接着说，"其实事情本来真的和我没有关系，这个公司我是做事情最多的人，老板不管开了谁，那也轮不到我。我只是好心劝她两句，谁知道她反而哭得更厉害了。"

林航看出我的难堪，没有接她的话，过来小声问我："还有多久下班？我等你。"

我这才逐渐缓过劲儿，轻轻地点头。

其实一直到我离开公司，我都没弄明白那个同事为什么要为难我，难道说看我这样她很开心？但生活就是这样，不是所有的疑惑都有对应的标准答案，让你看清是非因果。

那天我都不知道自己是怎么熬过下班前最后四十分钟的。林航一直坐在我的旁边，看我整理资料。到最后我起身，准备打卡走人的时候，他忽然揉了揉我的头发："不工作有什么关系？以后我养你啊。"

他见我愣住，又拍拍我的头顶："怎么了，你不愿意啊？"

我一时不知如何回应，低下头，转身出了公司。

林航追上来，在我耳边语速飞快地说："她那种人，你越哭她越高兴，你和她对骂，她更来劲。"

"所以呢？"

"只有你越不把她当回事，她越拿你没办法。"他一副自信满满的样子，"明天开始，就再也见不到讨厌鬼了。"

"也对。"我松了口气。

"所以呢，你是答应了吗？"他追问。

我这才想起他最后的话。

"你怎么养我啊？我们两个穷鬼！"我笑着掰了掰自己的手指，想到什么似的说，"这样一来，下个月，我又要失业了。"

人们常说，乐极生悲，否极泰来。

看似是发生了很悲惨的事，但也有可能接下来生活会给你一份惊喜，只不过有时候，惊喜来得会稍稍晚一些。

那段时间，林航爸妈的电话催得越来越勤，尤其是在听他说，工作这么久了工资还是八百块，而每个月的交通费都要花掉两百的时候。我常想，还好林航从来没有把我当成理由推出去，不然我一定会成为众矢之的的。

但看起来，他也坚持不了太久了。

有天晚上，我们吃过饭出去散步。回来的路上，林航冷不防地轻声问我："你想好之后去哪了吗？还留在这里继续找工作吗？"

我隐隐感觉到他的犹豫。其实我也在犹豫，我知道如果我不下定决心，他大概永远也没有办法做出决定。于是我提高了音量，试图令自己看起来更为果断一些："我想回家了。"

"啊？"林航似乎没料到我的反应，但很快，他露出了"果不其然"的表情。

"我觉得……"我小心地找到突破口，"你听你爸妈的，挺好的。"

周遭空气有一瞬的凝滞，我从街灯昏黄的光亮里，都能够清晰地捕捉到林航的眼神。

有不舍，有不解，应该还有不甘吧。

"我们都还小，"我尝试说服他，"来日方长啊。"

他偏着头，眼光停留在模糊难辨的地方，良久才说："那好吧。"

其实如果不这样，又能怎样呢？让他继续拿着八百块，还承担着一半房租，每个月靠家里资助才能勉强度日？让他丢了学业，然后再为我拒绝一份可能还不错的工作机会？最后我这个没工作的拖油瓶，还要让他兑现他所说"养我"的承诺吗？

既然明知不可能，又何必苦苦相逼。也许在林航看来，他可以坚持下去，但我恐怕无法堂而皇之地一次又一次地享受他的付出。

只不过往后的时光，我大概没办法再在回到出租屋的时刻，看到林航已经按亮的楼道里的那盏白炽灯。

也不能窝在沙发上烤着"小太阳"，和林航一起看新出的电影。

更没有人会陪我散步了。

我想着想着，就觉得有点难过。

这么久了，好不容易，我遇见一个愿意陪我的人，可我却没有勇气再对他说：留下来好吗？

林航买了比我早两天离开的车票。他走的那天是我帮他收拾好所有行李，送他去火车站。我在地图上算了算，往后我们之间的距离就是998公里。

我很想问问林航，就说："你会不会回来看我？"

但我最终还是眼看着他乘坐的列车开走，沿着弯弯曲曲的铁轨，很快就连车尾也不见了。

我蹲下身来，抱着双臂，兀自哭了。

2015年，我在朋友圈无意刷到顾潮生转发的一首歌。点开来听，脑海中浮现的竟然是那年冬天过后，林航离开时我的心情——

始终没有勇气向你开口

总觉得没有更好的理由

能让你为我停留

为我等候

总是错过机会向你伸手

············

第四章

我知道故事不会太曲折
我总会遇见一个什么人
陪我过没有了他的人生

我回家宅了很长一段时间，日常就是写稿，也不太出门。以前玩在一起的同学、朋友几乎都去外地上学了，除了林航偶尔在网上陪我聊天，大多时候，我都是一个人。

　　宅到第四个月，有天下午我稿子正写到中途，伸了个懒腰，赶上妈妈在收拾东西出门，我顺口问她去哪儿。她却答非所问："澜澜，不是我说你！你看看，你小学同学那个谁谁谁，虽然学历才小学毕业，人家都去饭店端盘子赚钱。"

　　我有点愣住了："所以呢？"

　　"还有我们对面那栋楼，就是吕阿姨的女儿，也是在超市收银，一个月多多少少也有固定收入。我看挺好的，离家近，稳定。"她循循善诱，我再迟钝，也听得出言下之意。

　　"你是让我去饭店端盘子，还是去超市收银？"我合上当时自己攒稿费买的二手笔记本，"我写稿子也可以赚钱，虽然现在不多，但我没有在家里吃闲饭。"

　　妈妈被我说得也不太高兴，显然，她懒得跟我再继续讨论这个话题："那我先出去了。"

　　"去哪啊？"我想起最开始那个问题她还没回答我，可我真的只是顺口一问。

　　却没想到她迟疑了一下，最后指了指自己手里黑色的塑料袋，表情稍微有点儿不自然："给你舅还钱去。"

　　"还钱？还什么钱？你们跟他借钱了？"我一时间还没反应过来。

　　这次轮到她露出不可置信的表情："那不是为你借的钱吗？你去北

京学化妆的那一万啊!"

"……"我哑然,调整了半晌情绪,才控制住没有大声反问。我镇定了一下,尽量让自己保持平静:"当时不是说借不到钱了吗? 我记得你总说你和我爸每个月工资不够给人情钱的,根本存不下来钱,一万块,我以为你们要存好几年的。"

我还没来得及告诉她,我一直都在存工资和稿费,就是想通过自己的能力偿还这笔债务。因为在心里,我只要一想到当初在电话里她对我说的,我就会很歉疚:"我和你爸实在没办法了,你是我女儿,难道我不帮你吗?"

可那些歉疚在此时此刻为什么变得有些可笑呢? 是我误解了吗?

"当时……"她顿了下,继续说,"那不是怕你乱花吗?"

见我没接茬儿,她自顾自道:"先不跟你说了,再不出门该晚了。"

说这话的工夫她已经穿好了鞋,再自然不过地把防盗门带上。

听到她的脚步声渐渐走远,我才真正缓过神,"实在没办法"五个字在脑海中经久不散。

我望着电脑里还在拼命赶着想隔天交的新稿,就像被"腾"地一下抽空了氧气,顿时,便失了力。

我跟白晴在 QQ 上聊天,说起想去找她玩。她来长沙工作后,我一直没有见过她。按理说我离长沙这么近,是应该聚聚。

因为心情不太好,我索性买了隔天的车票。在她的公司意外地碰到了老板,他提到在公司刊物上多次见过我的名字,对我有印象:"如果你愿意,随时可以来公司上班。"当时我着实有点受宠若惊。

白晴就职的公司,其实是我写作几年以来,一直想进的公司。只不过我在之前的公司工作时,这边根本不招人,也就始终没机会。但或许是太意外,当老板向我发出邀请时,我居然退缩了,甚至有些害怕自己不能胜任。

之前工作的挫败感并没有随着时间的推移而消逝,反而让我在面对真正想要的东西时，开始自我怀疑。

我尝试着跟老板表达了一下自己的心态："我怕我做得不够好。"

他却丝毫没有嫌弃我的稚嫩："没关系。如果你觉得之前的工作经验不足以让你胜任很高的职位，那就从新人做起啊！一步一步来，公司会给你这个成长的平台。"

我仍然有些迟疑，加上之前频繁变动的工作履历，让我自己都怀疑自己是不是如同别人所说，没有定性。

"公司也不会勉强你。不过正好明天周末，要不你趁这两天再考虑考虑，也不急于这一时。你说呢？"他递给我一张名片，"考虑一下，不要这么急着否定自己。如果你决定来，随时可以电话联系我。"

我接过名片，认真地放到包里。实际上直到那一刻，我都还纠结在对自己的不自信里。我走出总经理办公室，看到白晴神情焦虑地在等我。

"出什么事了吗？"看她的表情，我总觉得有些不对劲，担心地问，"是不是我……"

白晴有些为难地叹了口气，拉我到旁边的休息室里："你真的是个小姑娘！你知道职场关系是很复杂的吗？"

我虽然一头雾水，但心里也咯噔一声，立刻意识到我给她惹了麻烦。

果不其然。白晴小声地说："如果公司其他高层领导知道是我把你带到公司的，你又越级直接去见了老板，这样我会很难做。职场最忌讳越级……不过，怪也只怪我自己没有注意，你又是我妹妹，别人会怎么想呢？"

我连忙道歉，又连着解释，说我还没有答应。

过了好一会儿，她的情绪才总算缓和了些。我只好抱歉地低下头："真的对不起，我今晚就回去了。"

"那你路上小心点。"她指了指自己电脑前还放着的没看完的稿件，"从楼下打车到车站吧，我就不送你出去了。"

"嗯，那你先忙。"我应了声，有些不安地走出公司。我知道白晴一向把我当自己人，所以有什么说什么。但如此一来，我反而更加为自己的莽撞无地自容。

从长沙回程的路上，其实我已经说服自己放弃这家公司。我自身的犹豫，加之可能会给白晴带来的麻烦，我认为得不偿失。

但我没想到进家门的那刻，迎面而来的并不是家人对我消失两天的寒暄，而是一个痛快的巴掌。

我脸上火辣辣地疼，还来不及反应，另一边脸上又是一耳光。妈妈浑身颤抖，我的眼泪飙了出来，我想问我到底做错了什么。

"这是你的吧？"

这时我才知道，就因为这两天我没跟他们打招呼就私自去了外地，她担心地翻了我的日记本。本子里零零碎碎地记录了我的部分生活，当然也包括在长沙那段日子，和林航一起住的内容。

我膝盖一软，跪倒在地。那一刻，我其实想解释我们只是合租，但迎面而来的一个又一个巴掌，却不由分说地落下。

爸爸在旁边试图阻止，但面对歇斯底里的妈妈，根本无济于事。

而我的自尊心让我不肯服输。我不肯解释，也忍住了哭，就只是绝望地瞪着她，眼眶酸胀，不发一言。

"我怎么生了你这么个不知廉耻的东西？你知道不知道自爱呢？从小是我没有教好你是吧？"她一边嘶喊，一边失去控制地对我拳脚相加。

在她越来越难听的骂声中，我终于再也绷不住，"哇"的一声号啕大哭。可能我是真的从来没觉得自己那么委屈过，整个人哭得直挺挺地倒在地上，抽搐起来。

这时爸爸才终于松开她，过来扶我，一边试图安抚我，一边劝她："你看看澜澜都成什么样了？你想要打死她吗？她不是你生的吗？"

"是我生的啊！是我生的！但我生她，不是让她作践自己的！"她说着话锋转向我，"你怎么不出去卖？"

窒息感轰然间冲上头顶，我整个人拼了命般大口呼吸，接着便一下失去意识，昏厥过去。

我醒来时，发现自己被人从地板挪到了床上，脸上的泪都还没有干。妈妈被爸爸带到了另一个房间，我能隐约听到他一直在劝她。那刻我垂下的手臂却忽然触碰到了口袋里的什么东西。

我掏出来看，就是那张名片。

我爬起来，开始一点一点地收拾行李。

我从傍晚一直忙到凌晨，始终紧闭着房门。直到收拾得差不多，我累倒在行李旁边，迷迷糊糊地睡了过去。

再醒来已经是早上七八点的样子，我掏出手机，拨通了名片上的号码。

我尽量收拾好自己的情绪："抱歉这么早打扰到您，我是温澜。"

"是你啊！"他声音听起来很高兴，"怎么样？想好了吗？"

"嗯，我就是想问一下。如果我已经考虑好了，可以周一就去上班吗？"我认真地说。

"当然可以啊，公司随时欢迎。"他欣然答应，"你过来以后直接去人事那边办理手续，我们公司见？"

"好的，谢谢您。"

挂断电话，我拎着收拾好的行李拧开了房门。趁他们还没有反应过来，我已经快步走到门口换好鞋，本来还想说点什么，哪怕只是一句"我先走了"。

但最终，我只是轻轻关上门。

路上，我接到林航的电话。他得知我要一个人回长沙，语气顷刻间从落寞转变为担忧："把你姐姐的电话发我一份。"

"啊？"我反应总慢半拍。

"以免有什么事联系不上你。再说你一个人在外地，万一发生什么意外怎么办？"他未雨绸缪，"反正你发给我就是了。"

"那好吧。"

因为白晴之前的为难，我没有跟她开口提要来公司上班这件事。但是当我为不知晚上能去哪儿落脚而一筹莫展时，居然意外地接到了白晴的短信："我都知道了。你找到房子了吗？没有的话，先来我这儿，住两天再慢慢找吧。"

我被感动到，立刻打车奔过去，放下行李，就开始了漫漫找房历程。我当时还有自己存的稿费，而且运气很好地联系到了一个从外地来找工作的作者。我们就合住了同一个小单间。

想起在白晴家借住的几天里，有个晚上，睡前我们俩照例窝在被子里聊天。她忽然想到什么，翻出手机里的一条短信记录，边给我看边问我："你知道为什么我主动让你过来住吗？"

难道不是从公司同事那得知我来上班的消息吗？我脑子里不自觉地产生了一个疑问。我接过手机，看到屏幕上显示的居然是林航的号码。

"姐姐，我是温澜的朋友。这样冒昧地给你发消息，应该会打扰到你吧，但我也是实在没有别的办法了。她现在跟家里闹翻了，才跑过去。我很担心她，房子也不是一下子就能找到，所以我想麻烦姐姐，让她在你那里借住几天。我知道她住过去或许会让你有些不方便……"我慢慢向下按方向键，以读取后面的内容，"如果我在长沙，就算让我陪她睡大街我也愿意。可我不在，所以担心她的安全。"

短信的内容我看了三遍，几乎能全文熟练地倒背了。

"我没有你想的伟大，我也有自己的私生活，其实并不是很希望被人打扰。但我之前接到他的短信，大概有点被他的用心打动吧。"白晴在一旁淡淡地说。

之前我一直都在无限度地享用林航对我体贴入微的照顾，却没有想过自己也要为他付出些什么。甚至于连他每次说稍微有点暧昧的话，我都会含糊地绕开那个话题。

这一次，我没有。

我想没有人明白，这个短信对当时的我来说意味着什么。

林航成了我溺水时拼命扑腾双臂，稍微浮上来一点儿时，目之所及的唯一的岛。

而我没有理由不靠岸。

我发了短信给林航："地址给我，等发工资了，我去看你。"

我们遇到温暖时，总是难以抗拒。

而林航对我来说，不只是温暖，还会带来很多陪伴。算起来，从他去广州，我们整整异地相隔了三年时间。即便有时他忙到收工已经是凌晨三点多，白天我们也没时间交换彼此的心情，我偶尔发消息给他，他只是点开看看，也不再像最开始的时候那样逐一回复。

但三年里，他却从没遗忘那句睡前的"晚安"，哪怕是一个晚上。

领到第一份工资的那个周末，我攥着一张硬座车票站在广州的出站口，林航来接我，还给我一个温暖的拥抱。清晨的日光照在他身上，我在心里对自己说，就是他了。

不得不说，人的心理暗示，真的很重要。

从前我暗示自己，只把顾潮生当很好的朋友，我这样自欺欺人过了很多年。就算偶尔也会怀疑自己，我也会第一时间否定自己荒唐的念头。

而从这一刻起，我下定决心，从此要把林航放在我心中的首位。我不会再因为顾潮生的一句话就伤心难过，我会把从前面对顾潮生的时候，自己无法好好完成的，爱一个人的全过程，统统交给眼前这个人。

这份决心陪了我整整五年。

五年中，我用尽所有力气去对那个人好。

林航在广州待了三年，三年中每次都是我买硬座的车票，穿越地图上998公里的距离去看他。周五下班后，我便马不停蹄地赶往火车站，将近十个小时的车程，我迷迷糊糊地坐着，睡得东倒西歪。而在他的城市，却只来得及逗留不到24小时。

我周六一早到，林航会陪我看一会儿电视，因为没钱，所以住宿总会订最便宜的。傍晚六点多的时候，他会准时接到爸妈的电话，然后简单叮嘱我几句，拍拍我的头发，告诉我说第二天早上再来看我。

然后我就要一个人待在破旧的小旅馆，只有一台老旧的风扇在沙沙作响。我只好整夜整夜地开着那台从来看不清字幕的电视机。因为害怕，我的睡眠总是很浅，常常好不容易眯一会，很快又神经紧绷地惊醒。直到第二天清早六点多，林航准时在走廊上轻轻叩门，我听到他的声音，才能够安下心。

我们一块去吃个早饭，我就要再次赶去火车站，又坐一整个白天的硬座回长沙。

三年中无数次有人问我，为什么总是你跑去看他呢？女生为男生那么辛苦，男生是不会懂得珍惜的。你需要他来对你好，他才会懂得珍惜你。

我总是笑着摇摇头，装作丝毫不在意地说："不会啊，他晕车很厉害。再说他在广州，工作也走不开，我既然有时间，我就去看他，没有关系。"

但实际上这些都只是表面话。

我心中真正的那句回答，从来都没有对别人讲。

是因为，我想要对他好啊。

2015年的夏天，我终于举办了一场属于自己的签售会。一些关系很好的作者、朋友从全国各地来捧场，我们约着一起去 KTV。包间里，一个姑娘点了一首林宥嘉的《我爱的人》。我坐在房间的一角，望着屏幕，跟着熟悉的旋律哼唱。可认真去看歌词的那刻，我难过地匆忙用手捂住了眼睛。

可周身的旋律却没有停止，还在循环地播放。

"我知道故事不会太曲折 / 我总会遇见一个什么人 / 陪我过没有了他的人生 / 成家立业之类的等等……爱不到我最想要爱的人 / 谁还能要我怎样呢……"

2008年，顾潮生不在我世界的第一年。

我很好。

第五章

第一行诗的狂妄
第一首歌的难忘
第一颗流星灿烂
第一个天真愿望

2008 年 9 月，周董的单曲《稻香》率先于各大网络电台首播。我在 QQ 上收到沈明朗的留言："Jay 出新歌了，你听了吗？"

我当时刚接手新工作，因为要组稿、审稿，所以 QQ 长期挂在线上。看到他说的，我一边打开音乐网站，一边回复："是吗？我去听！"

往往是这样，我们身在其中的时候，并不觉得一些简单的问候有什么特别的地方。可直到多年后，我已经失去沈明朗的全部消息，他再也不会在 QQ 上给我介绍新剧，再也不会听到喜欢的歌就第一时间分享给我听。我才知道当时的自己，其实在他心里占据着一席之地。

当时已经好长时间没有他的消息了。我还没来得及问他，他却先问起了我："最近怎么样？还好吗？"

"还好啊！就是总有点患得患失的。"只有和沈明朗聊天的时候，我才可以随口说出这种毫无重点的话。

而这种感受如果要追溯原因，我想大概是因为最初认识的时候，他就是那个会认认真真看我写过的文字，会跟我探讨关于梦想的话题，会对我说无论再怎么失意都要勇敢地撑过去的那个人吧。

他和其他人不一样。

但从前我总是不懂，为什么不一样，哪里不一样。

直到后来有一次在微博刷到一段话——

"懂一个人，是真的要花五百顿饭，五百瓶酒，五百个日夜，去一点一点接近的。懂一个人要耗费多少心力、时间、情智、耐性……若不是因感情之深，怎舍得这般耗费。生命无外乎心力与时间，愿意去懂一个人，是多么奢侈的事"。

我想到沈明朗，忽然很难过。

原来他花了那么多时间给我，我却像个笨蛋无知无觉，从没有发现过。

我听了一遍《稻香》，觉得还不错，高兴地跟他分享："Jay真的永远那么棒！"

"是啊，有没有觉得歌词很有感觉？"沈明朗打字还蛮慢的，我想起以前他总惊讶于我的打字速度，我每次跟他炫耀时，总会顺便打击一下他。

于是这次也不例外："你还是打字那么慢哦！"

他发来一个流汗的表情。

其实我也很喜欢那段歌词，沈明朗就喜欢这种传播正能量的范儿，但我就是不想继续夸他。这时他似乎才接上我刚才忧郁的状态："你不是说患得患失吗？怎么了？"

"我觉得我很害怕失去一个人。"

"为什么会失去这个人呢？"他尝试着帮我分析。

"我不知道。"

我觉得我的手心握有一根线。只要一想到这根线随时有可能断掉，我就觉得胸口闷闷的，好像连呼吸都变得吃力。

原来在感情的世界里，两人之间的关系根本不可能达到完美的平衡点。

不是你用力，对方就会像你一样用力；而是恰恰相反，当你向他迈一步，他会朝你走完余下的九十九步。可一旦你走得太快，他会发现自己竟然只需要随随便便走几步，就可以得到你。

"其实在感情里面，付出多的那个人总是更容易觉得伤心。"沈明朗的消息总是过来得很慢，"不只是你，我自己也是这样。"

我一下子从自己事情的思维里跳了出来，忍不住好奇："嗯？"

"有时候我想，如果我可以少付出一点，是不是在得不到对方回应的时候，就不会那么难过。"

看到他这段话，我心里竟然涌起难以言说的感觉。他说得没错，如果人可以随时回收自己的投入，那么一切伤害都不再成立。就像当时我一头扎进对林航的好里，看到他冷淡，或者他不回应，却已经不能再像以前，可以随时抽身。

我反而会想要对他更好一些，再好一些。我甚至会怀疑自己以前没有和他在一起，所以他对我的所有体贴、关心都可以看作是在等我的一句"我愿意"而已。现在我已经是他的女朋友了，如果我做不到他想象中的样子，他会不会对我很失望呢？

所以他以前晚一点回我的消息，我根本不会生气。而今忙于工作没有回短信，我却会莫名其妙地跟他赌气。

其实变的从来都不是林航，而是患得患失的我自己。

但沈明朗呢，是为了我见过的那个女生吗？

我终于忍不住问出了自己心里的疑惑："是因为她吗？"

"嗯。"

"不过不管怎么样，你已经选择了那个人，无力改变对方的时候，"他说，"就唯有改变自己。"

我忽然有点心酸又心疼。

这时的他，我怎么看都觉得像是难过得有些无助，却又不愿一字一句地去向另一个人阐述细节的那个孤独的自己。

"对了，你送我的书，我还没有谢谢你。"沈明朗忽然发过来这么一句。

我才想起来，之前放假回家逛书店，刚好看到一套他喜欢的武侠小说精装版。记得以前他一直说想看，也不知道后来买到了没有，我就自作主张买了全套七册，然后通过朋友问到他的号码。我打给他，问他在哪里。

那天刚好下着小雨。我送书过去的路上其实还有点莫名地紧张，见到沈明朗时，我把袋子匆匆塞到他手里，就笑着说了声："这个给你。"

沈明朗当时撑着伞，接过书，打开看了一眼，露出我意料之中的惊讶表情："你怎么会……"

我没等他说完，连忙补了句："……就当是生日礼物好了！"

因为时间的确是在他生日前后，所以沈明朗露出了他招牌式的微笑，有两个浅浅的酒窝："谢谢。"

我和他挥挥手，扭头一溜烟跑回了出租车里。

想一想，那应该是我送给沈明朗的唯一一份像模像样的礼物了吧。

也不知道那套书，现在还躺在他老家的书柜里吗？

那时候我觉得书是特别珍贵的礼物，可以陪伴一个人很长很长的时光。

"当时也没有问你自己买了没有，现在想想觉得好傻哦。"我按下"发送"，怀着一种担心他回我一句"是啊我家里还有一套"的忐忑心情。

他却说："不会啊，一直没舍得买，你就送给我了，我很喜欢。"

我本来想说"喜欢就好"，又觉得好像很客气。我一点也不想和他客气呢，所以明明已经敲出的字，又被我删去。

这时沈明朗又意外蹦出来一条新消息："你是不是快生日了？"

"你居然记得！"我发了个受宠若惊的表情。是真的很受宠若惊，我从来没有想过沈明朗会记得我的生日。

"我买了孙燕姿的新专辑给你，你买过了吗？"我知道他说的是燕姿2007年出的那张，因为她之后几年都没有再出新碟。

时光好像重叠了。

我想到买书给他的时候，也是这样担心他已经买过了。而巧合的是，燕姿之前的每一张碟我都一张不落的，连卡带、CD 都是唱片公司出几个版本，我就入手几个版本。

但唯有这张《逆光》，我一直都没有买。

我连自己都不明白为什么会没有买，就是真的一直想买的，又一直因为各种各样的原因拖延至今。

"还没哎!"一想到他竟然提前准备了礼物,我忍不住有点开心。

沈明朗发来一个"OK"的手势:"那我们下次见面的时候,我带给你。"

那应该是沈明朗课业不太繁忙的一段时间,而我上班的地方和他们学校大约隔着一小时的车程。他从学校来找我,要转一趟车。

2008 年底,杀人游戏席卷了整个公司。我们几个痴迷到走火入魔的同事不但每天中午会自发组织,到天台聚众玩几盘,就连下班后和周末都没有放过。

有次和沈明朗聊天时我正好说起,他说他在学校也玩过。我兴高采烈地约他:"那你周末休息吗? 有时间来给我们凑人头啊。"

杀人游戏就是人越多越好玩,而周末大家一般都比较懒得出门,所以想多叫几个人一起,自然是比上班时要难。

"没问题。"沈明朗爽快地一口答应。

"那就这么说定了! "我把地址发给他,"我们去公园玩。"

周末的天气很好,我起得还蛮早,给沈明朗发短信的时候,他说他才上车不久。

其实从我住的地方去他转车的公交站,刚好和我们当天的目的地是反方向。但我跟自己说,坐在家里空等,岂不浪费了窗外正好的阳光。

就这样,像是给早点见到他找到了一个堂而皇之的借口,于是我回他说:"那我去接你吧。"

下车的时候那么巧,他也刚好到。应该超过一年没有见面了吧,但沈明朗还是老样子,笑着站在大太阳下,远远地冲我招手,然后不急不慢地走过来,递给我一个塑料袋:"给。"

是他留给我的 CD。

——到现在我都认真地收在抽屉里的那张 CD。

沈明朗不知道，他也是在我们还会买唱片来听的年代，唯一送 CD 给我的人。当时我脑海中闪过那些年，他每次非要抢走我新买的周杰伦的磁带……当时我们还是同桌，每天都可以见面，广播里一遍又一遍地循环播放着《七里香》，而窗外蝉鸣声声。

我心满意足地抱着唱片，跟在他身后上了另一趟公交，坐到最后一排靠窗的位置。有风和着日光打在我们身上，我心里有点甜甜的，听他在旁边小声地讲话。

每当急刹车的时候，我没有听清他正说什么，他就会凑过来，离我耳朵再近一点，然后说得稍微大声。

我和他聊到新出的单曲，再到听来的明星八卦，唯独再自然不过地跳过了感情。

那天的日光、微风、公交，还有身边少年的耳语，就那么定格在我的记忆。

到目的地时还有人没到，我们就和其他人边闲聊边等，其中一个关系好的同事指着沈明朗笑得很暧昧地问："这是……"

我有点着急地摇头："不是啦！"

"我们是问他叫什么名字啊，"另一个同事凑过来取笑我，"你紧张什么？"

沈明朗有点不好意思地笑了笑。我刚要回答，迟到的同事正好赶来，拍了下我的肩膀："温澜！"说着她扭头也打量了下沈明朗，"这个小酒窝是谁？"

沈明朗就这么得了个大家都觉得很贴切的新名字，后来我们再约玩杀人游戏，同事几乎次次都会主动提起他的名字："小酒窝来不来？"

当时我其实并没有意识到，这样已经算是介绍沈明朗给我身边的朋友认识，从此大家的记忆中，也都会留有我们两个一起出现的样子。

我们一起玩游戏，总是超有默契。我直到现在都能清楚地回忆起，那次他坐我对面，法官喊"天亮了，请杀手出来杀人"的时候，房间里安静得能清楚地听到每一个人的呼吸声。他和我一起睁开眼睛，对视一秒，除了法官，所有人都闭着眼，看不到我们的表情。

而他笑起来眼睛弯弯的，酒窝好甜。

那个笑容让我心跳的节奏加快，手不自觉地握成拳头，生怕下一秒就会不小心出卖自己，让其他人都听出我紊乱的呼吸。

这样的局势持续了好几个轮回，而好像每一次我和他对视，我们的眼睛里都只看得到彼此。

而他每局但凡不和我一起当"杀手"，抽到杀手牌就会先把我杀掉。几局下来，我总会猜杀手是他，他总会猜杀手是我。然后我会在每局结束的时候，装作很生气地瞪他一眼，他又会露出招牌式的微笑。

在场所有人都感觉得到我们的暧昧，除了我和他。

直到很久以后，当他不再出现在我的生活圈里，这款游戏的风头也过去了，某次公司同事相约出游，难得聊起当初大家一起玩一起疯的画面。有人扭头问我："之前总和你一起来的那个小酒窝呢？怎么这次没有叫他？"

"我们有一段时间都没有联系啦。"我有些尴尬地回答。

对方却流露出八卦的神情："不会吧？分手啦？"

我连忙解释："他不是我男朋友啊。"

她不可置信："怎么可能？那时候我们所有人都以为……"

最令人伤感莫过于，你终于慢慢接纳一个人进入你的生命，他却来了又去。

有一次，意外接到了沈明朗的短信，问我有没有时间陪他聊聊天。

男生应该很少有向人求助的时刻，所以我一下子猜到，应该是情感问题。或许是之前他所说的状态变得更差了？

"你说吧，我不忙，正在下班路上，准备去坐车。"我很快地回复道。

其实那天我刚好加了一会儿班，加上又是冬天，所以等车的时候天色已经很晚了。我手冻得通红，还在坚持给他回消息，坐我旁边的同事就忍不住问："是男朋友吧？你等上车了再回也不晚啊。"

我只好笑了笑说："不是啦，是我朋友心情不好。"

也不知道为什么，我的心态竟然可以那么坚定。

坚定到好像全世界的人都觉得"你们好配哦"，但只要一想到他曾经说过的那句"办不到"，我就会非常笃定地告诉自己：不可能。

他不可能……再喜欢我的。

虽然我们现在还是偶尔会见面的好朋友，是会说心里话、会彼此关心的好朋友，但我不应该再有除此之外的其他念头。

"可能就是心情不太好吧！"沈明朗的信息回了过来。

"是不是和她有关呢？"我试探着问。

"填志愿我们没有写同一所大学，的确是我没有迁就她。"果然是因为她。

我想到他念的专业算比较小众的冷门专业，想必为了选学校，应该花了一番心思。

沈明朗不止一次说起过他的梦想，并且在我沮丧的时候、一蹶不振的时候，曾拿"梦想"两个字替我坚定信念。那时我就知道，往后有一天，他如果面临梦想和感情的抉择，绝不会是轻易放弃梦想。

少女时期我总会觉得，为心爱之人舍弃梦想，多么真挚而浪漫，却根本不明白，能够随随便便放弃梦想的人，其实遇到任何事情，都是可以在权衡利弊之下舍弃自己的原则。

所以，如果有人对你说"我为你放弃了好多"，其实他只不过觉得放弃的那些对他来说，并不重要。

所以沈明朗所说的矛盾点，我很理解："是不是她觉得在你心里她不够重要？"

"这学期以来，我都常去她们学校看她。开学前，为了让她对我有信心，我还带她回家见了我爸妈。"

看到这条讯息，我第一感觉竟然是羡慕。

也许是因为想到每次我去找林航，他都跟我强调不想他爸妈知道他出来是见我，说那样会让他爸妈对我印象不好，我自己一个人住了快三年的小旅馆。当时看《甄嬛传》，华妃那句"你试过从天黑等到天亮的滋味吗"，我都看得眼眶泛潮。

"那现在呢？"我问。

"上周我们吵架，她脱口而出要分手。我不同意，去她们学校找她，可是看到别的男生送她回宿舍。我问她，他是谁，她却当着他的面对我说，我们之间的感情她想重新考虑。"沈明朗又补了一条，"其实已经一星期了，但我心里还是很难受，晚上躺下就会想起我们在一起的时候。你知道当你就要失去一个人的时候，总是会不断地想到她的好。我不明白她为什么会变成这样。我以为我会愤怒，会伤心，会因为她短暂地接受别人而对这段感情绝望。但我发现竟然不是，我还是很想去找她，想挽留她。"

当我想象沈明朗脆弱的样子，我想我应该是有点难过的吧。我脑海中回想起他坐在我身边的座位，上课时间，老师在讲台上背过身去，一笔一画地写板书。他的下巴虽然抵着课桌上的书本，眼光追随着老师落笔的方向，眼神却模糊而失望。

那次也是他对我说："失去一个人的时候，我会对自己说，我至少还有梦想，我还可以多花时间在篮球和其他我喜欢的事情上。"

一个人在你面前常常都笑得灿烂，你却再也忘不掉他眼中霎时暗去的星光。

我很想跟沈明朗说，我不想看你这么难过。

可这样的话在键盘上往返了几个来回，我还是一字一字地删除："如果你这么想她，那就去找她啊！很多事情也许不像我们想的那样，要试过了才知道。"

"嗯，或许是吧。"他终于礼貌地问我，"你最近还好吗？"

"不好啊。"

我那时候觉得沈明朗有点像《流星花园》里面的花泽类。

就是总带着一点忧郁，让人不自觉地担心他。但又会喜欢和他说话，因为他就是很安静，在他身边都会觉得很自然，很舒服。

"怎么了呢？"沈明朗问我。

"我们最近几天都没有说话。我以前以为我们闹不愉快，他一定会来哄我，但后来我发现根本不是这样。他不但没有哄我，还会冷淡我，我却变得因为担心失去他，而一次又一次地低头。"

连沈明朗都提早送我礼物，林航却并没有像我以为的那样，在我生日当天的零点准时发信息给我。我以为他会的，像以前的好多次一样雷打不动，所以一直等到凌晨五点。

然而我什么都没有等到。

我生他的气，以为我还可以像以前一样，不管他来不来找我，我都可以无所谓。但当我意识到我竟然没办法坦然面对这些，看着他的QQ明明在线，却没有找我说话，我开始反思是不是其实我很过分。我非常非常害怕，如果我不去找他说话，他的头像会永远都不再在我的QQ上跳动。

而这样的害怕，却没有随着我一次又一次地主动低头示好，而有任何缓解。

"唉！"沈明朗发来一句单薄的感叹。

"我们都好惨是不是？"我的玩笑一点也不好笑。

"是啊！不过不早了，你到家了吗？要不要早点休息？"

"到了。今天好冷哦，你早点睡吧！如果不开心，随时发信息给我就好。"

我发给沈明朗这最后一句，然后放下手机。

那段时间，沈明朗维持这样纠结的状态有多少次，其实我已经记不清了。只是回想起来的时候，我记忆中停留的画面始终是，我好几次晚上抱着手机，把自己整个人蜷在被子里，因为太冷，所以打字都变得很慢。

但看到他难过的样子，我却希望对话永远不要结束。

我不明白他喜欢的人为什么要伤害他。

就像我不能理解，为什么林航去了广州就像变了一个人。

而我却发现自己的心情不知从何时起，已然变成了"既然我认定了这个人，那么即使所有人说我们不合适，我也要强求"。

人一旦陷入自己设下的牢笼，就变得盲目。

我在长沙待了差不多半年，快春节的时候才终于心软，接了爸爸打来的电话。那应该是我和他们冷战最久的一次。

年前回家，假期总是很闲。沈明朗发短信给我说："出来吃东西吗？"

我问他约在哪里，没想到他说："我过去找你吧，你们家附近的茶座我都挺熟的。"

这句话让我想起那次在家附近偶遇他的场景，有那么一瞬间，我应该是有点失落。

见面时我佯装成早已经不放在心上的样子："上次我在附近看到过你送她。"

其实我是想试探他们之间的关系有没有缓和一些。沈明朗却没有像我担心的那样尴尬，反倒是有些释怀的口吻："哎，那次啊，我应该也有印象。"

"你那天其实看到我了？"我惊道。

"我的意思是，我可能知道你说的是哪一次，你说我送她回家，我记忆中这个情况也只有几次。"他不好意思地笑笑。

我们点了个水果拼盘。茶座里刚好有电脑，沈明朗就顺便登录了QQ。刚登录就有个头像在下面跳，他点开看，屏幕上便清楚地弹出一大片新消息——

　　"你在啊。"

　　"你怎么不说话？"

　　"你知道吗？我正在去看周杰伦演唱会的路上！"

　　"想不想听我给你现场直播啊？"

　　"你又不理我。"

　　"你不是答应我不会不理我的吗……"

　　他的 QQ 对话框字号特别大，显示器又刚好是放在我们俩中间的桌面上，所以我随便扫一眼就看清了大部分内容。沈明朗有些尴尬地回头看了看我，腼腆地笑笑，还轻轻咳了一声，然后开始慢吞吞地在键盘上敲字。

　　不知道为什么，我总觉得当着我的面回复她的时候，他其实有点紧张。然后他为了缓解紧张，就一个劲地自言自语："这个键盘真的不太好用！""怎么回事？我打出来的字又被删掉了？"

　　我反而觉得有点好笑，劝他："你慢慢回啊，又不急！"

　　他发过去几句，然后重新坐好，一本正经地看着我："我们来聊点什么呢？"

　　我不知道是他的问句太诚恳，还是我真的已经不在意在他面前，面对那个最真实的自己，总之，在全世界没有任何人知道我对顾潮生的感情的时候，我让沈明朗成了那唯一的一个知情人。

　　我对他说："我一直有件事没有告诉过别人，我可以跟你说吗？"

　　他微笑着，很绅士地点点头，脸上的酒窝仍然那么好看："你说。"

　　"我有一个很喜欢很喜欢很喜欢……"我重复，并在此期间深吸了一口气，"……的人。"

　　他忽然捂着嘴侧过脸，看着墙的方向，忍俊不禁地笑了："我知道啊。"

　　"你不知道！"我严肃道。

　　"你之前不是一直因为怕失去这个人而难过吗？"他疑惑。

我就知道他以为是林航。

我又深深地呼出一口气："不是他。"

"啊？"沈明朗吃惊地望着我，"所以？"

"是一个……你也见过的人。"我尝试着给出一点提示。

"我见过？"他看起来陷入了回忆。

我继续组织语言："我喜欢他……很多年了。"

说到这里我忽然顿了一下，有点控制不住地感伤。我想到现在正值春节假期，顾潮生应该已经回老家了，可是他都没有联系过我。我不知道是不是现在他连找人散步，都不会想到我了。

这时沈明朗忽然想到什么似的，做了个拍手的动作："难道是……"

我知道他一定是猜对了。

因为可以被套用上"很多年"这个词，而他又刚好见过的，除了顾潮生，再没有别人。

"嗯。"我坦诚道，"应该就是你想的那个人啦。"

他忽然一脸恍然大悟："……怪不得。"

我不懂他想到了什么，奇怪地看着他。

"……真的？不会吧……我是不是猜错了？真的是？那你跟他说过吗？他该不会从来都不知道吧？"

"所以他才帮你来……"沈明朗一个人激动地比画了半天。我看到他有一个指指自己的动作，我领会到他的意思是说，当初他拒绝我的那次，是顾潮生帮我去找的他。

我点点头："全对。"

然后我注意到沈明朗的表情，看起来既意外，又有点像是哭笑不得。

而我始终没有说话。

我总不能说："是你让我找个话题聊聊的啊，我把从没跟别人说过的秘密告诉你，你应该感到荣幸。"

如果我当时知道后来发生的一切，我多希望，当初的自己并没有开口。

毕竟有些话一旦出口，便是覆水难收。

"那……林航呢？"沈明朗似乎总算找到一个突破口，表情却又带着小心翼翼。

我虽然之前就做好了被反问的准备，但说内心坦荡一定是假的。

"可能是因为我从来没有对任何人说起过，自己也一直隐藏得很好，"我这才发现，我才是最了解自己的那个人，"所以他从头到尾都不知道。不光是他不知道，我的其他朋友也都不知道，所以连传闻都绝对不可能出现。"

其实我的意思是，林航当然也不会知道。

"但喜欢一个人就一定会有所表现，他怎么会丝毫察觉不出来呢？"沈明朗看着我。

"我不知道，反正他就是没看出来。"我理直气壮，"我连自己都可以骗过，难道还骗不了他吗？"

"所以呢？"沈明朗又问。

"它就会一直是秘密，永远是秘密。一辈子都会是顾潮生不知道的秘密。"我想了想，又盯着他说道，"不过现在不一样了！"

沈明朗一下子笑了："因为我知道了。"

"答对了！所以如果有一天——我是说万一——我发生了什么意外，你一定要替我告诉他。"我矫情地交代，"不过，如果我始终都没有发生任何意外，那还是算了。"

沈明朗的表情看上去啼笑皆非，但迎接到我笃定的目光，他还是点点头说："……好。"

这时候我想缓解一下气氛，扭头去看他登录着的 QQ，那个头像果然还在一闪一闪地跳个不停。

"你不看下消息吗？"我好心地提醒。

他"哦"了一声，然后起身凑近了一点。我好奇宝宝般冲他做了个鬼脸:"我可以看吧?"

"……"他居然露出了有点害羞的表情。

我索性得寸进尺:"我刚刚都跟你说了秘密! 你也要给我说一个你的秘密作为交换!"

说完, 我的眼光大大方方落在显示屏上。

这次倒只有一条, 女生说:"你真的再也不会接我的电话了吗?"

我一愣, 下意识指了指他放在桌面上的手机, 意思是: 你都没有看电话?

沈明朗摊摊手:"我看到了。"

"那你不回一下吗?"

"不用。"沈明朗想了一下, 才慢条斯理地解释说,"还记得我上次跟你说的, 她们学校那个喜欢她的男孩子吗?"

我认真地点点头, 表示我正在听。

"那段时间无论我怎么挽留, 她都只是模棱两可地说'我考虑看看'。我以为她是真的在考虑, 后来才知道, 她根本已经选择了别人。"沈明朗的声音忽然低了下去,"那我算什么呢?"

"那为什么她现在……"我指了指他的 QQ 消息对话框。

他顿了顿:"很快就分手了。"

"所以她现在又来找你?"

我更关心的, 其实是她回头时, 沈明朗究竟会怎么做。

"但我发现, 我已经不像以前那样害怕失去她了。"他露出一个有些苦涩的笑,"可能人真的没有我们想象的脆弱, 至少, 我曾经以为我会挨不过去那段时光……"

他说着伸手指了指我, 又指了指自己:"……既然已经过去了, 我不想自己再陷进去。"

"可是她这样找你……"我看到女生的留言, 发现沈明朗后面基本都没再回了, 忍不住有些唏嘘,"你不会觉得很不忍心吗? 如果是我, 肯定会不忍心的。"

半晌，沈明朗才叹了口气："不想耽误她，也不想耽误自己吧。"

直到这时，我才忽然反应过来，沈明朗说的话——

"还是彻底分开的好。"

"别说我了，还是说说你吧！"沈明朗成功地再次把话题绕到我身上，"你真的不打算告诉他吗？"

"我不要！"我激动地表明立场，"你答应过要替我保密的！"

"你放心吧。"他笑了笑。

那个晚上，我们坐到茶馆打烊。走出店面，我又看到了那条当初和他面对面擦身而过，他却没有认出我的街。

而这次我却听到他问："要我送你过去吗？"

"不用啦！我回去很近的，你如果送我的话，在那边就不好打车了。"我说着，笑得很灿烂地冲他摆摆手，"今天晚上很开心，谢谢你听我说话。"

沈明朗轻轻地点了点头："那你先走吧，我看着你走。"

我顺从地转身，沿着那条空无一人的街道，一点一点地背对着他往前走。

那时我大概无论如何都不会想到，从这天起，横亘在我和他之间的一个名字，再也……再也没有机会抹去。

往后无关山川落日、秋风乍起，顾潮生不在我世界的那五年，同样也是沈明朗单身的五年。

五年里他陪我说过好多好多话，还有每一次我难过时，总是他给我鼓励。但当他每次试探着问我："你和顾潮生还联系吗？"

我并不懂得他其实是在问我："你心里还有他吗？""你放下了吗？"

2009 年，顾潮生不在我世界的第二年，我把他的名字上了锁，钥匙在沈明朗那里。

第六章

也许当时忙着微笑和哭泣
忙着追逐天空中的流星

公司在七月份有十天暑假。

假期我回去的时候，沈明朗已经在家里闲了一段时间。我们约在上次的茶餐厅隔壁的一家店，要了一个包厢。

那天来了六七个沈明朗的同学，每进来一个人，沈明朗都会介绍我一次："这是温澜。"

我礼貌地跟大家打招呼。其他人之间似乎都相互认识，所以我理所当然地成了那个大家会额外照顾一下的对象。中午点饭的时候，大家纷纷提醒沈明朗："这里还有一位没点呢。"

这让我想起过年那次，我和两个初中同学约出门喝东西，卡座里四个位置，我们两个女生，还有一个男生，空出来了一个位置，男生就顺口问了一句，有没有别的朋友可以一起叫过来坐坐。我第一时间想到的就是沈明朗。

发短信给他的时间是晚上八点左右，他打了个车，很快到了。

后来我才发现，我和沈明朗之间似乎是有这样的默契。他的朋友聚会会喊上我一起，我的朋友聚会也可以叫上他同行。

也只有和他在一起的时候，才不会因为四周大多是不熟悉的人，而有任何的不自在。

甚至，还会下意识觉得，在这个场子里，最最亲近的人是在身边的彼此。

那时候杀人游戏已经过了盛行期，取而代之的是桌游《三国杀》。沈明朗边洗牌边扭头问坐在他身边的我玩过没有。我摇摇头，他笑了说："我教你。"

我本身真的是个对游戏很冷感的人，即便是手游最火的时期，我手机里都没有下载过任何一款游戏。但我却从学生时代起，就因为沈明朗而接触并第一次玩网游。

他一点点地给我讲解《三国杀》规则的时候，我听了半天还是表示听不懂。他挠了挠头，终于妥协地说："那先跟着我们玩一盘，相信我，一局之后你就会了。"

于是我试着按他教的一步步来，果然很快上手，并且一路兴致很高地玩到晚上十一点多。最后一局结束时，大家纷纷对了下回去的路线，轮到沈明朗的时候，他扭头问我："你呢？"

"沈明朗，你怎么回去不重要啦，要先送温澜回去吧。"他的朋友们纷纷起哄。我有点不好意思地笑笑，也不知道说什么好，只好拿求助的眼神看向他。

"我送你吧。"他起身说。

我们出来后，很慢很慢地往我家的方向走。沈明朗忽然掏出手机，找到一个视频按下播放："给你看这个，我们学校焰火盛会的时候我录的。"

我接过来，能从视频里清楚地听到烟火盛放时的噼啪声："还蛮好看的！你们学校真不错！"

"是吧，"他做了一个得意的表情，"下次如果有机会，可以带你去看！"

我高兴地说："好啊。"

沈明朗应该觉得我会很喜欢烟花吧？

他不知道我喜欢的，只是他特地录下烟花拿给我看时，笑起来弯弯的眼睛。

年底的时候，我跟一个别的公司的编辑聊天时发生争执。没想到对方竟然好事地截图发给白晴，然后还语带讽刺说："这就是你带出来的好下属！"

当时我在公司经过几次人事变动，已经被直接分到白晴手下。当看到她在 QQ 上把我说的原话又发给我看，并在后面附上个冰冷的问号那刻，我顷刻间泄了气。

虽然理智上知道白晴是我的上级，她有自己的立场本身无可厚非，但是情感上却又割舍不掉对她的依赖，不自觉地会委屈会难过。

我勉强地跟她解释几句，随后控制不住地跑到天台默默流泪。那一刻，我的的确确是第一时间打给了林航。

可他竟然挂断了。

那已经不是林航第一次主动挂断我的电话了。

每一次他都会说："我爸妈在旁边，我不太方便接听你的电话，晚点我打给你。"

但往往，并没有那个所谓的"晚点"回复，充其量化为睡前的那句"晚安"。

久而久之，我也已经习惯。

很久之后，我真正去到林航身边，才知道原来那些他来不及留给我的时间与精力，都给了网络游戏。

沉迷其中的他，很少会主动想起我。

而我，似乎也已经习惯不再将当初那个事事为我担忧、时时将我照顾的林航，与眼前这个忙碌冷漠的他混为一谈。

可这一次，我实在撑不住等到他有空再说，而是任性地再次拨了过去。

我听到了什么呢？

林航在听筒另一端压低了声音说："什么事？"

我吸了吸鼻子："……你在忙吗？"

"当然啊。"他理所当然，甚至还有些不耐烦，"我不是说过很多次了吗？"

"就是一些工作上的事。"我直到此时此刻还天真地想要乞求一点他的安慰，"……其实也没什么。"

我怎么也没想到林航会顺着说:"那先这样,我有机会再打给你。"

我呆呆地"嗯"了一声,而听筒那边已经断线。我甚至都不清楚他有没有听到我最后的反应,还是仅仅说完自己的那句,就不在意我的回答,径直挂断。

眼泪在眼眶打了几转,我在手机通讯录上翻了一圈,眼光最终还是停留在沈明朗的号码上。

"你在忙吗?"我发过去一个消息。

沈明朗回得很快:"还好啊。"

"陪我说会话吧。"

我跟沈明朗七七八八地交代了事情经过,最后沮丧地表示,自己简直失去了工作的信心。沈明朗却没有被我的负能量劝退,而是替我分析:"首先,为了这么一点小情绪,你就有了辞职的冲动,肯定是不理智的。你应该先冷静下来,客观地想想这件事你究竟有没有做得不恰当的地方。或者换个说法,有没有让别人为难呢?我们考虑事情时,都会站在自己的立场,照理来说,并不存在凡事都先替别人考虑的人。"

"在要求别人为你考虑的时候,其实更应该做的,是调整自己的情绪,不要在别人身上放太多期待,以免有一天会失望。"

我在短信收件箱里把这两条消息翻来覆去看了好几遍,情绪逐渐平复下来。我给他回复:"看完你说的,我觉得好受多了。"

"所以什么时候请我吃饭?"沈明朗开玩笑道。

我握着手机,不自觉地破涕为笑:"下次见面,你想吃什么随便选。"

2010年春节,我回去的第一件事就是约沈明朗出来吃饭。

"说好我要请你的嘛。"我在信息里说。

他特地打车到我们家附近来接我,就是平常我会站在那里等顾潮生一起去学校的巷子口。

我从楼道出来,拐个弯就远远地看到沈明朗等在那。当时是傍晚七点多, 天色渐暗, 沈明朗看到我说的第一句话是: "突然觉得你好瘦啊! "

我低头看了看自己, 然后笑着看他一眼: "谢谢, 你嘴好甜! "

沈明朗却突然改变了计划, 毕竟我们都刚吃过晚饭。

"但我不是说好请你吃饭的吗? "我问。

"嘘——"他凑到我耳边, 当时我们所处的那条街没有路灯, 我只能看到沈明朗模糊的侧脸贴过来, 听到他的声音, "我们去放焰火吧! "

他带我到街边小店, 林林总总买了好多式样的烟花。我们绕了一段小路, 总算找到一块没什么人经过的空地。

沈明朗把最大的一筒在平地上放好, 点燃, 快步退到我身边。当暗夜的空中燃起簌簌焰火, 我站在他旁边, 看到明明灭灭的火光照亮我们的脸, 忽然就好希望时间在这里静止。

时光仿佛倒退回四年前。江边的夜晚也是一样风凉, 唯有江面倒映着对岸微弱的丝丝灯火。沈明朗明明要先走, 却还转过身, 特地叮嘱我说: "十二点之前, 记得听电话哦。"

那时我也好希望时间就此停下, 就停下, 永远不要再往前。

然而花火终究短暂, 沈明朗在身边把焰火棒塞到我手里: "拿着, 我帮你点啊! "

我开心地接过, 听到烟火在小声地嘶嘶作响。沈明朗偏过头看看我, 温柔地笑出好看的酒窝。

我还记得那个问题是沈明朗问我的。

"你有没有觉得, 其实有时候我们喜欢一首歌, 不是因为那首歌有多好听, 而是因为承载了我们一段时间的记忆? "

"就好像我听到《小酒窝》, 就会想起你。"

但最让我难过的, 是往后的每一次, 听他推荐给我的《爱笑的眼睛》。

歌名就是我心中他的样子啊, 是他爱笑的眼睛。

这些, 像是他给我种下的心锚。

他离开了，但这些歌还留在我的记忆最深处，每次无意中听到，都会想起。

焰火在我和他之间不断地燃放。我觉得有点冷，下意识搓了搓手。沈明朗适时扭过头，朝我喊道："怎么啦——冷吗——"

我点点头。他忽然把手里的焰火棒塞给我，快速脱下外套，披在我身上。

如果说这些年的时光，有哪一天让我觉得和他真正贴近过，我想，一定会是2010年冬天，他带我看过的漫天霞光。

那一年春节，我只匆匆见了顾潮生一面。

初三初四他走完亲戚，我们约着傍晚出去散步。街灯下，他问我说："北京有个实习机会，我要去吗？还是我就留在长沙呢？"

长沙代表的，大概是他对家的眷恋，以及始终放心不下的傅湘。

我们绕城市走了大半个圈，沿路万家灯火，夜空中有星星。顾潮生认真地询问我意见，虽然如果他留在长沙我会有更多一点见到他的机会。但我懂他心中最想追逐的。

我鼓励了他。

下半年，他去了北京。

2010年3月22日，晚上十点，我按掉顾潮生第三十个来电。

他一直打，我一直不肯接。他发来无数零零碎碎的短信，内容几乎全部都是：接电话，你接电话，你接电话说，你接电话我帮你解释，我替你解释，有什么事情说不清，你怎么这样！你放弃我！我们这么多年了，你有什么说不清！我恨你！接！接接接！

十二点半，手机终于不响了。

黑夜无边，我安静地坐在一个人的小房间，害怕地抱紧自己。

我担心下一秒手机又会响起，又那么舍不得，害怕顾潮生永远不再让我知道他的消息。

十点之前，是我给他发过去的短信。

言简意赅，我说：以后别联系了，我怕林航生气。

这条内容显示"发送成功"时，我感觉自己握着手机的手都在颤抖。

那时候我还欺骗自己，宽慰自己，告诉自己说：顾潮生看到最多笑着跟傅湘吐槽我几句。他都有女朋友陪了，何况我们现在这样不远不近的关系，他还会需要我吗？

一定是不再需要了啊。

人生还那么长，可是我已经没有陪他继续走下去的身份。

说到底，林航不过是导火索。

几个小时前，我接到林航的短信，只有几个字："你让我好失望。"

我不明所以，下意识追问，可林航却偏偏不肯直白地告诉我究竟发生了什么。

"你自己做过什么你心里有数。"他语出惊人。

"我做过什么？你既然这么生气，难道不能把事情说清楚吗？"我焦急地打字，感觉自己的手都在颤抖。

没有人知道林航对我来说意味着什么，他是我用什么换来的。如果我还守护不好这段感情，我真的会觉得自己很失败。

"你为什么要骗我？"林航的语气第一次让我感觉害怕，记忆中，他从没有这样生过我的气。

望着他发给我的话，我甚至会害怕，如果我说错一句，是不是他就会立刻从我的生活中消失不见？

"我没有啊！"我恳求他，"你能告诉我到底发生什么事吗？你不告诉我，我连解释的机会都没有。你至少听一听我的解释不是吗？"

类似的内容我一连发了七八条，林航才终于平静了，回复我说："你不是答应我不会再联系顾潮生吗？"

我整个人僵住。

记忆被松绑了。我清楚地记起，林航曾严肃地对我说，让我和顾潮生之间保持距离。即便当时，我们之间几乎已经没有联系。

我不知道林航坚持让我这样做的理由是什么，而我原本当时就可以反问：凭什么？

但我没有。

我根本无法摆脱自己的心虚。

更无法面对林航的要求，理直气壮。

不是说过要对他好吗？尤其是，当初是谁曾信誓旦旦地告诉自己，一旦有一天我需要在林航和顾潮生之间做出选择——再小的事情都好——我都必须以林航为先。

只有这样，才有可能一步步，走出从前。

离那个人，越来越远。

"对不起。我的确在他生日的时候，给他发过一句祝福。"我尝试着在记忆中寻找我们最近仅有的交集，"可除了'生日快乐'四个字，别的什么都没有了。你不要误会我好吗？我答应你会和他保持距离，但我们毕竟从小一起长大，我发一句生日祝福真的很过分吗？"

"我真的不明白，你为什么直到现在还要骗我？"林航的回复再次让我不知所措。

"我没有骗你啊！"

我还在编辑短信，却已经收到他接连发来的几条。

"如果你一定要坚持，那我只能说，我们之间没有什么好说的了。"这是第一条。

"我不想再看到你说的任何一个字，你说的全部都是假话。"这是我颤抖着点开的第二条。

"别回复了，就这样吧。"这是我流着眼泪点开的第三条。

我没办法再一行行地编辑短信，哭着到窗边给他拨电话，得到的却是无尽的忙音。无奈之下，我只好尝试最后一次努力："我发誓我说的都是真话，我没有骗你。你可不可以告诉我，你是听谁说了什么？就算你要放弃我，也告诉我真相，可以吗？"

说我当时不心慌是假的。

"我在顾潮生的空间看到他发的日志，说今年的生日是你陪他一起过的。到现在你还要跟我说不是吗？要不要我们现在给他打个电话，求证一下？"

看完林航发来的最后一个字，我终于长长舒了一口气。

因为我知道，林航一定是误会了我。

顾潮生的生日又怎么会轮到我陪呢？

我慢慢按动键盘："你一定是看错了！你仔细看一下！我也去开电脑，你等等我好吗？我真的没有骗你，肯定是哪里弄错了！"

我发送后，把手机放下，急急忙忙打开电脑，登录QQ，然后点到顾潮生的空间里："……想到初中的时候，每次都是澜澜陪我一起，拎着大包小包的礼物回家。而她总会嫌东西好重，在旁边表情明明很羡慕地埋怨我说，收这么多礼物干吗……"

原来所谓的日志就是这样。

我截图发到林航QQ上，向他解释。他看后，却只是长时间的沉默。那期间无论我试探着说点什么，他都不回复。

距离他千里的我却愈加紧张："你看到我说的了吗？回我一下好吗？"

"看到了。"良久，他总算回了句，"让我想想吧。"

也就是这一句，终于促使我，下定决心。

我既害怕他猜透我对顾潮生的恋慕，也害怕自己继续这样偷偷摸摸地喜欢另一个人，迟早有一天，我会疯。

接着，手机便响个不停。

顾潮生回复，问我为什么，我没有再解释。我不想解释，更不知道怎么解释给他听。

告诉他其实一直以来我喜欢的人从来都不是别人，就是他？告诉他我默默地陪在他身边十几年，只不过为了有一天，他会发现自己离不开我，但我却发现其实我没有做到？告诉他如果我继续任由自己沉沦下去，我会疯，会死？告诉他我永远得不到他，只能在他身边默默祝福他和别人在一起，却无法抑制自己见到他就心动不已，更不想纵容自己见到他难过、见到他哭时，比他还要心痛，痛到快要窒息？

是的，我原本可以跟林航据理力争下去。

我也可以不答应的，我甚至可以怪他无理取闹。

但我没有。

我生怕被人洞悉，我那份藏了十四年的心意。

我说："好，我这就去。"

假装不在乎一个人而已，我做到了。

说完我开始删顾潮生的所有联系方式，电话、QQ、人人……甚至包括微博关注都一并果决地取消。

我拼命勒令自己，不再去管那部响个不停的手机。

2010 年，顾潮生不在我世界的第三年，我终于拼尽一切力气，将他赶离我身边。

五年里，我逼迫自己不去关注他的任何消息。

五年来他的每一次生日，我都没送过祝福给他。

我对自己催眠，有的人你不需要知道他在忙什么，最近和谁一起。只要他过得还不错，你就会安心。

你无所谓是不是恰逢节日对他说了生日快乐、春节快乐。

无数次你忍住了要去找他的冲动，而在他看来，你从未想过再次出现。

我躲了顾潮生五年。

十九年来，我从来最骄傲便是顾潮生与我之间，那段没有别的女生可以与之相较的回忆。而如今，它却被这五年空白一一吞噬，清洗干净。

似乎失去了顾潮生，我便更加没有了不珍惜林航的理由。

隔天，林航来找我，对前一晚的一切绝口不提。

直到很久很久以后，我才知道，原来顾潮生去找过他。

QQ上，顾潮生质问林航，为什么要干涉我们之间的友情。

"我和温澜之间这么多年的感情，你凭什么觉得你是他男朋友，就有资格干涉她的朋友圈？

"你觉得你把她身边所有你认为是障碍的人都扫清，你们就可以永远在一起了吗？如果你这样想，那么我告诉你，你就大错特错了。

"你不妨问一下，这些年我们身边的所有朋友，有任何人曾经觉得我们有什么问题吗？你为什么会这么小气？你能不能在处理这件事情的时候，像个男人呢？"

顾潮生后来跟我形容，他当时愤怒得口不择言，说了很多故意惹怒林航的话。然而林航竟然不为所动，只用简单的一句"不管你怎么想，请你尊重我们的感情，也请你以后不要再联系她"就结束了对话。

他没想到自己说了这么重的话，还是没能让林航反省："我当时就和傅湘说过，你们这样子失去社交圈的感情，根本不会长久。"

顾潮生说得一点都没有错，我和林航没有长久。可他说得却又不对，我们没有在一起，并不是因为什么社交圈。

恰恰就只是他这个人而已。

2010年底，我工作到深夜，突然接到一个手机中间几位数字是"010"的来电。或许是第六感吧，我脑海中第一时间闪过顾潮生的名字，那刻我明知自己不该接这个电话的。

可我仍然丝毫没有犹豫地按下了接听。

电话另一端果然传来顾潮生的声音，很重的鼻音。我听到他喊了一声我的名字："……澜澜。"

我瞬间听出他是在哭，同样也猜出应该是和工作有关。我试探着问他："怎么了？"

他没有说话，痛快地哭了一会儿，然后挂断了电话。

过了不到一分钟，我收到他的短信："可能是刚来北京，生活和工作的压力实在太大，就有点脆弱，觉得坚持得很难。傅湘劝过我好几次，说你已经有自己的生活了，今天本来也是不想打扰你的。但我刚才心情真的很不好，翻遍了手机通讯录，最后还是打给了你。你呢，和他还好吗？"

那条短信的内容，我翻来覆去看了不下十遍，整个人哭到抽搐。我把电话回拨过去，听到他说话时还带着一点鼻音。他也听出来我在哭，反而一时间慌了手脚，有点无措地安慰起我来："你怎么也哭了？你别哭啦！哎呀，澜澜，你别哭了好不好！"

他不知道我究竟有多心疼他。

我真的好心疼他啊！多少次想要对他说，你身边还有我。但每次却又太过理智地知道，他最需要的，不会是我。

我哭够了，最终还是挂断了电话。

许多话，我和他都一样，没有办法直接说出口。所以我也认认真真地编辑短信："我没有想到你还会打电话给我，我还以为你再也不会理我了，我以为你不会再需要我了。其实不用你说，我也知道你刚去北京，实习期的工作本来就很辛苦，何况你和她又分隔两地。我不知道怎么安慰你才好，但我真的很担心你。看到你难过，我作为你的朋友，真的比你还要难过。"

我解释了我哭得那么狼狈的原因，虽然也有一点担心他会不会信。

隔了很久，他回我了。我点开看，却只有简短的两行："谢谢，不打扰你了！我会更加努力的，你也要努力哦，一起加油吧！"

我握着手机，眼泪凶狠地大颗落下。

天晓得，那一刻我心里是真的知道，我都知道。我知道他不是真的希望从此都不打扰我，他只是不想从我嘴里听到任何一句疏离的话。

但他又怎么会知道，当时我有多想告诉他，我不想再去管林航，我可以失去所有人，如果这样我就不用失去他。

可我真的不会失去他吗？

我和他说，"何况你和她又分隔两地"，他并没有反驳我一句。我就知道，他心里还是有她，她迟早都会去到他身边的。

届时，我就不能再陪他了。

顾潮生，如果以后你难过，你和她生气、争执、吵架，你要原谅我不能陪你了。

因为就像你说的那样，我有自己的生活，而更重要的是你也有自己的生活，我没办法恰好地掌握自己该在什么时候出现，所以，我只好选择消失不见。

曾经告过别，现在又要说一次再见。

算一算，好像每次我有离职的冲动，都是沈明朗拯救的我。

下半年，公司来了两个新人，白晴把她们交给我带。白晴很喜欢其中一个女孩子，和我讨论工作的时候，经常特地提到她，让我多关照一下她。

我本身对她印象就很好，再加上白晴的嘱托，更是尽我所能地帮助她。

可我的平常心态却不知不觉间发生了转变。我渐渐察觉，但凡她某项工作完成得还不错，白晴就会拿她的这项优势来督促我："虽然她比你来公司晚，但成绩不比你逊色哦！"又或者，"这个甚至比你做得还要好，你还不赶紧加油！"

一开始我还会借此提醒自己，要更努力工作才对，但次数多了，我也会感到失落。

这种感觉大概有点像小的时候，爸妈口中总无意地提到的"别人家的孩子"。你优秀的地方爸妈会避之不提，你的不足却会被他们挂在嘴边。而你想要据理力争，却又发现自己力不从心。

我特别沮丧的是有一天晚上，我在家里加班，完成工作以后差不多九点，起身时无意中磕了一下膝盖，马上划破了皮。我忍着疼，自己简单地包扎处理，却正好接到沈明朗的短信："睡了吗？"

"刚关电脑，不小心碰伤了膝盖，"我忍不住抱怨，"我好惨哦。"

沈明朗当时已经不在长沙，而是去了武汉实习。我还记得他说，让我有空过去找他玩，他带我去看武汉大学的樱花。

或许这就是遗憾的感觉吧，当时他随口说的一句承诺，我记了好多年。可时过境迁，说出承诺的那个人却始终没有兑现。

这次沈明朗竟然没有给我发短信，而是直接打了电话给我。很久以后，我都还能清晰地回想起听到他声音的那刻，熟悉而温暖的感觉。那些年因为大家常用的都是 QQ 或短信，微信还没有被研发，大家自然也不会传语音消息。所以接到他电话的感受，和平常用文字聊天是真的完全不同。

我和他随意聊了几句，听他说刚好没有什么重要的事情，就索性把房间里的灯关了，靠在床头，整个人盖在厚厚的被子里。

不知道是不是因为周身一片漆黑，沈明朗的声音此刻听来格外清晰。

我和他说起最近工作上的小情绪，他还是像当初一样，一点点地替我分析我现在面对这件事情的所有利弊。

"……最重要的并不是别人怎么想，我觉得最重要的是你自己要想通，那样才会不被这个人，或者这件事情影响到情绪。工作上我们都不可避免地会遇到一些麻烦，比如难缠的同事，棘手的项目，或者不好说话的上司。但发生这些事情的时候，还是要就事论事地具体情况具体分析。"他慢条斯理地说，"就好像现在，你难道真的认为辞职是最好的选择吗？"

"……其实我是觉得委屈。"我在心里承认，自己只不过太看重和白晴之间的感情，才会这样避重就轻。

"你不是真的怀疑自己的实力，而是在意她对你的态度吧？"沈明朗一针见血，"可是你换个角度想，她也许正因为是把你当自己人，所以才会希望你比别人更加优秀啊。"

不知不觉，我们居然聊了整整两个小时。我诧异自己和沈明朗之间，竟然有那么多讲也讲不完的话。

"很晚了，你明天还要上班吧？要不要早点休息？"

如果不是沈明朗主动问，我不会发现，我居然不舍结束这通话。

这之后，我似乎就不再只是发短信向沈明朗倾诉烦恼了。而是在我每一次心情很差的时候，我竟然会有这样的自信，觉得就算全世界都不想理我，我还可以给沈明朗打电话。

那些年我究竟给沈明朗打过多少次电话呢？

以前我是从来不信人会有报应的。

可是 2015 年 2 月，沈明朗生日那天，我习惯性地点开他的微信头像，还看了眼他的朋友圈——简直已经快要长草啦，好长时间都没有见他更新。我不想发短信，觉得显得太过刻意，于是在消息框里编辑了一条内容给他："不知道你什么时候会登录微信，就当作是留言好了。生日快乐！"

之后我虽然没有收到他的回复，但我并没太在意。那段时间他好像很忙，我已经有两次发消息过去后石沉大海的前车之鉴。不过沈明朗在我心里的信用度实在很高，所以以我根本没有多想。

"可能正赶上春节假期，刚好在亲戚家里做客什么的。"我想。

又过了半个月左右，当我再次无意中点开他的朋友圈，看到的却是一片不可思议的空白。

是被屏蔽或者删除又或者是拉黑的那种一字不见的空白。

我惊讶地揉了揉眼睛，还以为自己看错了。

五年了，从我不再联系顾潮生，从我和沈明朗恢复联系，好像他这五年始终都是单身状态。五年里，我已经习惯他是那个在我最无助难过的时候，可以放心去依赖的人。

我几乎完全没有想过，我所获得的这一切的一切，在我伤心时刻随传随到的他，不过是因为应该待在他身边的那个人，刚好还没有出现。

是沈明朗让我明白了什么叫真正的"一报还一报"。我当时还非常不甘心，用群发消息的方法尝试着检验了一次，想知道我究竟还是不是他的好友。

我以为微信的"群发助手"可以检测出结果，所以当我志忑地发完消息，系统并没有弹出任何提示的时候，我好不容易松了一口气。

这半年里，我竟然都没有发现这个天大的漏洞：通过群发助手发送的信息如果发送失败，系统根本没有提示。

而我，还在片面地认定着：沈明朗只是屏蔽了我，并没有把我删除。

直到国庆小长假，我志忑半天，编辑好一条像模像样的很有"群发"既视感的信息，单独点开沈明朗那个很长时间都没有更新的名字，粘贴，发送。

"小酒窝开启了好友验证，你还不是他（她）的好友。请先发送好友验证请求，对方验证通过后，才能聊天。"后面是六个蓝色的可以按的文字："发送好友验证。"

我看着自己发出去的故作轻松的消息被原封不动地退回，内容前面一只红色的表示"未发送"的惊叹号，内心所有的慌张与期待，顷刻间被打回原形。

握着手机短暂发呆的几分钟里，我回想起自己当初正是这样把顾潮生的联系方式拖拽到黑名单里。我现在有多想把沈明朗从微信另一端揪出来问清楚，那么当初，顾潮生就一定也这样想过。

电脑上因为赶稿而单曲循环的歌，是田馥甄新出的单曲《小幸运》——

我听见雨滴落在青青草地
我听见远方下课钟声响起
可是我没有听见你的声音
认真 呼唤我姓名

爱上你的时候还不懂感情

离别了才觉得刻骨铭心

为什么没有发现遇见了你

是生命最好的事情

也许当时忙着微笑和哭泣

忙着追逐天空中的流星

人理所当然地忘记

是谁风里雨里一直默默守护在原地

原来你是我最想留住的幸运

原来我们和爱情曾经靠得那么近

那为我对抗世界的决定

那陪我淋的雨

一幕幕都是你 一尘不染的真心

与你相遇 好幸运

可我已失去为你泪流满面的权利

但愿在我看不到的天际

你张开了双翼

遇见你的注定

她会有多幸运

我听着听着，想起那年下课钟声响起时，经过篮球场总会忍不住驻足张望的少女，想起那个篮球少年曾给过我的勇气 陪我淋的雨。

不过，真正让我哭的，却是这两句——

"原来你是我最想留住的幸运，原来我们和爱情曾经靠得那么近"。

第七章

我说了所有的谎
你全都相信
简单的我爱你
你却老不信

2011 年 1 月，林航终于买了回程的车票。他到长沙那天，刚好大雪。下班时间，我刚出电梯，拐个弯便看到他拎着大包小包，微笑地站在那里。那一刻他虽然没有说话，但我总觉得周遭的一切，风声雪声，统统都在替他对我说那一句："澜澜，我来看你了。"

那是他离开我的第三年，三年中他唯一一次来看我。而我却为了这三年，积攒了超过一百张硬座车票。

我还记得，有一年因为春节，假期特别地长。以往我都半个月去一次广州，那次却隔了差不多有一个半月。起初是怎么都买不到票，再后来就是春节期间，也不好从家里半路落跑。那四十多天的时间，我总觉得内疚而又不安。

像是特别害怕林航会因为这短暂又漫长的假期没见到我，就要跑掉一样。

日历上，假期结束后的第一个周末刚好是情人节，我就特别想赶在十四号当天见到他，给他一个惊喜。可我跑了好几趟售票点，还是次次都没有票。为此我还特地给订票的工作人员留了电话，让她一出票就先帮我留着。就这样，终于在差两天过节的时候，我买好了票。

可当我半夜两点从睡梦中爬起来，匆匆打车赶到火车站，却被告知弄错了时间。

现在是十四号凌晨，我买的却是十三号凌晨的票。

我这才回忆起，当时跟工作人员说的是："要十三号晚上的票，实在没有的话，凌晨也行。"

要知道，平时为了省钱，我都是坐硬座的。这次还是特殊情况才买的卧铺票。我反应过来时，眼泪唰地一下就来了。我哭着给林航打电话，满以为林航会安慰我几句。或者，他会不会买票来看我一次呢？

可我怎么也没想到，他只是淡淡地说："既然这样，这次就别过来了，下周有空再来吧。"

他似乎觉得我买这张票很简单，而我往返火车站所耗费的时间精力，在他眼里，就像我在上班的清晨早醒了半小时那样稀松平常。

他不明白我的惶然，不懂我的害怕。

我吸了吸鼻子，固执地说："我不管，你还是按我们约好的来接我，我一定会到的。"

我把废票撕毁，重新去售票厅排队，总算买到一张凌晨三点半上车的站票。人挤人的车厢里，我困得东倒西歪，直到九个小时过去，我在出站的第一时间看到林航站在不远的地方。

我终于见到他。

他还像上次见面一样，没有什么变化。可是那刻我知道，我心里的慌张终于有了栖息的岛，它成功地停靠到岸边。

我有时候想，我今生可以用来爱人的力气，全都毫无保留地用在了林航身上。所以当有一天，我发现自己只是在爱人，而不是在爱一个最爱的人的时候，我会遗憾吧。

除夕前一天，我和林航一起参加了初中同学聚会。

因为是到场最早的一批，大家在餐厅落座后已经聊开了。然而每个人推门而入时，我都会紧张一下。我又害怕身边的林航看出我的紧张，只好一直努力找话题。

直到有人提到顾潮生的名字，说打电话叫了他，然后又扭头，再自然不过地看向我："温澜，你们还有联系吗？"

我有点不自然地规避了这个问句，而是反问："他怎么可能会来啊？肯定骗你们的。"

他平常真的很少参加聚会，十次有九次都是不会来的。可对方却一副信心满满的样子："不会啊，他刚说已经在来的路上了。"

这时我还在坚持："不可能啦！他肯定是顺口答应，待会儿又会说自己有别的事情来不了了之类的。"

这句话看起来是说给别人听，其实根本就是在说服那个内心还有着一点点期待的我自己。

说完我才想起林航还在旁边。我暗暗用余光看看他，还好，他的表情看起来没有什么不对。我给他倒了杯饮料，有些心虚地找了个话题："刚才爸妈还问我，你什么时候和我一起过去。"

我们本来是约好下午一起回家见我爸妈的。

包间的门不知被多少次打开。我正跟身边的人讲话，下意识一回头，顾潮生和另一个同学一起走进来，跟在场的每个同学微笑着打招呼。他的眼光落在我身上的时候，我明显看到他欲言又止的表情，他快速地扫了一眼坐在我旁边的林航，然后故意用很夸张的动作指了指我，说："嘿！你！"

那表情分明是在说："你……来啦！"

但他因为顾及林航，所以再自然不过地收回了后面的话。

我心里的难过被莫名地放大，不知道那刻的顾潮生是不是也和我一样，心情有一点复杂。

那次饭局是少有的，他和朋友坐在我和林航正对面。一张特别大的圆桌，围着十几二十个人，大家都在七嘴八舌地讲话。我却仅仅只是想到，以后自己恐怕再也不能像以前一样，心安理得、光明正大地坐在最贴近他的位置——那个以前好多年都属于我的地方。

我心里好难过好难过。

我好多次委屈地觉得自己离他很远，觉得他身边总是会有无数个别人来了又去。可是现在，我们正隔着一张桌子吃饭。夹菜的时候他往自己碗里夹了一筷子土豆丝，然后指着那个离他近一些的盘子问大家："还有谁要土豆丝吗?"说完,眼光却落在我的身上。我和他一样特别爱吃土豆,原来他还记得啊。

我眼眶涩涩地发胀,拼了命才忍住不让人看出异样。我把盘子伸过去,有点心虚地小声喊了句:"我!"

他故意提高音量,筷子停顿在半空:"你哦。"说完笑了一下。

其实从那个笑容里我就知道,他没有真的怪我。

如果不是林航在场,我就可以坐到他身边了。

如果不是林航在场,我就可以和他开心地聊天了。

如果不是林航在场,我就可以知道他不在我的世界里的这些时光,他去了哪里,经历了什么,这些年他过得还好吗。

可惜最终,整场饭局下来,只有大家调侃我和林航居然在一起的时候,他才就着这个话题感慨道:"是啊。"

除此之外,我们之间,再也没有多余的话。

大家商量着下午去哪里继续玩的时候,林航却已经在催促我赶紧回家。其实当时我有点儿后悔的,后悔早知道顾潮生会来,就不把带他回我家的时间定在这天下午了。但我又很懦弱,我那么胆小,我怎么敢这样明目张胆地出尔反尔改变计划。饭后,我悻悻地起身,跟大家抱歉地打招呼说:"我们还有事,可能要先走啦。"

我发现其实我每次说话,都无意识地站到了顾潮生附近。我明明知道和他没机会说上话,但还是想要离他近一点。哪怕周遭隔着无数人,但在我眼里,你在就好。

让我能多看一眼你,让我能多听一听你。

顾潮生望着我,眼睛里明显看得到疑问,是想问我要去哪。

但身边有同学代替他开了口:"还这么早,下午一起去玩啊,不要这么扫兴好不好!"

林航在一边有点抱歉地解释:"是这样,我们之前就约好下午去温澜家,她爸妈还在等我们。真的特别不好意思!希望大家玩得尽兴,如果我们那边提早结束了，我们再过来，你们看好吗？"

"哦——原来是要见家长啊！那是耽误不得，你们去你们去！"大家开始拍手的拍手，起哄的起哄。

我感觉耳畔一下子陷入喧嚣。

而顾潮生，他被两个哥们儿左右搭着肩膀，也和大家一起，随大流地露出了客套而疏离的笑。

我张张嘴，特别想说点儿什么。

哪怕就只是一句话。

哪怕，只是小声地趁着所有人不注意问他一句：还好吗？

但最终还是被林航拉着转过身，再也没了回头张望的勇气。

我一天天失去勇气，偏偏难忘记。

那天回家其实没有花掉多少时间，下午两点多，我们就已经见过我爸妈，从家里出来。我小心翼翼地在找过各种话题试探后，终于敢问出一句："聚会我们还去吗？"

没想到林航一口拒绝："又没什么意思，别去了吧！"

我一路接到几次同学打来催促的电话，最后一个是林航拿过我的电话接的："不好意思啊，我们这边还有点事，今天可能过不去了，你们玩得开心点。"

直到傍晚，我送林航去搭巴士。他三年没有回来，要去看看长辈们，因为他并没有跟爸妈说起我，所以我自然不用跟着一起去。

临别前，他叮嘱我一个人待会儿路上要注意安全，还不忘说："聚会那边你就别去啦！现在回家，刚好赶得上吃晚饭。饭后再出门就太晚了，你自己在外面，我会担心的。"

我不知道林航是不是看穿了我的心思，甚至猜到我想送走他以后过去看看。但他都这样说了，我心虚得不敢再坚持，于是顺从地点点头："好的，你放心吧。"

晚上八点多，我还接到最后一条同学发来的短信，问我忙完了没有。

"你们那边还没散吗？"我装得特别漫不经心，"都还有谁没走啊？"

"好多人都没有走啊！"对方一连报出好几个名字，正当我以为这么多名字里都没有顾潮生，一定是他已经走了的时候，却听到压轴出场的他的名字传入耳朵，"……哦对了，还有顾潮生。"

我特别意外，从来不肯参加聚会的他，明明应该是走得最早的那个，这天居然出人意料地一直待到晚上。然而我迟疑了一下，最终还是违心地说："我爸妈这边实在走不开，好羡慕你们哦！"

"……这样啊！那你先忙吧，以后我们有机会再约好了。"对方说完，通话挂断，听筒"嘀嘀"了两下，便再没了声音。

房间里，只有我孤单地靠在床头的软垫上，脑海中还想到那个人的眼睛。他眼神复杂地望着我，却始终不曾对我说话。

整夜没睡。隔天我起得特别早，几次掏出手机，想给顾潮生打个电话，但只要一想到他会有哪怕万分之一的可能性要对我说"没空"，我最终还是把它揣回包里。

我裹着棉袄，穿过那条熟悉的小巷，一个人慢慢走到顾潮生家不远处的拐角。早上的天气很好，我就站在刚好能晒到太阳的那块地方安安静静地等。时间嘀嗒嘀嗒地过去，直到九点多快十点时，我估摸着他应该起床了，这才拨通电话："我在你们家附近，你要不要出来，我们去走走？"

"啊？"他特别惊讶。大概是因为这些年来的每一次，都是他来我们家附近等我，而我从不曾去找过他。

那短暂的沉默里，我已经预想过无数的可能，直到他说："你等一下。"

十分钟后，他也裹了个棉衣，出现在我面前。

"有什么话你就说吧。"他冷冰冰地甩出一句。

我总觉得当时他脸上都写着满满的"我很生气的，你别以为你来找我，我就会原谅你"。

我只好搓搓手，极力赔笑脸："你上午有什么事吗？我们出去走走嘛！"

他考虑了一下，傲娇的表情没变："往哪边走？"

我反应过来，赶紧指了指另一边的路。

是和我来时相反的方向。

当时我就是下意识地觉得，如果我们顺着原路，没多久就会走到我家附近，届时他说"就当我送你回来了，你走吧"，怎么办？

那天我们顺着那条山脚的路走了很远。

"你还记得来找我啊。"这个人真的好记仇。

我望着他的侧脸，在心里轻轻地说：顾潮生，对不起。

对不起、对不起、对不起！我一直很想你，却始终没有告诉你。

对不起，我从来都没有自己以为的那么洒脱，也不是真的说放就放得下你。

但你原谅我，我不能亲口告诉你。

因为……我害怕啊！

我怕我说出口了，我们就连朋友都做不了了。

即便我们这么久没见，我心里却知道，有一天再见面，你不会真的不理我。但假如有一天你发现其实我喜欢的人是你，你还会不会和我像现在一样，见面、散步、聊天呢？

我不知道。

我是真的不知道。

这个问题的答案，我永远也不想知道。

我们一路聊着，无意中说到存款的话题。我当时上班，其实每个月都在固定存钱，主要是因为爸妈并没存钱的习惯，我又很缺乏安全感，总觉得有一天急需用钱，很有可能会像之前一样，身边所有人都没办法帮忙，而我只能哭，却无人能求助。

这件事没人知道。但那天，我却忍不住告诉了顾潮生："你大概是这个世界上唯一知道我秘密的人啦，我都没有告诉林航。"

"我也存了钱呢！"没想到他听完竟然说，"也没有告诉别人，傅湘也不知道。"

那一刻，之前所有的不甘心都消失在我们中间。

我以为不联系的这些日子，他会对我心存芥蒂，会对我疏远疏离。然而听到这句话的时候，我知道这些莫须有的担心，都不存在。

2015年春夏交接，我去广州住了几个月。当中有一天，我收到顾潮生的微信，问我最近过得怎样。

"一点也不好。前段时间做手术，又丢了工作，欠了好多好多钱。"我没心没肺地说，"都不知道什么时候才还得清，我真是生无可恋。"

"你到底欠了多少钱啊？"顾潮生的口吻有些无奈。

"……前前后后七七八八加起来，五万吧。"我自己都有点不忍直视发出去的这个数字。

从什么时候起，我把自己的生活过成了这样，要追溯的话，大概是和林航分开以后。

我走神的时间里，顾潮生那边却回过来一条："要不我借你吧？"

"我不要。"

我知道他刚跟朋友借的钱，用来在老家帮爸妈选的房付了首付，每个月要月供，还要还钱给朋友。上次见面，他还跟我感慨地说，自己一下子经济变得好紧张。就因为这样，他才辞掉了原本安稳的工作，开始空中飞人的生活。

我频繁地在朋友圈看到他晒来自全国各地机场检票口的定位，有几次看他在医院挂水，发高烧还坚持各地飞。这一切就是为了早点把欠朋友的钱还上。

"你自己不是还欠着钱？哪里还有钱借给我啊？"

"快还清了啊。"他轻描淡写地说。

"不用啦，反正我不要。"

那一刻，我忽然觉得，原来我值得他对我这么好。

原来在他心里，我好重要。

路上，顾潮生大概怕我再玩消失，甚至还替我出起了主意："其实你可以把我的号码存成编辑或者同事的名字，我以后发信息给你之前，我们先对一个暗号啊。比如'稿子交了没？''编辑我写了个新稿子！'这样不就可以皆大欢喜了吗？"他望着我，"所以，你何必一定要拉黑我呢？"

面对他真诚的眼光，我要怎么告诉他，我哪里值得，他为我这样偷偷摸摸地委屈自己。又哪里来的自信，觉得林航永远不会发现？

若非深谙"没有不透风的墙"，我又怎会把喜欢他这件事当成秘密，不对任何人宣之于口，并小心深藏至今？

我心不在焉地点点头。顾潮生又想到什么似的，忽然细数起我的罪过："这么久都没有联系我，还说什么一直记挂我，我看根本就只是说说。"

"怎么可能！我还在微博艾特过你，是你没有回复我。"我主动申辩。

这些年，他所有的微博我都悄悄地点进去看过，只不过微博不会替他留下访客记录。

"是吗？你艾特过我？"他狐疑地看我一眼，"我怎么从来没有看到过？"

我有点无奈："……我当然知道你百分之九十没看到，因为你也没有回复我啊。"

这时他终于露出一点点满足的表情："好吧，暂且相信你。"

没想到回家后不久，我打开电脑刷微博，就看到顾潮生有了一条更新："不是说一个月前艾特过我吗？我翻遍几个月间所有的微博记录，根本没有。骗子！"

刷到这条，我不禁在电脑前笑出了声。他是怎么做到如此可爱的？

那是我第一次在他微博里，看到真真实实的，与我有关的痕迹。

其实我没有骗他。之前看到某条热门微博时，我想到了他。虽然也经历了一系列挣扎，但最后还是鼓起勇气，在评论里艾特了他。

艾特完以后，我就开始一天刷新评论七八遍。从一开始的担心他不回，到后来开始猜测，他到底看了吗？他给别人回复了吗？他登录微博了吗……他该不会是故意在气我吧？该不会是微博吞掉了我的评论？

到最后，我已经被自己纠结得睡不着觉，索性删除了那条微博。

这整个过程终于落下句点以后，我还一直惦记着这件事情，担心着会不会他其实看到了，只是当时没有回复，等到他想回复的时候，又发现那条艾特不见了呢？

抱着这样的心情过了许久，真没想到后续会是这样。

我好不容易不再纠结于此，居然会有一天，他认认真真地翻遍了几个月来的所有记录。

果然，出来混总是要还的。

我给顾潮生打了个电话，约他第二天下午一起回学校转转。

"反正你闲着也没别的事啊。"我说。

"回学校啊……"他傲娇了一下，"那好吧，我明天有空就去咯。"

事情的转折，往往发生在我们满以为一切已成定局的那一刻。

正当我做好准备要缴械投降，顾潮生也以为我不会再消失的时候，那个晚上，我却接到了林航的电话。

第二天，我们一起去逛初中学校。

走在他身边的时候，仿佛之前所有被清空的时光又都一一回来了。我故意放慢脚步，和他并肩看着熟悉的校园，回忆着曾经的点滴。在教学楼边，他掏出手机拍了张照片，唏嘘地编辑了一条微博，并且第一次艾特了我。

下午，我们一起去看初中班主任，在老师家里不知不觉便坐到了晚上，出来时夜空中已经有了星星。顾潮生问我："打车吗？"

"还是不了吧。"我说。

那是我最后一次陪他走长长的路回家。

那样幽暗的星空，看似没有尽头的长路，熙熙攘攘的人群，以及顾潮生瘦削的侧脸。在往后的几年空白时光中，再也没有过。

走到拐过去就是我家的那个巷口时，我第一次主动提出："我送你回去吧！"

顾潮生惊讶地看着我："咦，你竟然这么好！真是良心发现！"

那一刻我忽然意识到，其实以前每次都是顾潮生送我到家门口，然后再一个人回家呢。

这样想想，竟然觉得没来由地好幸福。

我嘴上却不接话，只是继续往前一路走。

那一段路，晚上没有路灯。我们两个借着手机微弱的光，一直走了很久。到拐角的地方，顾潮生才开口说："你还是先回去吧，再往前走实在太黑了，不安全。"

我听话地点点头，没有再坚持地往前走，便转过身去。

但才刚背过身，我就哭了。

我小心翼翼地，生怕顾潮生发现。

因为我清清楚楚地知道，如果说一年前我决定放弃他，还是一时冲动，那么这一刻，我是真的已经下定决心，想要真真正正地，彻底走出他的生命。

即使往后时光，我心知自己只能耗尽力气，对抗突袭来的回忆都是场战役。

我背对着他，在心底轻声地说，再见了，顾潮生。

再见了，希望你和你喜欢的人，永远都会快乐。

希望她永远不会离开你。希望你们彼此拥有，直到双双老去。

但，只求你不要再出现在我的生命。

我不怕黑，我一个人也可以穿过黑夜寂寥，你相不相信？

2011年，顾潮生不在我世界的第四年。我从来没有一刻这么强烈地感觉到，有一个人，一个对我来说很重要很重要的人，正在一步一步地，走出我的生命。

我试图抓紧他，却深感力不从心。

那个晚上，林航打来电话，跟我商量说，他回广州时带我一起去见他爸妈，然后我们会在那边开一家青旅，自己打理。"我不是说过会养你的吗？"他这样说。

我恍惚想起2008年那个短暂的冬天——林航和我在一起，我们每个晚上都会去散散步的日子。

那不是我一直想要的生活吗？

如果我答应，那么往后，我都不用再让我的爱情陪我一起坐火车了。

三年的火车硬座。每隔半月两地往返一次，来回二十个小时的车程，有着不计其数的突发状况。

但我却始终坚持。

只因为见到林航的那刻，我才会有短暂的安心。

我应声："好的。"

我只希望这个世界上，会有一个人，他像一棵树，会永远地在那里等我。不是有句话说：最让人安心温暖的不是有很多人追你，而是有一个你怎么样，他都不会走的人。

我以为林航会是这个人。

我和自己打了个赌，赌注是我的青春，以及……

最让我不舍的城市和我最想陪伴的人。

我输了。

到家后，我掏出手机，给顾潮生发去一条很长的短信——

"有件事我一直没有告诉你，好久以前我跟林航吵架，我跟他提到说，我有点喜欢你。原话虽然不是这样，但反正就是我口不择言的时候表达出的意思。虽然后来我一直努力跟他解释，说自己当时是乱说的，但他却无论如何都不肯相信我了。而且，在他看来，只有我跟你不再联系，才能证明。"

我自己都不知道我是怎么信口胡诌出的这个理由。

"所以呢？"隔了大概有十分钟，顾潮生只回了三个字。

"我会觉得和你联系心里很不踏实，好像自己在骗他，有一天他知道了，我该怎么办呢？"我顺着自己挖的坑往里填。

"了解。"

这两个字，是顾潮生给我的最后一条短信。

我以为他会反问我，会责怪我，会讨厌我。但他只是冷漠地不再理会我。隔着手机屏幕，我看不到他的表情，我不知道他是失望，还是已经对我的反复漠然。

此后即便我内心还有千言万语，也没有了诉说的立场。

我揉了揉眼睛，又掏出纸巾，擦了擦脸。

顾潮生，我就要离开了啊。

离开这里，就像你去了北京。

在不熟悉的地方，我猜我也不可避免地会担惊受怕，会怕争吵，怕落单，怕人生地不熟，更怕我的孤注一掷，却最终换来无功而返。

不同之处在于，离开后的我，不再是孤独的。

可我答应过林航，不再和你联络。没错，按照你的逻辑，我原本可以偷偷地联系你，可是你知道最让我难过的是什么吗？

最让我难过的，根本不是我如果继续和你保持联络，我会失去我自己。

最让我难过的，是我明明还竭力保有你身边那个属于我的位置，却再也不能在你难过时，随时随地，不管不顾地，接听你的电话。

我害怕啊！

我怕听到你失落的声音，怕看到你失望的表情，怕感受到你伤心时的落寞，怕你难过而我不但不能安慰你，还要成为那个拒绝陪伴你的人。

你知道那样我会有多自责吗？

你不知道。

你接到我的短信，一定猜不到那所有的内容里，只有"我喜欢你"四个字，是真的。

就像你也听过的那首歌——

"我说了所有的谎，你全都相信。简单的我爱你，你却老不信。"

所以，我离开你了。

这样，有一天你觉得难过的时候，你不会再尝试拨通我的电话。

顾潮生，那时的我，满以为自己这样的选择是对的，我以为这样你才会开心。因为我从来都不确定，自己在你的世界，究竟是不是不可替代的那个。

虽然这一次收到我的短信，会令你短暂失望，可那也总好过以后的每次，在你找我的时候，我可能要一次又一次地按断你的来电，一次又一次无法及时回复你的消息。

这样一来，我就会成为那个让你一次又一次伤心失望的人。

我不要。

但我在很久很久以后，再次刷新你的微博。

我看到你说，碰上飞机晚点，想找个人打电话，却发现竟然没有一个可以拨通的号码。

你说："这些年，也是习惯了。"

我才知道我错了。

可，已经来不及了。

五年的空白，像七零八碎、缺掉很多块的拼图。

我把它们弄丢以后，就知道，再也补不回来了。

凌晨五点多，我才勉强合眼。

我做了一个很悲伤的梦。

梦里是很大的一场暴风雨，我没有撑伞，在雨里落魄地奔跑，挨街挨巷寻找着公用电话亭。

我似乎身处一座古堡周围，绕着那条荒凉的没有街灯的山路，跑了一圈又一圈，浑身湿透地在一个又一个电话亭里，拨那部老旧的号码盘早已经生锈的电话。

我急得汗流浃背，却偏偏一遍又一遍地按错顾潮生的号码。

明明只是11位我平日里倒背如流的数字，却变得怎么都按不对。

我试了足足有几十次，直到精疲力竭地从惶恐中惊醒。

我才知道，顾潮生，潜意识里，我竟是如此害怕失去你。

可讽刺的是，我越是害怕失去你，在梦里，我便失去你千千万万次。

后来的五年中，这个梦一直跟随着我。你知道吗？没有一次不是这样的狂风骤雨和空无一人的街。我拼命地奔跑在雨里，我一直在哭，我找不到你。

我得不到你的消息。

我求不到你的原谅。

我只想能够偶尔得知一点点关于你的消息，而不是只能通过微博，很久才得到你一条更新。

好不容易有一次，梦境的最后，我的电话拨通了。你也接听了，你轻声说："喂？"

我在电话这边湿了眼睛，喉咙一哑，刚要说话，但你听出是我，不由分说，就猛地挂断了。

而后我再想拨回去，却又陷入那样可怕的轮回里。

我一次又一次地把号码按错，一次，又一次。

我用了整整五年，在还你的那几十个未接来电。

这几十个未接来电，我在梦里，哭着打了五年。

顾潮生，这个梦跟了我五年。

每当我以为我快要好了，我以为我就要忘记你了，一个梦境又让我重新回到窒息般的心痛边缘。

我不知道是多少次重复这个梦境，醒来却发现我仍然没有勇气联络你。但我却第一次从林航身边跑出来，拨通了一串号码。

不是你的号码。

是沈明朗的。

那是我去广州后第一次主动打电话给他。他一直知道我和林航在一起，所以已经有一段时间都没联系。

可除了沈明朗，我真的不知道自己还可以找谁。

我在电话里哭得一塌糊涂。

"我一直都在做同一个梦，可我又知道我不能找他，我到底该怎么办呢？"我企图说清楚梦里的全部细节，似乎只有在这个诉说的过程中，我才感觉不那么害怕。

直到我终于冷静一些，吸了吸鼻子，才听到沈明朗小心地问我："你好点了吗？"

"嗯。"我恍惚地答。

"所以，你确定无论如何都不能告诉他吗？"他再次向我确认。

我激动地反驳："当然不可以！"

"为什么呢？你这么难过，你有没有想过，也许你这么难过，只是因为你从来都没有把这一切告诉他？"他循循善诱，"也许说过以后，一切会变得不一样？"

"的确会变得不一样。他会变得疏远我，他不会再觉得我是他很好很好的朋友,可以信赖、依赖的人。"我斩钉截铁,"我不要这样!"

"那现在呢?"沈明朗一针见血,"现在你还觉得自己是他很好很好的朋友,是他可以信赖、依赖的人吗?"

"……但至少曾经是啊!"

"既然你也说是曾经,你现在说出来,那些曾经也不会改变,不是吗?"

"不不不,那不一样!"

"哪里不一样?"

当然不一样。如果我没有说,在他心里,我或许还是特别的;可如果我说了,我就会变成曾经爱慕过他的女生之一,他会像忘记她们一样忘记我的名字,经年以后,甚至想不起我的样子。

我不再有资格找他,没有机会再见到他,不能再陪他散步,不能再听他说很多很多话。最重要的是,我不想成为他生命中的"之一"啊。

既然不可以是爱情里面的"唯一",那么就让我退而求其次,成为友情里的"唯一",可不可以?

第八章

我才不要那种除了"我爱你"
"请给我一杯水"之外就无话可说的人
陪我走一辈子

三月底，我辞去工作，打包所有行李，去了林航所在的城市。

抵达时，林航的家人已经帮我们把店铺初期的准备工作一概做好。之后，我反而闲散下来。青旅来往的客人并不是很多，也有旺季淡季之分。我有了更多的时间追剧，也有了更多的时间挂在网上。也是在那时，在沈明朗的推荐之下，看了有史以来被戳泪点次数最多的台剧——《我可能不会爱你》。

里面我记忆深刻的一句台词，是程又青说：我才不要那种除了"我爱你""请给我一杯水"之外就无话可说的人，陪我走一辈子。

不知怎的，我下意识看了看身边沉浸在网游里的林航。我忽然有些不明白，自己放弃一切来到他身边，可他究竟是不是我一直想要找的那个人。

这些日子，他已经几乎不和我聊天，而我每天的任务就是打理店里大大小小的事宜。

那段时间，我还学会了做饭。

林航生日时，我特地提前准备好材料，花了整整一天时间，亲手为他做了个八寸的芒果慕斯。广州的夏天温度特别高，而我因为经验不足，漏买了打蛋器，汗流浃背地在小房间里手动打发奶油。但做这一切的时候，我却有种错觉，觉得自己好像在这段感情里，真的付出了很多很多。

我那时还没有意识到，自己正试着用从偶像剧里学到的方式去爱一个人，觉得送他自己精心准备的礼物，给他浪漫惊喜……这样就是恋爱。

似乎，我这样努力地爱了很多年。

当我把蛋糕端到林航面前，我以为他会特别惊喜，但他只是笑着尝了一口："嗯，挺好吃的。"

我来到林航身边的第三个月，有一天凌晨，我们快要关店的时候，他出去收拾东西，我无意瞥了一眼他的电脑。看到上面的对话框没有关，我像个好奇宝宝一样凑过去，想看他正在和谁说话，会比和我聊天还吸引他。

我看到了什么呢？

"上次打的石头你都没有分给我，这次就给我一个嘛，你最好啦！"

如果不是我亲眼所见，我怎么会相信这是林航说的话？后面还跟着一个特别可爱的脸红表情，而发送的对象，则是他游戏里认识的一个女号。

理智告诉我，不要看不要看，不要看就不会难过。可是情感上，我的心却不允许我这么做，我的行为已经完全不受大脑控制。趁他还没有回到座位，我继续往上翻聊天记录。

林航回来时，我早已经泪流满面。他还一脸不在状态地问我怎么哭了，我心里憋着一口气，怎么都不肯说话。

他绕过电脑桌走到我身边，看一眼显示器，然后一下子明白过来。

"你翻我聊天记录？"林航忽然好凶，"你怎么变得疑心这么重？你不懂什么叫尊重别人的隐私吗？"

"我又不是故意翻的，是你自己对话框没有关好不好，"我委屈地争辩，"再说你如果没有做过什么对不起我的事，为什么怕我看？我每天就坐在你身边，你都没有时间陪我聊天，不肯陪我说话，一整天一整天地玩游戏。为什么你还要和别的女生这么亲密？你到底有没有考虑过我的感受？"

"我和谁亲密了？我每天坐在你身边，和别人聊聊天怎么了？难道我在你心里是那种毫无分寸的人吗？只是游戏，你可不可以别这么较真！"

我一怔，眼泪再次倾泻下来。

"对啊，我就是很较真，你当初为什么要让我来呢？"

"我当初怎么知道你会变成现在这个样子？"

面对林航的反问，我张张嘴，半天说不出一句话。而他就那么直挺挺地迎着我的目光，毫不示弱地看着我。他不知道，我只是想起了以前。

以前，我没有陪在他身边和他异地的那三年。

三年里，我一直以为他工作很忙，事情很多很杂，所以每天从早到晚，漫长的二十四小时里，只有在睡前才有空发一句单薄的"晚安"。

我每次打电话给他，得到的只是他仓促的"我这边还有事，等下回你好吗"，就没有了下文。

我那时还以为，真的像他所说的那样，是因为爸妈在身旁，他不方便打给我。我怎么会那么天真？一个男生不肯给你花钱，还有可能是因为他没有钱。可是他不肯为你花时间呢？他真的有那么忙吗？

忙着打网游，和女孩子边刷副本边愉快地聊天吗？

他根本不在意我是不是孤单，是不是过得好，是不是一个人需要面对很多烦恼，需要面对工作和孤独，需要处理人际关系。

如果那时候没有沈明朗，我想，我应该很难熬过去吧。

但现在，我却为了这个对我并没有多么上心的男生，辞去原本不错的工作，来到陌生的城市，来投奔他。

我难过得说不出话，只是哭着捂住脸，原地蹲下。林航却忍无可忍地推了一把椅子："你能不能别哭了！很烦，知道吗？"

他说完拉开电脑椅，旁若无人地坐过去，全然不顾那个动作会害得失去重心的我跌倒在地上。

我扯过旁边的纸巾，胡乱擦了把脸，哭着跑到里间去收拾行李，简单抓了几件换洗衣服塞到行李袋里，拎起来便朝外跑去。

那个晚上，天空中竟然冷清到没有一颗星星。

我们开店的地方其实蛮荒凉偏僻，我跑出来步行了一段，发现整条街空无一人。我害怕地抱住自己，缓缓地靠着路边的围墙，滑到地面上。

我忍不住竖起耳朵去听，以为林航至少会担心我的安危而追出来。

可四周那么静谧，一点脚步声也没有。

我悲哀地发现，原来这才是孤独感。

是被全世界遗弃的，身后空无一人的，真正的，孤独。

大约过了半个钟，我渐渐冷静下来，情绪平复了大半。理智告诉我，即使没有人管我，没有人在意我，我也不能放弃自己吧。当时已经是凌晨一点半，根本不可能有车子离开，所以我最终还是拖着行李袋，又慢慢慢慢地往回走。

我走完大半路程时，终于看到不远处慢慢找过来的林航。

他看到我，悠闲的表情似乎昭示着自己的胜利。我几乎都可以猜到，他之所以这么久才出现，十有八九是因为刚才副本刷到一半。这个世界上没有什么事情可以阻止他在游戏里按时完成任务，当然，我也不行。

"你不是要走吗？半夜三更的，你觉得你还可以去哪里？"林航伸手要帮我拿行李。

我倔强地不肯："那我明天一早走，行不行？"

"好啦，别生气了！"他忽然出其不意地抱住我，"你们女孩子就是这样，一点点小事情就要发脾气。"

"什么叫一点点小事？那大事是什么？你知不知道我的底线就是你不能和其他女孩子暧昧？"我用力想挣脱，他却不肯松开我，"你放开我！你记不记得你是怎样要求我的？你怎么可以这么自私？难道你做什么都可以，我就做什么都不行？"

林航不明白，我当然知道他只是和别的女生开开玩笑。可那又怎么样呢？我在意的根本不是他和那个女生以后会不会有什么，就像他所说的那样，我每天都和他二十四小时捆绑地在一起工作，还有什么不放心？

可是，我为了来广州找他，为了让他安心，我放弃了那个十几年来，我始终想要守护的人。

我为顾及他的感受，不可以回顾潮生的短信，不可以接他的电话，不能联络他，就连我偷偷刷他的微博更新，都要小心翼翼地，趁身边没人在场。

我放弃了我最为珍视的那个人，我换来了什么呢？

换来的只是他肆无忌惮地推翻自己曾经设立的标准，践踏我所有的付出？

"对不起嘛。"林航轻轻揉了揉我的头发，"我道歉，是我的错。你以后也不要一生气就收拾东西要走，好不好？"

他说着，再次试图拿走我的行李。

"是你问我要不要来广州和你一起打拼。我来的时候就对自己说过，既然我肯来，就是下定决心和你好好在一起，可是如果有一天你让我走，我也不会再留下。"我说到这里，控制不住地哽咽，"因为你才是那个让我不远千里来到这里的原因，如果这个原因没有了，我一定会走。"

林航似乎也没有了一开始的盛气凌人，一直安慰我，直到最后说："好了好了，最多我答应你，再也不会和除你以外的其他女生开玩笑。我以后都顾及你的感受，请你再观察一下我的表现，这样可以了吗？"

一个人懦弱起来，就会失去自己的底线。

所以我牵强地点点头。

我想，我已经失去我最重要的，才换来现在所拥有的。如果我放弃了他，我就什么都没有了。

那段时间，爸妈在电话里跟我说想买个房子。我知道这么多年妈妈经常说起的，就是没有过一套属于自己的房子。

所以我做了个决定。想着自己反正和林航待在广州，一时半会儿也不会走，手里存的钱本身就是打算以备不时之需的，放着也是放着。现在爸妈想买房，我就把钱都打了过去。

"澜澜，有件事，"妈妈忽然吞吞吐吐，"你爸这些天一直跟我说，觉得特别对不住你。"

我疑惑地问:"怎么了?"

"就你以前上学的时候,高二那年,"她的话把我拉进回忆,"当时我和你爸本来也不想让你退学。但家里条件一直不好,你也知道。你爸希望能过得轻松点儿,要是你上大学,几年下来光学费就要好几万块,我和你爸上哪儿给你筹这好几万呢?所以当时一听你自己主动说不想念了,又能找个工作,我和你爸觉得卸下了一块心里的大石头,最后就没劝你。"

"其实换了别的父母,估计女儿的书念得好好的,突然不读了,腿都得给她打断。当时我和你爸也知道,要是你能上个大学,今后找工作肯定比现在强。但我和你爸就是比较自私,当初要是拦着你,逼你去念个大学……"

我愣了愣。我从来都没有想过这个,我原本以为当初是他们尊重了我自己的意愿,给了我充足的自由。最后我工作打了水漂,还一直觉得愧疚。却不知原来对于他们来说,反而是松了一口气,终于不用再为我的学费苦恼,是一种解脱。

我屏住呼吸,努力消化着这个信息。

她又继续说:"你爸今天说,没想到你现在还愿意拿出自己所有的积蓄,来给我们俩买房。我和你爸也挺感动的,因此更觉得当初对不住你。"

"我现在怎么啦?"我虽然心情变得沉重,但还是先安抚她,"我现在不是挺好的吗?你和我爸就别瞎想了。"

"……哎,好。"她大概没想到我会表现得这么淡定,一时也不知要接什么话,只好说,"那行吧,你忙完了就早点休息。先挂了啊。"

"好的。"

我放下听筒,其实有点难受。但很多时候,生活其实并不会给你太多唏嘘感慨的时间。

考虑到爸妈大概率负担不起月供,而我又不想收林航这边的工资,我联系上前公司，获得了兼职的机会。之后，我便坚持每月往家里汇一部分钱帮他们分担月供，再把剩余的钱存好，准备等他们要装修时再拿出来。

因此，我做兼职甚至比坐班时还要努力。

有次，因为当月收到的稿件不太满意，我糟糕的情绪涌上来，一个人跑到洗手间躲起来哭。隔了好一会儿，林航发现我不见了，过来找我，敲门问我发生了什么事情。

我断断续续地说到原因。他却说我做这份兼职他本身就不能理解，只是觉得既然我有这个爱好，随便做做，打发一下时间。但他实在不懂我为什么要这么拼命。

"店里生意不好都没见你这么操心，一份兼职做不下去，辞了算了，有必要哭吗？"他不解地说，"你这个样子，让客人看到了，谁还上门来做生意？"

我捂着脸，任由水龙头里的水哗啦啦地响，咬着牙，不让自己哭得太大声。

也许那时我就应该醒悟的，林航，他根本不是那个我等的人。

但我又怯懦。

只要一想到，如果要和他分开，一切又要从头再来，我曾经为了维护这份感情所做的所有努力都要重新洗牌，我的孤注一掷最后果然是失败，我就不想放弃。

我给自己洗脑，现在他对我不好，我可以对他好，让他感动，让他内疚，让他理解我，慢慢地也许他就会改变了呢。

我让林航先去前台等我："我很快就会没事的。"

刚好这时有客人找，他匆匆走掉了。我用最快的速度调整了自己的情绪，回到他身边，小声地承诺："对不起，我以后不会这么情绪化了，只不过兼职的这份工作对我来说有很重要的意义，希望你可以支持我继续做下去。"

我不敢跟林航说，我是真的很需要这份工作，因为我不想拿你的钱给我爸妈。

况且，我很喜欢这份工作。

即便我放弃曾经的梦想与坚持，来到你身旁，但如果我还有一点点能抓住梦想的机会，我就不想轻易放弃。

2011年底，我在微博上看到顾潮生这一年的最后一条更新。他乘坐的航班出了点故障，在飞机上一直胡思乱想，好不容易才熬到安全着落。

我刷到时，已经过去了一天一夜。

可是那一刻，我的心里还是很难过。

我悲伤地意识到，从我选择与他断开联络的那天起，已经是作茧自缚。

往后无论我有多后悔，曾经一往无前被抛下的时光，都不会重来一遍了。

他的一切，我再没参与的机会。

那些种种，往往在他记录下的那一刻，都已经成了过去。

想到这里，我眼眶发痛。但林航就在旁边，我只好假装困了，揉揉眼睛，跑到厕所，用手机登录了微博客户端。

我给顾潮生发了一条私信。

"你还好吗？我看到你在。"他的头像显示在线，但我不确定他是不是真的在。

当时快深夜十二点，我按下"发送"，其实都有些后悔自己的莽撞，因为自己曾经信誓旦旦地说，不会打扰他的生活。

没想到那边却很快有了动静，顾潮生回了我一条："在。这么晚了，你还没睡啊。"

"是啊。"我发过去这两个字，本来还想说，我是因为看到你上一条状态，很担心你。但敲出一行字，我又没出息地删了，改成："你还

115

好吗？"

"挺好的。只不过有时候也会没有安全感，觉得累。可能和工作、感情都有点关系吧。你呢？"

虽然他只有简短的描述，可我看得出来，他不好。

可我却不知道我还有没有资格关心他。就好像现在，我躲在洗手间，才敢和他发几条信息。我甚至还会担心，如果他想要打电话给我，想和我说说话怎么办？如果林航发现了，暴跳如雷怎么办？

我真的好懦弱啊，我甚至没有勇气，也没有能力保护那个人。

"我不好。"我想了半天，只发过去短短的一句。

我还在想后面要说什么好呢，顾潮生已经反过来安慰起我了："既然选择了，就好好在一起，不要想太多啦，那样容易过得不开心。"

这样短暂而单薄的谈话，哪里还像从前的我和你。

我看出字里行间的疏离，看出他不想太过让我担心的吞吐。

只有这些——

这段空白时光当中，我们唯一的对话。

我还想回点什么，他却已经发来结束语："好啦，很晚了，你早点休息。"

我感觉自己的手指在键盘上顿了顿，眼泪清脆地落在洗脸池里。

"好的。"我说，"你照顾好自己。"

那一年初春，我因为吃东西没注意，咬坏了一颗后槽牙。牙齿从中间劈开，断成两半，当即就痛得半边脸都肿了起来。

林航在我旁边担忧地说："店里有止痛药，我去帮你拿。"

我捂着半张脸，确实很痛。

可眼下我的顾虑，却是我需要去医院处理这颗牙。以我从小看牙医的经验推断，大概率是要拔掉。青旅因为近海，属于远市区。我冲林航的背影喊出我的担心："你能陪我去医院吗？"

"……牙疼而已，吃点止痛药不就好了吗？"林航刚刚分明还一脸关

116

心，忽然就成了不耐烦，"为什么非要去医院？"

"但是牙齿中间断开了啊，不信你来看，"我生怕他觉得我小题大做，"你看一下就知道是怎么回事了，我也不想去医院啊。"

林航立刻做了个"不用了"的动作："你也知道，店里只有我们两个人，怎么可能都去医院？"

我迟疑了一下，他说得没错，店里的确需要人，而我此刻似乎真的很像在无理取闹。

"那好吧。我查查路线，明天我自己去。"我尽量让自己表现得懂事，"你一个人在店里，能忙得过来吗？"

"忙不过来也没有办法啊，你非要去医院。"林航不经意地说。

我被堵得接不上话。

原来面对一个没那么关心你的人，你无论做什么都是错的。你哭是错，你闹是错，你无助是错，你害怕是错，你慌张还是错。

第二天，我一个人去了医院。

我转了足足三趟车，花费了两个多小时，才总算抵达。

替我拔牙的是两名新手护士，注射了第一针麻药后，隔了一会儿，我没什么感觉。她们却着急地讨论起来。

"是不是她对麻药不敏感啊？"

"要不再补一针吧。"

就这样，我又加了一剂麻药。

可惜十分钟后，我仍然只觉得有些轻微的发麻。

护士却已经开始不耐烦："她怎么对麻药反应这么慢啊。"

"就是，我还是第一次见到对麻药这么不敏感的。"

听她们这么说，我不知哪来的勇气，索性把心一横，交代她们："就这么拔吧，没事，一点疼我忍得住。"

我是真的忍得住。

于是接下来的整整半小时，她们拿各种工具在我嘴里撬来撬去，一会儿是镊子，一会儿是钳子，一会儿是锥子，一边钻孔，一边清理残局。

两人不时交头接耳地想办法："怎么扯不下来啊？""你用点力啊！""哎，天哪！全都碎了，这可怎么办啊？""用镊子先夹出来啊！"

我躺在那儿，麻药的劲儿一直上不来，痛感无比清晰。我猜到她们技术不熟练，生怕自己表现得紧张一点，她们就会比我还紧张，最后更加发挥失常。

所以我全程一声不吭，稳稳地把手指掐到躺椅扶手里。

半小时过去，我总算听到一声："应该可以啦。"

我起身想说话，才发现这时候麻药起了反应。原来每个人的体质不同，麻药的生效时间也不固定。而我莫名其妙地挨了两针，却还是因为药效来得太晚，而承受了拔牙的疼，以及麻药强大的后劲。

我手脚并用地跟她们比画，知道了回去以后需要注意的事项，就出了医院。

没想到运气不太好，我出来以后才发现，身上的零钱不够坐车了。我只好跑到旁边的报刊亭，想买本杂志，在车上可以打发时间，还可以换下零钱。

但这时麻药的反应却比之前强烈十倍，我根本没有办法张嘴，发不出任何正确的发音。那刻我掏出手机，特别想给林航打个电话，我想问他：你为什么不愿意陪我来医院？我现在真的好难受啊。

然而电话接通，林航大概正忙，我听到他机械的一句："您好。"

一瞬间，我控制不住地号啕大哭，再也管不了身边的路人会不会笑我。

"温澜？怎么了？"林航这才意识到是我。

我支支吾吾，吐字不清，什么都说不上来。他却一点儿也猜不到我的处境。最后不等他再追问，我挂断了电话。

老板这时终于发现了站在角落正在委屈掉眼泪的我，主动过来问我要哪个。我这才换到钱，上了回程的车。

我到家已经快下午五点了。

经过前台时，林航听到我的脚步声，他正在打游戏，头也不抬地冲我打招呼："回来啦？我一天都没吃饭，就随便吃了点饼干。"

他根本不知道我的麻药劲才刚好一点点，也不知道我这一天过得多么委屈和孤单，他只在意他自己，说他一天都没有吃上饭。

我不知道是从什么时候开始的，林航变成了现在这样，他不再像从前那样顾虑我的感受，而是在我对他越来越顺从以后，我的底线一再降低，而他却一再凌驾于我的底线之上。

我始终都不明白，为什么我对他全心全意地付出，换来的却是他对我越来越不珍惜？

我的眼泪唰地不争气地落下来，却忽然不想在他面前哭，不想再期待他无谓的安抚，于是"哦"了一声，快步向里间走去。

林航还以为我是去给他煮饭，所以接下来并没有什么动作。我回到里间洗了把脸，越想越觉得自己心里委屈，索性收拾了东西，负气地拎着包，冲向门外。

"刚回来又要去哪里？"由于我动静太大，林航总算抬头看了我一眼。

"既然你根本就不关心我，那我去哪里关你什么事？"

"你又发什么神经？"林航连握鼠标的手都没有顿一下，"我一天没吃饭，现在肚子饿，我不想和你吵！"

"你知不知道我今天一个人去医院……"我试图和他争辩，可话才起了个头，忽然就失去了争吵的力气。

也许是因为他从我进门的一刻，就始终连个正眼都不曾给过我吧。

我不再多言，转身跑到店外，远远拦了辆车。可直到那一刻，我还竖起耳朵去听身后有没有林航的脚步声，想着他究竟会不会出来追我呢。

他当然没有。

我钻到出租车里，学着偶像剧女主那样没头没脑地对师傅喊"开车"。师傅扭头问我："去哪？"

"先开车！师傅你先往前开，我问一下我朋友的具体地址。"我扯了个谎。

我再从车里下意识地回头张望，身后宽阔的公路，仍然是一片荒凉。

那个晚上，我从出租转乘地铁，转了两条线，一直坐到将近终点站，才抵达目的地。

在车上，我好不容易才联系上一个很久没见的朋友。她正在广州上学，我冒昧地问了她，晚上可不可以去找她。

我们当时已经没太联系了，但毕竟曾经要好过一段时光。她很快回复了我，告诉我具体怎么坐车，然后又叮嘱我路上一定要小心，这么晚了，广州的治安也不是太好。

"我等你快到的时候，和同学一起去接你。"她这么说。

就这样，我总算没沦落到要自己去住宾馆。而最重要的是，当时我真的在情感上特别脆弱，对身边的人非常依赖。我需要有人在身边陪伴我的感觉，只要身边始终都有那样一个人，就好。

晚上，我和朋友还有她的同学，一起在学校的操场坐着吹风。

当时已经是晚上十一点多了，我按亮手机，仍然没有来自林航的短信或电话。

朋友问我："现在觉得好点了吗？"

我因为身边有人陪，安心了许多："嗯，好多了，今天谢谢你！"

"没事。我帮你准备了毛巾和牙刷，你等下睡我上铺就好，她这几天刚好不在寝室。"她温柔地看着操场一角那盏明明灭灭的灯，"不过，我担心你晚上会很难入睡吧。"

她说得没错，我的确彻夜未眠。

凌晨三点，手机终于接到一条迟来的信息。林航发来的，只有三个字："你在哪？"

我以为我可以忍住不理他，我以为我可以非常骄傲地随便他怎

120

么想。

我甚至以为我可以洒脱地跑到火车站买张车票，然后说走就走，索性就回长沙好了。

然而我盯着那条短信的内容，来来回回地看了十几遍。我写了一条愤怒的回复，又把回复删除，再写一条，再删除。

我想要控诉他为什么对我这么差，却又清楚地知道，无论是关系多么亲近的两个人，控诉都只会令彼此之间越来越远。

我才发现，我并不是真的做好了失去一切的准备。

如果没有了林航，也就意味着，我要像来的时候那样，重新收拾行装，回到那个以前很熟悉、现在却很可能不再熟悉的城市——

重新来过。

这四个字像个魔咒，将我心里的不安、惶恐，全部逼得现出了原形。

林航又发来一条短信："不说话？"

"在外面，酒店。"我并不想让他知道我有朋友可以投奔，那样他会更加觉得不用担心我吧。

"哪里？我去接你。"他言简意赅。

"不用了，我房钱都已经交了。"

我其实真正想说的是："你不觉得现在才说来找我，已经太晚了吗？"但话到嘴边，我还是没说出口。

"所以你是不打算回来了，对吗？"

那时的我，其实常常都在想一个问题。

为什么林航和我吵架，从来都不担心我会出什么意外？他不是我男朋友吗？我深更半夜赌气跑出去，连普通朋友都会劝我这样很危险，为什么他却不会？

我无论如何都想不通。

我当然想不通，被偏爱的都有恃无恐。

我点开收件箱里的新消息。林航不知道，我多么希望他发来的内容会是一句温柔的话——哪怕只是一句："现在牙还疼吗？"

然而只是这样的关心，都不曾出现。

我没有回。他紧接着说："那随便你吧。我睡了，晚安。"

手机幽暗的光只停留了几秒，便自行熄灭。

我无力地，闭上眼。

林航，你不懂我是如何说服了自己，才终于来到你身旁。我以为我会和你一起散步，再和你一起变老。我为自己编织了一个瑰丽的梦。

梦里，原先是有你的。

可是现在，那个梦，似乎就快要醒了。

第九章

那一天

阳光正好

而他穿了件我喜欢的白衬衫

那晚过后，我订好了回长沙的高铁票。

我决定来投奔林航的那天，就对自己说，无论以后我的生活多么地艰辛，多么地需要节省，我都不会允许自己订一张硬座车票，哪怕仅仅只是一张。

那样难熬的通宵，那样十几小时站过的车厢，那样漫长的三年异地时光，我都熬过来了，我不允许自己重蹈覆辙。我不要再走回头路。

人生总有一些苦，你当初已经吃够了，后来的你，再也不想和当初一样。

我在电话里和他说，我会回去收拾东西，并且订好了票。他却只是冷嘲热讽："高铁哦，真有钱！"

我被噎了一下，挂断电话，辗转坐车回到店里，到里间收拾东西。

这时我才发现，其实来广州以后，我都没有为自己添置过东西。我的行李很简单，和来的时候几乎没有什么区别。然而很多我带来的，现在已经不想要了。

我只塞满了一个袋子，拎着它准备出门。

扭头才发现，林航站在门边，复杂的眼神望着我："你手里的袋子是你自己带来的吗？"

我不懂他是什么意思。

"如果不是你自己的东西，你最好别带走，包括这个袋子！"他冷漠地别过头，"其他的，你也最好检查清楚。"

"……"我有些愠怒地拉开行李，开始把所有东西往另一个袋子里面装，那是我一年多以前来广州时用的，一个已经旧了的小一些的袋子。

眼泪不听使唤地一直往下掉。我特别恨自己，恨自己这个时候还在哭，我竟然还会对他有期待。

"还有，"林航继续说，"你走的时候不要从前台的抽屉里拿钱。你不是很有钱，买得起高铁票吗？别拿我的钱。"

我脊背一凉，僵硬地嗯了一声："你放心，我会跟朋友打电话，先让她们转给我，我打车出去后再取。"

他听我说完这句，忽然没了话，一言不发地坐回门口的位置。林航竟然出乎意料地没再坐回电脑前，平常这种时候，他不是应该点根烟，然后在游戏里愤怒地多杀几个 boss 吗？

我拉着行李准备离开，余光却瞟见他特别落寞地低着头，就那么原地坐着，一句话也没有说，目光落在自己的脚边，像只受伤的狮子。

我经过他身边时，他甚至没有抬起头来看我一眼。

那一刻，我其实已经心软了。但我对自己说，我不能回头。

再次坐上出租车，我关上车门，身后仍然空无一人。但这次我没有哭，我在地铁口下车，换乘，直到抵达高铁站的那刻，我都没有哭。

我只是很难过。

当时我的手机已经提示电量低，不久便自动关了机。我时不时摸到它。那时候我在想，如果——我是说如果——林航还想打个电话给我，他就会发现我关机了，他发我这次真的下定了决心，我要走了。

我要离开他了。

当他意识到，他会不会后悔？后悔自己这样对我。

我把身份证递给换票的工作人员，对方却告诉我，我根本没有可以取的票。我不可置信地坚持说，我几小时前才付的款，怎么可能没有呢？

说完这句话，我才猛然想到，林航知道我订票网的 ID 和密码。

一定是他从电脑上替我申请了退票。

这时订单还在退款状态，钱没有回到账户。而我手里又没有钱了。我不得不出了车站，绕了好长一段路，才找到一个可以打电话的便利店。电话接通的那一瞬，林航没有说话。我质问他："是不是你退了我的票？你到底什么意思呢？"

"你真的想好了？你确定要走了吗？"他的声音听起来居然带着哭腔，我一怔，努力辨认后才发现自己真的没有听错，"你说话啊，你是不是一定要走？"

"……"

我一路坐了那么长时间的车，都没有哭。

可想到出门前他落寞的神情，他分明想要挽留我，却只会故意说狠话，不得要领的样子。

在没人认识我的车站旁，我还是放声大哭了。

我本来的的确确是可以走的，当我以为自己从此只能孑然一身的时候——

"回来吧，"林航用很小很小的声音，轻轻地说，"我去接你。"

"店里不能关门。"我带着哭腔故意反驳。

他不理我的质疑，只坚定地追问："我去接你，你现在在哪？"

"不用了。我待会儿就上地铁，出地铁打车就回去了。"我胡乱抹了下眼泪。

回程的路上，我一直抱着行李，哭得整个人趴到袋子上面，停都停不下来。

如果你见过一个人骄傲的样子，便不忍心在他忽然卸下骄傲和防备时，头也不回地离场。

进门的时候，林航的电脑刚好跳到下一首歌。我清楚地听到："分手那天／我看着你走远……独自守在空荡的房间／我们的爱走到了今天／是不是我太自私了一点……"

他起身走到我旁边，动作很轻地接过我手里的行李，然后把我紧紧地搂在怀里，揉了揉我的头发，又松开我，温柔地帮我擦掉脸颊上还没干的眼泪："对不起。"

2012 年，顾潮生不在我世界的第五年，差一点，差一点我就回到从前的世界。

在广州的两年多时间，我只在最难过时给沈明朗打过几次电话。尤其是 2013 年夏天，我特别特别想要离开这座城市的那段时间。有两次是我和林航吵架以后，偷跑出来，在海边，吹着海风给沈明朗打电话。

而无论我选择打给他的时间有多随机，他都从来没有拒绝过。

后来我回想起那些遥远的时光，觉得最温暖的便是：每次我都是突然打给他，并不知道他有没有在忙，他却从来没有因此对我说过"我这边有点事，你等一下打来可以吗"这样的话。

要说我的每通来电，都碰上他刚好闲暇，我想那也太过巧合了吧。

而从前难过时，我拨给林航的电话，却永远永远，都是忙音。

2012 年夏天，沈明朗趁着假期去了一趟鼓浪屿，回来后从 QQ 上蹦出来找我聊天。他说："我有个问题想问问你。"

"什么事啊？我现在不忙，你说吧。"我敲字过去。

"从厦门回来的火车上，我碰到了一个感觉还不错的女生。"他发来一行字。而我则愣了一下，心里有一丝奇怪的感觉，但我立刻勒令自己不要去想。

"然后呢？"

"在火车上觉得还蛮聊得来的，我就跟她要了 QQ。"他慢吞吞地发来一个个短句，"刚才加上了，我跟她表白了。"

看到"表白"两个字，我想关系正常的朋友都会比较八卦地开他玩笑吧，于是我尝试着想说两句故意逗他的话，可奇怪是，对着电脑兀自想了半天，几分钟过去，我还是没找到还算好笑又符合语境的话。

"不过她似乎拒绝了我。"沈明朗发来一个咧着嘴大笑的 QQ 表情，"我觉得这个时候我的感觉变得好奇怪。"

"怎么会是奇怪呢？"我顺着他的话问。

"就是……本来被人拒绝了，应该很难过才对。但我好像并没有不好受。"他解释，"只是觉得心里有点儿不舒服。"

"那是因为你也没有多喜欢她吧？"我看到这里，竟然不自觉地松了口气，开始自如地替他分析，"所以被拒绝后只是觉得有点失落，但并不会觉得难过。"

"嗯，或许吧。"

这其实是沈明朗单身的这五年当中，第一次告诉我，他对一个女生有了好感，并且还表白了呢。

如果不是他说，我差点都要忘记，他已经单身这么久了。

其实我早就应该想到的啊！正因为他一直都没有交往的女生，我才有机会常常找他聊天说话，我随时随地打电话给他的时候，才不会有任何的失落和失望。

如果有一天，他真的有了很喜欢、很喜欢的人……

届时，我还可以像现在这样随时都找得到他吗？

"不过我觉得你很奇怪呢！"我抛出一个疑惑，"遇到喜欢的女生，为什么不尝试先熟悉一段时间再表白呢？你这样不担心吓到她吗？"

沈明朗又回给我一个微笑的表情："其实我以前还真的没有这样直白地对女生讲过。"

"你都不表白的啊？"我有些意外。

"也不是啦！"他解释，"因为我一直觉得，两个人如果互相喜欢，应该是彼此都能感受到对方的心意，然后才在一起。那是很美好的一件事情。"

那句话我看了好几遍。

但遗憾的是，当时的我并没有真正明白它的含义。

"听起来是很美好！"我按照自己的理解回复说，"就是说，互相喜欢的人是心意相通的嘛。"

"嗯。"沈明朗说。

是啊，心意相通多么美好。

然而，如果这个世界上真的有那么多心有灵犀与不言自明，又怎么还会有那样多彼此错过的故事发生？

2013年夏天，我和林航一起回了趟家。那是我去广州两年多后，第一次回家。

经过我家附近的巷口，大约是场景太多年未变，我还是不自觉地想起顾潮生的脸。

可我不知道，那极为短暂的几天，正巧也是顾潮生从北京回家的几天。后来我们恢复联系时，他跳过我问他的问题，冷不防却冒出这句："去年夏天，我好像见到你和林航了。在你们家附近，你看起来蛮开心的啊，走在一起。"

"不过我没有跟你们打招呼。"他说完淡淡地笑，可我心里却是百转千回，激烈地翻搅着遗憾与难过。

原来真的有这么巧的事情。

可我明明路过熟悉的街道时习惯张望，我怎么却没有见到你？顾潮生，我都不知道，原来你也在这里。

七月底，刚好是公司的八周年庆，我坚持回去参加。那次见到了好多很久没见的同事和朋友，最重要的，还见到了太多读者鲜活的面孔。

其实直到现在，我也不清楚究竟是因为这场周年活动带给我的震撼太大，让我察觉自己根本舍不得离开这个圈子，想回长沙发展，还是说我本身就想离开广州，这次活动恰好成为最充分的借口。

总之回去以后，我向林航提出了这个想法。

说这件事时，我已经在心里想过无数可能出现的结果：林航或生气，或难过，或失望；或跟我一起走，或不跟我一起走。

原来所谓坚强，就是终于拥有了独自前行的勇气。

我意识到自己已经可以面对"林航如果真的不肯跟我走"这件事情，并且想好了无论失去他将多么难过，我都要一个人走。

林航在我身边沉默地坐了很久，在我认真地将自己所有的设想对他一一阐述后，他忽然望着我："你说了这么多，为什么就没有问一问我，愿不愿意跟你走？"

"因为我不想像当初，你让我来广州陪你一起那样，强求你做和我相同的选择。"我望着他的眼睛，"因为你有权利选择自己的人生。"

林航大概从没想过这样的话会从我的嘴里说出来，他看着我，良久才说："你只要回答我，你希望不希望我和你一起走。回答我这个就好。"

那一刻，我像看到了那个莽撞的、不顾一切的、曾经深怕失去他的自己啊。

原来人生真的是个奇妙的圆。

而你曾经以为挑起生活担子的是勇气，其实去过自己真正想要的生活，才最需要勇气。

回长沙的第一个周末，我竟然接到沈明朗的短信，他正从武汉回来，这会正在车上，中午下高铁。我惊喜地告诉他，我刚回来，而且租的房子就在高铁站附近，坐车十分钟就能到。

"我去接你好啦。"

"好。不过手机要没电了，我到了再打给你。"他发来最后一条。

我看一下手机，时间还足够，就不紧不慢地爬起来梳洗，直到看时间差不多了，才下楼去等车。到高铁站时，我刚好接到沈明朗的消息："我出站啦，你在哪？"

我摁掉手机，抬头盯着出站口，直到沈明朗熟悉的笑容出现在不远处。我远远地冲他招手："哎！"

他笑着走过来，眼睛还是和以前一样，弯弯的，暖暖的。我突然觉得心跳有点儿快，为了掩饰慌张，我指指乘车的广场："我们去坐车吧！"

"附近有什么可以逛的地方吗？"沈明朗说，"我买了下午五点多的票回家，时间也不是很多。要不我们在附近找个地方坐坐？"

我想了想："我住的地方附近就有商场，可以去吃点东西，走吧。"

他跟在我身后上了公交。其实路程特别近，短短的几站而已。平常始发站车里都有座位，但那天我们上车时却刚好坐满。于是他站到我旁边，我们两个都面向窗外。车子一启动，车厢就变得嘈杂起来，要聊天的话，就得彼此凑得很近，才听得清对方说话。

"你为什么突然回来了啊？"我发现自己居然不好意思侧过脸去看他的眼睛，"公司放假了吗？"

"不是。"沈明朗也一路看着窗外，抓着拉环的手却离我近了一格，"我辞职了。"

我这时才惊讶地扭头："啊？为什么做得好好的，突然辞职了呢？"

"其实也没什么。"他大概琢磨了一下，神色看起来有些欲言又止，"可能是因为在那边待了四五年，觉得……嗯，想换个环境。"

"那换去哪里啊？你找新工作了吗？"我追问。

"嗯，"他顿了顿说，"我这次回来，大概会在家里待十天左右，然后去广州面试。"

"广州？"我愣住了。

"辞职以前已经联络好了那边的公司，准备去面试的。这不是好不容易换一次工作，想多休息几天。"他说着笑了笑。

那个笑容让我久久没有回过神。

我刚从广州回来，沈明朗居然要去了？

"其实挺好的。"他忽然又说，"做我们这一行，在广州的发展肯定要比武汉好，所以……我决定去看看。"

我迟钝地点点头："嗯，是啊！"这才想到要对他表示支持，"我看好你！"

"说说你吧，"沈明朗侧过脸看看我，"我感觉你瘦了好多。对了，回来之后有什么打算？"

"我啊……"我飞快地转了一下脑子，想着怎么跟他表达我对这份工作的特殊感情，"你还记得以前你跟我说的要坚持梦想吗？"

"哦？所以你现在是……回来追梦了？"他笑着，酒窝深深的。

"对啊，我早就应该听你的话。"我有些懊恼，"我以前觉得只要有个人陪，在哪里都会觉得安心。说到底，是自己没有安全感。"

他饶有兴味地看着我。我继续说："上个月我回这边，参加公司的八周年活动。因为当时我已经把兼职辞了嘛，所以公司说要筹办这个活动，我总觉得如果这次不来，以后就再也没有机会……更重要的是，没有那个来参与的身份了。"

"后来呢？"这时候刚好车到站，我们下了车，往商场方向走。

"但我没有想到，当时一个同事无意跟我说的一句话，却让我改变了主意。她说，你看其他同事站在台上和大家互动，是不是很羡慕？如果你不辞职，那上面站着的人里就应该也有你。"我说着不自觉地笑起来，"我当时虽然装作若无其事，但其实心里特别特别难过。那是我的青春，我也是其中的参与者，可我却放弃了。"

"所以就想回来？"

"对。"我郑重地点点头，"回广州以后，我就只有一个念头，我热爱这份工作，我想回来，哪怕是从头开始也没有关系。"

沈明朗看着我，我能从他的眼神里读到一点点赞许。恍惚之间，好像回到了我们还是同桌的时候，两个上课爱讲小话的小孩，躲在两本高高地立在课桌上的书本后面，偷偷摸摸地聊天。

那时他听我说起我热爱的写作，也会流露出这样的眼神。

可惜时间好快，转眼之间，我们都长大了。

不过还好，沈明朗还在。

我们绕着商场走了两圈。沈明朗问我想吃点什么，我说"我都可以"。他看了看指示牌，最后选了家中西餐厅。乘电梯时我站在他旁边，在人群中，我们谁都没有说话。

如果时间可以停在这一刻就好了。

在沈明朗身边时，就算只是彼此沉默，什么话也不说，我也会觉得非常自然安心。

落座后，服务生帮我们各自倒了茶水。沈明朗把菜单给我，我来来回回翻了几遍，这时忽然听到他问："那你现在和……"

问句到这里就打住了。我抬起头看他，才领会到他是问林航。

"他和我一起回来的。"我把菜单合上，重新递给他，意思是"还是你点吧"，然后说，"其实我很意外，因为……"

沈明朗的表情看起来并没有什么变化，还是很认真地在听我说话的样子。

"我后面给你打电话的时候说过的，"上半年，我的确他打过两次电话，都是因为和林航吵架，"我现在觉得，好像也没有以前那样害怕失去他了。"

"那怎么……"

"对啊，这就是我意外的地方。我以为我可以狠下心来，却没想到他会说，他愿意放弃广州的一切，陪我一起回来。"

"所以你没有办法拒绝，对吧？"

"嗯。"我感慨，"我本来就是个很容易犹豫不决的人。"

之后我们聊了很多，从他的工作，再到我的现状。

我发现只有在沈明朗面前，我才真的可以做到无话不谈。

在他面前，我根本没有秘密。

在他面前，我好像一直都可以做自己。

可我当时都没有意识到，其实我和沈明朗之间，也存在着时差。

我去过武汉，后来他也去了；我还没来得及找他带我去看樱花，他却走了；我好不容易从广州回来，他偏偏又去了广州。

等到我后知后觉地发现了，却发现，这是我们谁都无法重走一遍的，回不了头的青春。

从餐厅出来才两点左右。

"附近还有什么你想吃的东西吗？我总觉得刚才你都没吃什么。"他边走边问。

"没有啊，我本来就不饿。不过，我本来还想带你去吃我最爱的'85度 C'的面包，真的超好吃的。就是有点远，你下午还要赶车，应该来不及了吧？"我认真地回忆附近的店面，"要不我们去甜品店坐坐吧？附近有家'许留山'，我还没有去过呢。"

其实那是我唯一一次去"许留山"。

因为沈明朗走后，我只要路过那个招牌，都会想起他来，从此再没光顾。

商场里这家许留山，是开放式的店面，没有专门的门头。我们去的时候刚好还有个位置，沈明朗把甜品单递给我："我从没来过甜品店，你点吧。"

"我也没吃过这一家。"我说着翻开看了看，"怎么没有榴莲啊……"

这时候身边的店员适时补了一句："不好意思，我们家是只做芒果的，没有榴莲。"

"居然没有榴莲，"我忍不住撇了撇嘴，"好吧，那只好点芒果啦。我要一个芒果班戟。"我向沈明朗解释说，"我本来是想吃榴莲班戟才来的，但这里只有芒果，就勉强选芒果吧。嗯，还要一个黑芝麻杏仁露！"说完我把单子凑到他面前，"我点了这两个，你呢？"

他看了看，犹豫了一下，最后还是妥协地指了指我点的："我也要这个班戟好了。"

"别啊，这个班戟有三个呢，我吃一个就好，你点个其他的，我们可以多尝一个品种啦。"我说着就做主，帮他改了个别的。

这时候沈明朗出其不意地找了个话题："我觉得还蛮奇怪的。"

"什么奇怪了？"我把单子递给服务生，疑惑地看着他。

沈明朗沉思了五秒，然后说："是不是我平常给人的感觉很难捉摸呢？"

"啊? 为什么这么说? "

"因为我发现好多次都是这样, 每次我认真的时候, 对方总会以为我是在开玩笑。"

"比如呢? "

"就是当我认真地说一件事情, 对方就会以为我是开玩笑的啊。"

我并不知道沈明朗指的是什么。

不知道他是不是在暗示我。

但可以确定的是, 我当时脑子就像进了水, 不但完全领会不到他的意思, 还思维跳跃性地扯到了别的地方: "这是不是你们水瓶座的通病啊? 太喜欢开玩笑, 所以每次自以为非常严肃认真的时候, 听的人却觉得你只是随口说说。我忽然想起, 我认识的另一个水瓶座的朋友就是这样! "

沈明朗一定没料到我是这个反应, 因为他有点无奈地朝旁边偏了一下头, 似笑非笑地反问: "……是吗? "

"是啊……"我还在呆呆地应声。

我们后面再聊了什么, 我已经记不清了。回想起来, 脑海中只留下沈明朗曾问过的这个模模糊糊的问题。

还有那天吃完甜品, 我送他去坐车, 我们一起穿过人行道, 车来的时候, 他招招手跟我说: "那我先走啦, 再联系! "

那一天, 阳光正好, 而他穿了件我喜欢的白衬衫。

一个周末的清早, 我正出门去买早点, 却收到沈明朗发来的微信消息: "你上次不是说'85度C'的面包很好吃吗? 广州好像也有。我昨天晚上加班到十二点多, 本来想和同事一起去吃的, 但最后又没去成。我想问问你哪几个品种最好吃, 我这两天去买。"

我发过去一个震惊的表情: "每个面包都很管饱, 你买好几个怎么吃得完呢! "

不过不等他回复，我还是激动地直接发过去一条语音消息："不过我还是推荐给你我最爱吃的凯撒大帝、黑谷物核果，还有黄金金枪鱼！哦对，椰丝小方布丁也超好吃！其实每个都好吃啊，那个店里的所有品种我都吃过一遍！"

发完这条，我心满意足地继续朝早餐店走去。过了一会儿，沈明朗回过来一条："好的，我先试试你说的这几个。"

"所以你真的能吃完哦？"

"我可以打包回来，第二天带去公司啊。"他一副"我又不傻"的口吻，我从中听出了"你怎么这么笨"的语气。

那时候的沈明朗，还是个下班后乘地铁换公交，只为吃到我说的面包后发条语音给我炫耀的笨蛋。

我也很笨，因为我从来都假装听不懂的样子。

十月我去参加一个朋友的婚礼，路上无聊，就点开沈明朗的微信头像，发过去了一个表情。他回得很快："怎么？"

"好无聊哦，要不我们聊会儿天吧。"我提议。

沈明朗："好啊，聊什么呢？"

那刻我也不知道怎么，就突然想到了以前从没跟他说过的，关于阮静的那个误会。

"其实我有件事一直没有告诉过你。"

"什么事啊？这么神秘？"

"就是……"我尝试着说清楚，"在学校的时候，我不是有一段时间都不太敢找你说话了吗？其实是因为有一次我路过楼梯间，听到她在跟别人说起我，说想找人……教训我。我当时很害怕嘛，又不知道该怎么办，所以才会疏远你的。"

沈明朗在那边好半天没有回复，几分钟后才发来一句："当时你怎么不告诉我呢？"

是啊，当时我怎么没告诉你呢？

如果当时告诉你，时间会不会就停在你还喜欢我的那一年？

"我也不知道，可能我害怕吧？"

"你想不想知道，我脑海中还留着的对你的印象是什么？"沈明朗忽然问。

我好奇："什么呢？"

"有一天午休，我回到座位，看到旁边座位上的你正歪着头，枕着自己的手臂，我发现你在哭，可是没有发出一点声音，泪从你的眼里缓缓地流下，看起来好伤心。"他说，"当时我就有种觉得你特别需要保护的感觉。"

我望着这条信息，发呆了好久。

原来沈明朗……曾经想过要保护我啊。可他怎么没有告诉过我呢？

我不知道回复他什么才好，只好又发了个表情。

他却接着说："不过我听说，女生如果能坦然地对喜欢过的人，说起以前喜欢他的时候的事情，就说明她已经放下了，对吗？"

我不记得我回复了什么。

或许我什么也没回复，只是再自然不过地跳过了这个话题。

那是我第几次错过沈明朗呢？我大概已经数不清了。

当时的我，好像只能听懂他每句话的字面意思，从不敢去想它还有什么深层含义。在我心里，沈明朗就只是聊到这个话题时，无心地感慨一下而已。

直到很久以后，我才把这个画面和之前他所说的那句"每次我认真的时候，对方总会以为我是在开玩笑"结合起来，对号入座。

但那时，我已经真的失去了他。

2013年底，顾潮生不在我的世界已经整整五年了。这五年中，沈明朗单身了五年。

可我心里有顾潮生，身边有林航。

第十章

可当初的你
和现在的我
假如重来过

2014年春节，林航的爸妈从广州回来过节，我们在接他爸妈的路上发生了争吵。

我委屈得在路边忍不住哭了起来。

我们本来说好所有人一起去吃饭，他现在却只是把他的亲友有秩序地安排上车。大家问他："温澜怎么在哭？你们吵架了吗？你快去哄哄她。"

我却清楚地听到他非常不耐烦地回答所有人："没有，她只是想提前走，就让她先走，不用管她！"说完，啪的一声关上车门。

那辆车没有任何停顿，林航带着所有人，从我面前消失得无影无踪。

我掏出手机，开始一遍又一遍地拨打他的电话。我没办法面对这突如其来的状况，那种被世界抛弃的孤独感顷刻间侵袭了我。然而从始至终，他没有接听我的电话，没有回复我的短信，我所有的努力无一例外地石沉大海。

我用力咬着唇，明知自己的狼狈被路人看穿，却连一丝掩饰的力气也没有。

我尝试发消息给好友，她却刚好在招待亲戚，没有时间陪我。在那座城市、那样的时刻，我不知道我还可以找谁。我甚至害怕面对了解状况的每个人的关怀，害怕他们对我说："这不是你自己选择的吗？能怪谁呢？"

最后的最后，我只好发消息给沈明朗："你有空吗？"

我的手机在三秒内得到回应："还好，有事吗？"

那天刚好是沈明朗的生日，我早上才发过生日祝福给他，所以这时我其实内心很挣扎，觉得好像不应该让坏情绪影响到他。

可我又很矛盾，当时的我还不明白，这其实是一种依赖，我只是凭着本能，在这样的时刻，想要见他。

"是这样，"我吞吞吐吐，"我刚跟林航吵架，他丢下我就走了。你不知道，刚刚他的所有亲戚朋友，包括他爸爸妈妈，全部都在场。我站在路边哭的时候，他竟然不管我，就那么走了。"

我已经哭得失去逻辑，开始胡言乱语："我不知道我该去哪儿，我不知道我可以去哪里。我知道今天是你生日，本来我不应该找你的，但我真的不知道我还可以找谁，我心里好难过，我不知道为什么会这样……"

我一连发过去好几条语音消息，总算抽泣着把事情说了个大概。沈明朗回过来几个字："你现在在哪里？"

"我这里离你家好像也不是很远。"其实看到沈明朗那个问句的第一时间，我好像霎时间被人从崩溃的边缘拽回。

"那你有想去的地方吗？"

"我……我也不知道。"我心里是乱的，"我只是心里难受，不想回家，怕被爸妈看到，其他随便去哪里都好。"

"那你现在就打个车过来，我在我们家对面的茶馆等你。你知道怎么来吗？"

我到茶馆的时候，很意外，因为沈明朗竟然已经等在那里了。

从我打车到下车，至多也不过十分钟时间，可是他从家里走过来怎么也要十多分钟，我还以为我会先到的。

现在再想想，他当时应该是因为担心我，所以才急匆匆地赶来的，就觉得有他真好。

这句话我也曾经对沈明朗说过的。

就是，"有你，真好。"

所以后来，每次看到他推荐给我的《我可能不会爱你》的第一集里，程又青和李大仁约好给她过生日。他特地去店里买了她最爱吃的水饺，而她却因为临时有事，让他等到凌晨。见面的时候她戳了一只饺子塞到嘴里，然后非常确信地看着他的眼睛，她说："我非常确定，就是，有你，真好。"

那时候我也会想起沈明朗。

我坐在他对面，问他今天不用在家里过生日吗？他解释说家里是有亲戚在，不过之前农历生日那天已经一起吃过饭了，今天其实不在也没有关系。

"你呢？现在心情缓和一点了吗？"他微笑地看着我。

"嗯！"我迟疑了一下，竟然觉得自己有点好笑，"我刚才一个人在路边哭的时候，真的觉得自己好可怜。不过见到你以后，可能有人陪了，所以觉得心里没有那么乱了。"

我也不清楚为什么和沈明朗在一起，总是可以有说不完的话，我们从一点多见面，一直坐到五点多。和他在一起的时间，总是过得飞快。终于我想到要问他："你是不是要回去吃饭？"

想不到他看了看我，反问道："我刚想问你要不要回去，家里有人等你吃饭吗？"

我们俩说到这里，忍不住相视一笑。

"我就是因为不太想回家，觉得到家以后就是一个人，一个人的时候特别容易胡思乱想。"我看了看沈明朗，"现在是因为有你在，我才可以跟你说说笑笑。但回去就不一定了。"

他没有直接回应我，而是掏出手机拨了通电话："喂，妈妈，你们准备晚饭了吗？嗯，我现在和几个朋友在外面，晚饭就不回来吃了，你跟舅舅他们先吃吧。"接着大概对方问他什么时候回家，他又说，"我……"

他看向我，我微笑着用口型告诉他："我——都——可——以——"

"应该会有点儿晚，你让舅舅他们就不用等我了。"沈明朗说完又寒暄几句，这才挂断。

我这才意识到，原来他真的是推掉其他人特地出来见的我，一下子有点受宠若惊，只好假装淡定地抿了一小口茶："你不回去……真的可以吗？"

"没关系啦。"他微笑地看了看时间，"你饿了吗？我们要不要换个地方坐，找点东西吃？"他说完自己又想了一下，"可是这附近也没有什么好吃的。"

我就站在一旁，望着他，等待被他安排。

"这样吧，我叫两个朋友来，都是你见过的，正好我这次回来，还没来得及和他们碰面。"沈明朗说的是之前我们曾几次一起玩《三国杀》和唱 K 的那两个同学。

我心里默默地有点高兴："好啊。"

他叫朋友来，应该也是觉得大家一起玩，或许我的心情会更好点。

我们坐到七点多，他两个朋友才到。我们又坐了一会儿，才准备换地方续摊。

出了茶馆，我走在沈明朗的左边，听他们几个叙旧，很少插得上话。但我却觉得再自然不过，因为有他在身边，我就很安心。路灯把我们的影子拉得很长，我故意走慢一点，去踩他的影子。

时间的钟，似乎都在一点点地变得很慢。

吃东西的时候，他的一个朋友掏出手机，说要拍照发微博，然后没等我们反应，就咔嚓一声帮我们拍了一张抓拍的合影。

那张照片至今还保存在我的相册里面。照片上沈明朗只有半张脸，但却刚好看得到他微笑时两只浅浅的酒窝。我坐在他身边，低着头，看上去笑得很开心。

那应该也是这么多年，我和沈明朗之间，唯一一张模糊的合照。

晚上十二点多，他的两个同学起身，说差不多该回去了。沈明朗这才看看我："你呢？现在回去没事吧？睡得着吗？"

"应该……还好吧。"我感觉自己有点儿舍不得他，但也知道这个时间必须要走了，于是故作轻松，"也许到家就困啦。"

"那我送你。"沈明朗起身去结账。

他身边的同学却忽然说："温澜好像和我同路吧？我记得我们住得很近。"

我回想了一下，发现确实是，只好说："那我们一起打车走吧，到你家那个路口，再往上走几分钟就是我家了。"

沈明朗还有点不放心，冲他同学叮嘱道："那你记得送温澜到离她家最近的地方，确保她安全了再走。这么晚了，她一个女孩子……"

"好啦！你就放心吧！"男生一脸嫌他太啰唆的表情，上了车，招呼我，"温澜，走吧！"

我最后看了沈明朗一眼："那……我先走啦。"

"好的，"他说着，忽然扬了扬手里的手机，"那我等下发微信消息给你。"

"嗯！"得到他这句结束语，我心满意足地钻到车里，冲他挥挥手，"拜拜。"

那个晚上的再见说得匆忙，是因为我相信他说的"如果我还能在家里多待几天，我们再约啊"。

可从那天后，忙的人却成了我自己。林航爸妈回来后，每次去走亲戚都带着我一起，所以我根本失去了可以自由支配的时间。

不过那晚到家，林航仍然没有回我的消息。我下车准时收到沈明朗的语音："到了吗？"

"我刚下车，还在往家里走。"我在没有路灯的小路上摸黑边走边给沈明朗回信息，"今天真的很开心，觉得有你真好！"

"想不想知道刚才我同学问了我什么问题？"沈明朗忽然说，"他说你是他所见过的，我所有的异性朋友中，最有气质的一个。"

我握着手机的手竟然有点紧张，因为下一条的内容是："他问我为什么不追你。"

后来我曾经无数次回想起那个晚上。

空无一人的街，和他十多个小时真实的陪伴。

在我最难过最无助的时候，我去找他，他从来都在那里，他不会因为别人而慢待我，不会因为有自己的事情就不管我。

如果当时的我，可以稍微不那么迟钝，如果我能够想起沈明朗所说的那个"开玩笑"的理论，或许我就不会傻傻地只是回复一个表情，就完完全全地跳过了那个话题。

可我当时根本就不懂他在暗示我什么啊。

我甚至连他是在暗示我都完全没有感觉到。

我只是想到了好多年前的那个晚上，我问他那个问题，还有他当时回答的那三个字：办不到。

是你说办不到的啊！现在问我这个问题又算什么呢？我在心里有些难过地想。

或许，两个人之间的时差就是这样，第一次错过了，以后就会一直一直不断地错过。

每次好不容易你们走近了，时差就来提醒你，他不会喜欢你。

我心里有顾潮生啊，我身边有林航，这些沈明朗明明都知道啊。他怎么会喜欢我呢？他只当我是朋友，才给我关心和安慰吧。

一定是这样。

一定，一定只是这样而已。

沈明朗一直陪我聊到凌晨两点多，我才接到林航的回电。接到电话那刻，我听到林航的声音，委屈得眼泪再次顺着脸颊而下。我怕爸妈听出来我在哭，于是偷偷摸摸地开门走到楼梯间。我听到林航说："下午手机没电了，怎么了？"

"我以为你生气，所以故意不回复我。"我委屈地小声说。

我万万没想到林航根本没有对此发表任何看法："没别的事我先挂

了，爸妈都累了一天，我们要睡了。"说完见我没有回应，只说了句"晚安，早点睡"，就挂断了电话。

我本来已经被沈明朗治愈得差不多的情绪，忽然又全盘崩坏。我看到沈明朗发来的好几条消息："怎么样了？你睡了吗？怎么不说话？希望你是睡着了。"

"没有，他刚才给我打电话了。"

"怎么样？"

"他什么都没有说，就像什么都没发生过一样。但我们才说了两句话，他就把电话挂了。"我吸了吸鼻子。其实我明白林航的意思，就是他有点内疚，但又不想主动道歉哄我，就希望隔一段时间，等我冷静了才打给我，想用假装什么都没发生过的方法，把这件事掩盖过去。

但他不知道他每这样伤害我一次，我的心就会练习着对他多抵御一分，总有一天我会在面对他时，练就百毒不侵的坚强。

"别想那么多了！已经很晚了，你先试着睡，如果睡不着再发信息给我，好吗？"

望着沈明朗的最后一条信息，我认真地在心里对他说了声——好。

三月初的时候，我跟几个关系好的作者商量，一起注册了个微信公众号，偶尔会在上面推送一些她们写的故事。因为刚开始尝试，大家的兴致都很高，我不断地往自己的朋友圈转发，沈明朗也就理所当然地看到了。我在平台关注人的列表里也看到了他的名字。

有天傍晚，他忽然找我聊天："今天这篇我觉得写得很好。"

"你看啦？"我觉得很惊喜，毕竟这么多年过去了，想不到他以前看我写的小说，现在还愿意看我推荐的文字，"是个女孩子写的。"

"是啊，我觉得内容很甜很温暖。"他针对故事点评了几句。

我也不知道自己是怎么回事，想到那个女孩子和他一样刚好都在广州，竟然没头没脑地接了句："她还单身呀！而且和你一样，现在也在

145

广州，要不要我介绍给你认识？"

"这么巧啊。"沈明朗回复，隔着屏幕我看不到他的表情，不过他发了个笑脸。

"我觉得还蛮适合你的。"我当时只是有一种"反正他又不会喜欢我，不如介绍给自己关系好的女生"的想法，也没有考虑太多。

见他没有拒绝，我去喊了那个女孩子，然后把她的微信号给了沈明朗。

我依稀记得当时他说："那我去和她聊聊吧！"

反正我就是一根筋，他说什么我都信。当时看他这样讲，我也是百分之百地照单全收。想着他要和别人聊了，我还自觉地退居二线："那好吧！我先去忙，就不和你说啦！"

然而2015年，我去了广州，和女生见面后，无意中聊起沈明朗。她才告诉我，原来当时他们只是礼貌地互加了好友。除了最开始互相说了句"你好"，之后就再没有过别的对话。

我还在意外，直到她说："当然不会多聊啊。是你一定要撮合我们，我只好礼貌地加一下，他一定也是咯。"

"但我当时真的以为你们很开心地抛下我，去私聊了哎。"这句话出口，我才嗅到自己浓浓的醋劲儿，有点不自然地笑笑。

"不过我觉得，"她忽然说，"如果他那时候喜欢你，应该会蛮失落吧？自己喜欢的女生要帮自己介绍女朋友，那种感觉……啧啧。"

我还想反驳，想说他那时候从来没有对我说过喜欢我啊。

"不过现在说这些也没有用，你自己也说过了，他已经不肯联系你了。"她一针见血地戳破我的妄想。

过去了就是过去了。

感情这件事情，令人难过大多都是因为，带给你幸福感的那个人已经离开了。然而他留下的感觉，却还一直残留在你心里。

你还没有走出那段记忆，可是你已经失去了他。

顾潮生不在我世界的那五年，每隔一段时间，我都会去刷新一下他的微博。

前两年他还常常更新，而我从没给他留言过。再后来他更新得越来越少，直到腾讯推出微信，他发了个微信号在微博上，欢快地表示：从今往后我要转战微信啦。

我盯着那个消息很久很久，仿佛上天为我下了这个决定。终于，我连想偷偷关心他的生活，也没有了契机。

没有顾潮生消息的日子里，时间似乎换了一种计量方式，飞速向前。

时间会改变一切吧，它将教会我如何忘记。

如果，没有那场意外的话。

三月初的长沙，人心惶惶。

城北出现了持刀凶徒，在路边魔障般见人就砍，十分钟不到，消息已经在朋友圈、QQ 群疯转，人人口口相传，描述得十分血腥可怕。

而我没有想到，自己竟是这个事故的当事人。

当歹徒不管不顾朝我这边猛冲而来时，我却在一片慌乱之中，被身旁逃窜的人不小心撞倒在地。我顾不得他想，当即吓得双眼紧闭，在地上认命地装尸体，完全不敢呼吸。

后来的整个过程，混乱不堪。到处充斥着此起彼伏的尖叫声，夺命狂奔的脚步声，甚至还有人从我身上径直踩踏而过，我痛得一震，却不敢发出一声轻呼。

不知道过了多久，耳畔终于响起警笛声，平时的刺耳在那刻竟感人的动听。四周弥漫着令人窒息的血腥味儿，依稀感觉有医护人员将我抬上担架，我全程害怕又抗拒睁眼。直到良久以后，才有人温柔地安抚我说："没事了，你动一下，看看哪里痛？我帮你检查一下。"

我很慢很慢地，呼出一口气并睁开双眼。

想就地起身，却腿一软，整个人不受控制地掉下担架。

这一刻，我忽然想起那句话：我不怕死，却因为有你，而有了贪生的念头。

顾潮生，我想到他。

我的脑海全部都是他。年少时光尽数扑面袭来，我避无可避，更无法再欺骗自己。

一想到，如果这场意外让我停止了呼吸。

从此我深爱的人，与这一整个世界，都没人再知道我极力掩藏的秘密。

我后悔了。

从来没有一个时刻，让我像现在这样后悔，后悔我为什么要在十九年间，都固执地守口如瓶。

我后悔我浪费了这五年。

或者，更甚，我们之间，我主动错失的，又何止是这五年。

一直以来，我勒令自己不要爱上他。

我欺骗自己，我也可以从容走进别人的爱情。

曾以为独占是爱，热情是爱，冲动是爱，盲目是爱。

但这些一切逻辑，在面对顾潮生时，却并不成立。

虽然他心里早有别的女生，回忆被别人充斥，但这些，都不足以成为阻挠我的理由。

如果是他，我将放低我的原则。

如果是他，我将收起我的占有欲。

如果是他，无须刻意维系，这份感情我必定奉上自己全部的炙热与笃定。

我笨手笨脚地去翻包里的手机，手忙脚乱地将东西撒了一地，却顾不上一一拾起。

我想到曾跟沈明朗玩笑般说起的那句话："如果有一天——我是说万一——我发生了什么意外，你一定要替我告诉他。"

现在，我改变主意了。

我不需要沈明朗替我告诉你。

顾潮生，我要找到你。

即使只是亲口告诉你，这十九年来，我从不曾宣之于口的秘密。

我买了最早一班机票，飞去北京。

上飞机前一刻，我试着拨通他的电话，发现已经是空号，于是辗转跟以前的老同学打听顾潮生的联系方式。

对方非常惊讶："竟然连你都没有他的电话？"

我尴尬承认："嗯，有段时间没联系了。"

"你们怎么搞的，以前关系那么好，竟然也会不联系？"对方显然有些诧异，想起什么似的，忽然又说，"上次我和顾潮生见面还聊到你呢。"

我一愣，已经过去这么久了，我以为在他的世界里，我已经毫无分量。

他却还会和别人提到我。

我眼眶一热。此时飞机就要起飞，我正好顺势避开了话题，关机。

北京。机场。

飞机落地的那一刻，我颤抖着拨通了那个号码。电话被接听的一瞬，熟悉的声音遥远而模糊地传来："喂？"

我的视线已是一片模糊。

"我来找以前的同事玩。"我找了个借口，"你在哪里？我想见你。"

"分手啦？"顾潮生听出是我，好像心情很好。

仅仅只是听出他在笑，我已经被这样的氛围感染，这时候我压根不想提起别人，索性顺着他回答："对啊。"

我接着嬉皮笑脸："你来不来接我啊，我连路都不认识。"

"你找个地方坐，先等我吧。我过去挺远的，而且还没下班呢。"

"你就不能为我请个假？"我不依不饶。

"等等，你不是来找朋友吗？让她先去接你啊。"顾潮生一下子找到

149

我话里的漏洞。

我反应过来，赶紧找补："那好吧，我以为你知道我来，会第一时间赶来迎接我！看来我果然想得太多啊。"

他轻声笑了下："那你找个地方等我，你先加下我微信，到时联系。"

挂断电话，根据电话里顾潮生所提到他公司所在的地点，我查了下线路，慢吞吞地开始找车站坐车，然后转地铁，再转公交。

北京真大。

最重要的是，我想到这是顾潮生生活五年的地方。

路过每一处街道，看过每一段街景，我都会忍不住猜测，他有没有在这里吃过饭，有没有在那里散步过，曾经又在哪里仰起脸看过怎样的天。

地铁上，我小心翼翼地加上了他的微信。那一刻心里其实很忐忑，五年的空白，我既好奇，想要从中得知他现在的生活状态，又不想面对这段横亘在我们之间的距离。

我慢慢地，一条条往下翻，看到他这些年去旅行经过的许多地方——曼谷、韩国、日本、香港、哈尔滨……

他看过北城的雪，吹过南海的风。而只要一想到，这些统统是我不曾参与的时光，我就觉心如刀绞。

快下公交时，顾潮生已经等在那儿。我与他隔着几步之遥的距离，却一下子模糊了双眼。还好天色已经有些暗了，他笑着迎上来，我假装有风沙，揉了下双眼，趁机擦掉眼泪。而他并没在意。

"肚子饿了吧？"顾潮生看我一眼，"带你去吃好吃的！"

我兴奋地点头，他拉着我去街边打车。这一刻我反而有些恍惚，我想到我们在一起时，还几乎没有打过车，常常都是散步。

我安慰自己，都怪北京太大。

饭桌上，我终于鼓起勇气拐弯抹角地问顾潮生："她呢，你怎么没把她一起叫来？"

顾潮生沉默了一下，深吸了一口气："你问傅湘吧？"

我心里一下子慌了，表面上微微点头，心里其实紧张得要死。我不敢承认自己在期待着什么，但我又的的确确在期待着那个答案。

好在，顾潮生有点勉强地笑了，他说："我们分了快一年了，她去了深圳。"

他伤感而迷离的眼神，让我不免有些心疼。

"那段时间你是怎么过来的……"我其实想问，这一次失恋，分明是你最长一段恋情的结束，你该有多伤心，但我却没能再成为那个深夜时分，可以让你放肆哭一场的人。

"你说怎么过来的？"他故意装作有点生气地瞪我一眼。

我太知道他有多在意傅湘了。

如果说我们年少时候，曾经有过的每一段懵懂的感情，是青春的证明，那么能够陪着我们从青春走向成熟的那个人，会是我们一生难忘的印记。

顾潮生，他是那么恋家的一个人，逛超市在他心里的全部意义，是和喜欢的人共同营造出"家的感觉"。而这些年，傅湘在哪里，他心中那个"家"，就在哪里。

当她远走他乡，当他意识到，她并没有把他当成那个唯一的归属的时候，他该有多失落，该有多难过呢。

想到他的痛楚，我恨不能十倍百倍代替他痛。

"那现在呢？"我压抑着心里的酸涩，"现在你好了吗？"

他拿着汤勺在火锅汤底里来来回回地搅动："好了，这么久了，我已经没事了。你相信吗？"

他眼底的落寞让我下意识岔开了话题："我们要点酒吧，好久没见了，我舍命陪君子！"

"到底是你陪我还是我陪你啊？"顾潮生好笑地看着我，"现在失恋的好像是你吧？"

151

"是啊，你陪我。"我边说边招呼服务员，"我好难过，你快陪着我。"

"那我要考虑一下！你当初是怎么对我的，现在知道我的好了？"他笑着夹起一块玉米。

接着我们开始拼酒。

一开始顾潮生还非常豪爽，我举杯敬他，他就一口喝光，还晃一晃酒杯给我看："怎么样，我对你感情这么深。"

不知不觉，桌上五个酒瓶都空了。他开始担心我喝醉，要来拦我："你别喝了，你这样我们待会怎么回去，你这么重，我可扛不动你。"

"我怎么可能醉？你想多了，我千杯不醉的好不好！"我开始讨价还价，"你想让我暂时不喝了也行，我们换个地方继续！"

他想了想："那行，我们先回我住的地方，你今晚还要去你朋友那吗？我室友这段时间刚好出去旅游，算你运气好。你要不矫情，就去我那混一晚上。"

"你室友男的女的啊？你让我睡别人的床？我不干！"我头一扭。

"谁让你睡别人床了，你睡我房间，我睡他的。"顾潮生说着拉起我去结账，"你要真喝醉了，我还担心你把他房间端了！"

从店里去他住的地方倒是很近，打车拐几个弯就到了。我还嘲笑他："才这么一点点远，为什么不走回来？""我现在老了。"他笑。

"是不是因为没人陪你散步，所以你一个人不想走？"我故意停顿一下，"但是现在我来了。"

顾潮生看我一眼，没有接话，稍一用力，把我整个人塞进电梯。

那个晚上，顾潮生被我怂恿着，也喝了好多瓶。后面我实在喝不动了，就把自己胡乱地摔在他客厅的沙发上。

他可能以为我醉了，其实我没醉。

我看得出来，他也没醉，只是迷迷糊糊没什么力气了，就躺在我对面，整个身子深深陷到柔软的沙发里。

我望着天花板，一根一根掰着自己的手指："顾潮生，你还记得我刚认识你的时候吗？"

"废话！"他懒洋洋地答。

"那时候你学习成绩特别好。我记得有一次，上美术课，我们学剪纸。你看到了我剪的，你跟我说，觉得我特别厉害，剪出来的喜字真好看。我一下子也觉得自己厉害了起来。"

"然后呢？"

"后来上中学，你非要考那个什么破学校，我装肚子疼，连省重点也不敢去考，你不知道，那个时候我多想跟你一起玩，但是我不知道要做点什么，你才会也想和我一起玩。所以我想，我先接近了你，不管怎么样都和你混熟了再说。"

"……"

"再后来，你说你喜欢青蔓，我心里想你喜欢的女生真漂亮，我不漂亮，怪不得你不喜欢我。可是你竟然跟林西遥在一起了！我特别难过地哭了一晚上，我觉得林西遥也不是特别漂亮啊。后来我想了一下，其实可能是因为她比我勇敢。要不，就是她的确比我漂亮，只不过我不愿意承认！"

"……"

"那时候我一直在想，你会不会，不是因为忙着恋爱才不来找我玩，也许是因为林西遥能看出来我心里有鬼呢？我想证明自己和你之间是清清白白的，所以我跟世界宣布说，我喜欢许眠歌！我要追他！然后我还逼你帮我出谋划策，因为这样一来，我就有借口频繁地来找你了……"

"……"

"你跟林西遥分手了，你知道吗，其实我特别替你不值，简直想偷偷去揍她！但我又想，如果她一直跟你在一起，那我不是也很可怜？你跟她在一起就不来找我，所以这么看来，你和她分开也挺不错的……我坏吧？"

"……"

153

"谁知道你换女朋友比翻书还快！我以为你至少调整一段时间才能有新欢呢，没想到高中开学才几个月啊，你就把周蔷追到手了。当时我在你们教室门口看到她的时候，我觉得自己快要晕过去了……这次你总算搞定一个又漂亮又温柔又美丽又大方的女孩子了，我想我应该替你高兴，我必须得替你高兴！可是你怎么那么蠢！竟然把她害得被迫转学……还非得转学去外省……你知道你哭着给她打电话的时候，我看着你站在大雨里，我有多难受吗？大晚上的，你给我打电话，我听着你哭，我也哭了，但我却不能让你听出来……"

"……"

"你们分手后，我都不知道你什么时候又和傅湘在一起的。不过这次，按照你以往每段感情的持续时长来推算，我天真地以为这次又没多久的。我想大不了就是等嘛，等了这么多年了，我也愿意就这么一直等下去。可是后来我发现，我竟然等不到了呢……你们感情那么好，最重要的是，傅湘对我也很好，她一点儿都不排斥我的存在，这让我觉得，那个偷偷期待你们分开的自己真的很坏很坏……"

"……"

"我再也没办法骗自己陪在你身边了，所以我想，就听林航的，跟你分道扬镳吧。如果再也不见你，我觉得我总会好起来的。我不信我没有了你就不行，难道不和你在一起我就会死吗？我不会！所以我和你断绝了一切联系，让你嫌弃我重色轻友，让你讨厌我……但你竟然给我打了三十多个电话，那一刻我忽然在想，原来我对你也这么重要吗？值得你这样挽留我？但是，既然我这么重要，为什么你只要一忙，就想不起来要找我？"

"……"

"可是你为什么要给我打那个电话呢？顾潮生，你知道那个电话让我有多难过……你在电话里跟我说，说你难过的时候想到的人是我。我多想为了这句话奋不顾身地跑来找你啊……但是你又告诉我说，傅湘也要来找你了。你让我一时天堂，一时地狱，我简直要疯了……"

"……"

"在我们家附近，偶然碰到你的那次，你知道吗？我当时在拍照，拍好了才发现，你竟然也被抓拍到了那张照片里……哈哈哈……你不知道当时我有多开心！但看到你冷冷地对我，我又很难过。我难过完了又继续很开心，因为我觉得你在生我的气！一个人为什么会生另一个人的气呢？难道不是因为你在乎我？我一想到你会为我生气，我就又特别开心……你知道吗，我特别害怕，我最害怕的就是你对我又客气又冷漠，我怕你再也不会对我说心里话，我怕你看到我就再也不想理我……"

"……"

"我送你回家的那个晚上，那是我最后一次见你。当时我就对自己说，这一定是最后一次了，我以后的人生还很长很长，我不想再纵容自己这样下去。我当时真的已经下定决心了！你知道吗，我在从没和你一起待过的城市生活了五年，我以为这样就能不再想起你。为了不再想起你，我连回家的次数都寥寥无几，因为我总怕万一，万一我又和你偶遇了呢？如果让我又见到你，我的一切努力又会成为泡影……我会忍不住想要和你说话，想要接近你……"

"……"

"你想知道我为什么来找你了吗？那是因为，我发现自己差一点儿就要再也见不到你了……长沙的砍人事件你听说了吗，我当时就在现场，我当时满脑子都是你！我哪儿有什么男朋友啊，我那是骗你的！我们早分了，但我知道你和傅湘还在一起啊！所以就算我再怎么想要把一切都告诉你，我还是担心打扰到你的幸福，哪怕，哪怕我知道我根本影响不到你们……"

"……"

"如果没有那场意外，我也不可能鼓起勇气，现在出现在你面前。但是，既然我来了，不管结果是什么，我只想告诉你……我只是想告

155

诉你……我只是想……想告诉你……"

"……"

醉眼蒙眬间，我下意识地去看顾潮生，昏暗的灯光下，他的眼睛也闪着光。我却紧张地闭上眼，小声说："我喜欢你十九年了，我就想知道，十九年了，你为什么从来也不愿意，考虑考虑我呢？"

顾潮生没有说话，而我，我一直在哭。我闭上眼，害怕发出任何动静，我竖起耳朵，只敢凭听觉去判定他的反应。

很久很久以后，我的额头忽然落下了一个轻若无物的吻。

"为什么……不早点告诉我？"

顾潮生贴在我耳边，轻声地说。

然后，他很慢很慢地，伸出双臂，以一个极其温柔的姿态，将我搂入怀中。

那是我从来憧憬，却没能去过的地方。

他的怀抱很温暖很温暖。

有一瞬间，我甚至以为我的梦变成了真的。我以为顾潮生终于确定我的心意，会不管不顾来到我身边。

可惜我又错了。

良久，我听到他的声音，很轻很轻，他在叫我的名字："温澜。"

我应了一声。

"是你先告诉我，你喜欢许眠歌的。"他含混不清地说，"所以，我才决定和林西遥试试。"

那一刻，时光就那么静静地，静静地停下它的脚步。

我在这个轻如尘埃的拥抱里，才明白，时光真的已经走过太远，根本回不了头。错过的时间，也都补不回来了。

他第一次牵手，是和别人；他第一次亲吻，是和别人；他第一次受伤，是为别人哭；他第一次深爱，是与我无关的蚀痛。

虽然他现在抱着我，还给我温柔的亲吻，但过了今天，这些就都不会再有了。

窗外夜色朦胧，我轻轻推开他，缓缓离开他的怀抱，像完成一场盛大的放逐。

我退到他的房间，仓皇地关上房门，一个人顺着墙滑倒在地，终于控制不住地大哭。那个房间里有他身上好闻的味道，却从来不是属于我的。

这些年，我们在别人的爱情中不断练习，他换了不计其数的女友，而我也被几个不错的男孩宠爱。

但不同的是，他最后爱上了别人。

这世界上，也就只有爱情，是一根没办法弯曲的线。

他爱上别人的那一刻起，我们之间，已经回不去多年前，那个阳光正好的校门口，他对我说"以后放学我们一起走吧"。

我不再是那个写很多"对不起"给他，让他觉得心疼的女孩。

门外顾潮生始终没有发出一丝声响，早上醒来时，我发现他在沙发上睡着了。

我过去推他两下，他没有动。于是我留下一张便笺，拿上简单的行李，推开大门。

这次是真的，要说再见了。

第十一章

而我已经分不清
你是友情
还是错过的爱情

回程的路上，我收到顾潮生发来的消息："路上注意安全，好好和他在一起吧。"

我不知道有时候是不是假装没有看到，就可以当一切都没有发生。

但我的眼泪一下子掉下来。

删掉这条信息，我没有给他任何回复。

接下来的两个月，我的工作重心便是负责宣传白晴即将上市的新书，想文案，写文案，做活动。新书预售时，我转发链接到朋友圈，沈明朗还特地对我说，他已经眼疾手快预订了两本，既然是我姐姐的书，他怎么能不支持。

一年后我自己的新书上市，我用群发助手勾选了微信里的每个好友。我以为他就算屏蔽我，不想让我看到他的消息，至少也会去买我的书啊。连我参与宣传制作的书他都买了，我自己写的书，写到他的书，他怎么会不买呢？

但我看到的，是他朋友圈那一栏刺目的空白。我盯着已经发送过去的消息，却得不到任何回应。我是真的不敢，不敢再多单独发送哪怕是一句话给他。

我不知道我可以说什么。

在他已经不愿回复我的时刻。

其实如果我发了，我就会知道，他已经把我加入黑名单了。

群发助手根本是个漏洞，让我以为沈明朗，明明看到却不肯回复我。

原来他根本就不曾看到。

白晴的书完成得差不多时，我开始着手创作自己的第一本书。

是我写给顾潮生的书。

写作对我来说，是在无人能够感同身受时，与自己对话的一种方式。它可以替我保留过往的记忆。

有人问过我，为什么迟迟不写长篇。而我当时仅仅觉得，也没有什么故事，让我有那么强烈的创作欲。

但从北京回来，我却忽然有了这个打算。

以往我写过无数暗恋题材的短篇，那些故事里往往都有着顾潮生的影子。可就真的只是影子而已，我并不敢真正地直面自己的感情。

但这一次，我却想勉力一试。

白晴知道我的想法后，跟我一拍即合。她说自己早就想自己出来创业，开工作室，拟定的名单上早就算上了我：我可以既做编辑，又出版自己的书。

有了她的支持，我似乎可以更加心无旁骛。但真的面临辞职，我还是有些犹豫，担心自己的选择太过冲动。

我把情况大致跟沈明朗说了说。

他听完我长达十几条的语音叙述，反问我："你说了这么多，无非就是在犹豫要不要去帮你姐姐创业。但我看你的口吻，一直都在偏向她，我想你心里其实已经有了答案。你觉得呢？"

我惊讶他总能准确洞悉我的想法。

"其实很多路没有走过，就不知道是对还是错。但是我相信你，你无论选择了什么，都一定会像现在这样努力。努力过后，你自然会看到结果，你说呢？"沈明朗说服了我，或者就像他所说的那样，我心里是偏向信任白晴的。

月底，我向公司递交了离职申请，之后便宅在家里，开始了漫无天日的写作。

当真的开始写那个故事我才发现，原来那些我以为早已经忘记的事情，其实只是因为自己不去想而已。即便是十多年前的记忆，但凡有关顾潮生的，还是非常清晰。

我几次写得一个人情绪失控地在房间里不管不顾地痛哭。当时我真的好想拨一通电话给顾潮生啊，想听一听他的声音，哪怕是一句话也好。

但我始终没有这样的勇气。

我怕经过上次的事情，他对我的态度会有变化；害怕他不想见我，不想联络我；从此我们之间，就会像以前的十九年中我曾无数次担心过的那样。

说出口了，我们就连朋友都做不了了。

只要我不拨通他的电话，我似乎才可以一直安慰自己说，他其实还在。

我不断对自己说，等完稿后我就去看他，死皮赖脸地看多久都行。但让我先写下这个故事。

因为也许这将是我漫长的一生中，仅有的机会，可以让他读到我逐字逐句的情深。

只要他看过，他知道就好。

深情就不算错付。

和林航从广州离开后，青旅便交给了他爸妈打理。这时偏偏有些急事，需要他爸爸处理，顾不上青旅。林航几次接到他妈妈的电话催促，最终只好答应先回广州一段时间。

刚好我写作时，也希望不受外界的影响，所以林航提出要离开两个月，我当即表示，我可以照顾好自己。

六月中旬，我终于完成了那个故事。

我写完最后一个字，还来不及修改，就打开微信，点开顾潮生的朋友圈，想知道他最近的行程，好判断我可不可以现在订票。

然而意外的是，我看到他更新的最近一条正在两小时前。他说："一周后回家，可以约。"就像冥冥之中注定的那样，我欣喜地给他评论："约我！"

正当我忐忑他的反应时，和他的私聊窗口收到一张照片，是他订好的机票截图，上面有他到达长沙的准确时间。

我知道他要从这里转车，正好可以和他一起从长沙走。

我发过去一个"OK"的手势："到时候见。"

晚上，我终于解放了一般，和白晴约着逛商场。路过银饰店，白晴说要选对耳钉，我趁她挑选时自己也随意地看了看，直到眼光落在一只简洁款的戒指上。

我从展示墙上取下来试戴，竟然发现戒指内里有字，是一个特别清晰特别显眼的"生"字——戴在手指上是看不见的。

我试了下，刚好和我中指的尺寸相符。

又是那种冥冥之中被安排好的感觉。我付了款，之后便一直戴着。

直到 2015 年的除夕前一晚，我和顾潮生以及我们共同的朋友阿明碰面。三个人在咖啡馆叙旧，阿明忽然很不明所以地指着放在桌面上的我和顾潮生的手，说："我说你们两个，明明都是单身，怎么都戴着戒指啊？还都戴在中指上……会把追求者都吓跑的好吗？"

我尴尬而心虚得连舌头都打结了，完全接不上话，只能呵呵地干笑。我用余光去看顾潮生，他也一样，咧了咧嘴角，却没有说话。

"难道有什么特殊的含义吗？"阿明八卦地追问。

"好看呗。"顾潮生说着，低着头慢慢地转动了下那枚戒指，"我有两个啊，左右手都有。怎么？不行？"

这时阿明忽然问："那个……她怎么样了？你们还有联系吗？"

我坐在边上，感觉自己一下子紧张起来。我也想知道这个问题的答案，只不过我没有像阿明一样问他的勇气。我只能扭过头，尽量用看热闹不嫌事大的眼神盯着他。

"有啊。"顾潮生简单地说。

"她不会还跟那个……"阿明跟傅湘也算熟悉，所以我猜他应该知道他们分手的原因，"……在一起吧？"

我看到顾潮生眼中闪过一丝无可奈何："我不知道。"

"你没有问过她吗？"阿明故作轻松地探究。

"我不知道。我怎么会知道？"顾潮生这时口吻忽然冰冷。

但我仍从中明白了剧情的大致走向。

那一刻所有零零碎碎的画面，全部被拼接到了一起，我握着自己面前的那杯咖啡，努力伪装出若无其事的表情。

但心里，却已被利刃刺伤。

顾潮生回来的当天，我特地很早起床，坐车去85度C给他打包了份早餐，然后上了之前联系好的车，去机场接他。一路上师傅开得很快，我几乎是踩着点到的。我下车时他刚好从航站楼出来，风尘仆仆地推着大大的行李箱，上面贴满了标签纸。

他看到我，笑了笑。

当时我的耳机里恰好在循环播放《心动》："……有多久没见你 / 以为你在哪里 / 原来就住在我心底 / 陪伴着我呼吸 / 有多远的距离 / 以为闻不到你气息 / 谁知道你背影这么长 / 回头就看到你……"

我摘下耳机塞回包里，走到他身边去。

回到车里，我把早餐塞给他，然后像以前一样，再自然不过地聊天说话。

下车的时候，我问他什么时候回北京。他说："三天后吧。"我点点头，把自己的东西拎出来："那后天我也和你一起回长沙。"

其实我当时之所以想和他一起回家，是因为我知道在家里的几天，他除了陪家人，一定会有时间空闲下来的。届时，或许我就可以去找他。

第二天傍晚吃完饭，我给他发消息："晚上出来吃甜品吧。"

在甜品店里，我绕了好几个话题，终于成功地扯到感情上。其实我就是想知道，这些年他过得还好吗？上次去北京匆匆一面，很多话我都没有问，他也没有讲。

"你是想问我们为什么分手吧？"他搅了下自己杯子里的冷饮，似乎终于打算认真地跟我聊聊这个话题，"我刚去北京不久，不是她也跟着去了吗？"

"对啊！当时我还觉得她为你付出了很多，你选择了你的梦想，而她放弃了自己的世界，去你的城市从头再来，和你一起打拼。"我认真地回应。

"我那时候也是这样以为的。"他说，"不过记得去北京之前，我就跟你讨论过，我说我们两个人其实彼此之间的信任度很低——我总是担心她会离开我，她也担心我会离开她。"

我明白他的意思："不过按理说，这样其实代表两人都深爱对方啊。"

"或许吧。"顾潮生低着头，也没有抬头看我，低垂的眼神很落寞。

"后来呢？"

"其实我们之间，是我先离开她的。"他这时候一顿，"你是不是觉得很惊讶？以前我那么离不开她。"

"……为什么呢？"

"她过去之后，就和我在一个公司工作。我们分属不同的部门，她做的是一些类似于采购啊为公司寻找客户群体之类的工作。"

我"嗯"了一声，表示我正在认真听。

"可是你知道……被人背叛的感觉吗？而且是公司所有人都知道，那个对象就是我们公司的高层。"顾潮生说到这里忽然停下，深深吸了口气，"而我，我是最后一个知道的人。"

"……"

"是身边的人提醒了我。谣言传出来的时候，我去问她，她给我的解释是，她有她的原因。她每次都保证不会再有下次，"这句话才是最令我吃惊的，"……可她偏偏不止骗了我一次。"

"我之所以离开她，其实不是因为不爱了。"顾潮生那一刻的表情真的特别让人心疼，"而是因为我发现，我们两个人之间的那份信任，就是相爱的人之间最重要的那份信任感,已经被她一点一点地,消耗殆尽。"

"……"

"我再也不可能相信她。"

"……"

"她所说的每句话,我都没办法相信,我都要努力去辨认是真是假。那样的日子我真的过得好难受,我经常一遍又一遍地问自己怎么办。她说她最爱的那个人是我,"他抬头看着我,"但她又一直都是个很有野心的人,这你是知道的。"

我点点头:"我看得出来,她心里是有你的。你们在一起七年,不管最后她做了什么,做错了什么,我都相信她对你的感情是真的。"

七年,我宁可相信她很爱你,也不想替你证明这是个伪命题。

顾潮生忽然牵起嘴角,再次露出了无可奈何的笑。

"其实后来那段时间,她只要出门,而我没有工作要忙,一个人闲下来,我就会一直一直想那个问题。我会问自己,如果她没骗我,她最爱的人是我,那她为什么要和别人在一起?如果她骗了我,她为什么又要骗我呢?放我走难道不可以吗?"

我没有办法回答他:"那最后呢?"

"我真正离开,是那次,她出差了大概有一周左右吧。那些天我一个人在家,我把所有的东西收拾好,找了房子,然后每天搬走一些行李。到她回来的那天,我已经搬空了所有属于我的东西。"

"她没有去找你吗?"

"有。但我无论有多么想她,都没有答应再见她。"

顾潮生,那段时间你一定过得很难吧?

那段时间如果我能陪着你,如果我能给你我的号码,如果我在你身边,能听你说说话……该有多好。

"那你……那段时间是怎么过的呢?"

顾潮生听到这个问题,忽然露出特别难过的眼神,做了个朝旁边看的小动作："就是喝酒啊。"

"……"

"把自己关在房间里，拼命地灌酒。喝醉了就一个人号啕大哭，听情歌，哭得不成人形。哭累了就睡，睡醒了，也不去找她。"

"……那这样的状态持续了多久？"

"也不久，大半年吧。"他终于换上故作轻松的神态，"后来哭也哭够了，作也作够了，慢慢地就平静下来了。现在，已经好多了。"

顾潮生，可你看起来一点儿也不好。

你只是花了半年的时光，学会了欺骗自己吧？

你的眼神骗不了人，你说到她的时候分明还是会痛。

"那你们这一年里就一次联系也没有过吗？"

"其实你知道吗？"顾潮生忽然说，"我从头到尾都没有去删她的联系方式。我觉得删电话，删 QQ，删微信，这种行为特别幼稚，而且无济于事。当你真正想要忘记一个人的时候，你需要去做的，就是一次又一次地明明看到她的消息，却要忍住不去联系她。如果这样都做不到，那你根本就忘不掉这个人。无论你把联系方式删除得有多干净，最终还是会因为你的软弱而前功尽弃。"

是吧。就像我，把你的联系方式删除得干净，最后还是忘不掉你，还是丢盔弃甲地来找你了，不是吗？

"所以那段时间，她的朋友圈状态我都会看，我只是不评论而已。"他说得云淡风轻，"不过我记得有一次，她发朋友圈说自己一个人在家，病得特别厉害。当时我其实是最先刷新到那条内容的人，我本来可以立刻打车去找她，送她去医院。但我只是给她关系好的朋友打了电话，然后一直关注她朋友圈的进展，看她说自己到了医院，然后住院，说谁陪在她身旁。我原本可以去看她，"他说，"但我们在一起这么多年，对彼此的关心早已经像亲人一样。我其实知道，如果我去见她，很有可能一切又会回到原点。所以我勒令自己没有去，只是在朋友圈看着她的状态，

166

得知她在一点点康复。其实这全过程我都知道，但是我没有评论，没有回复，甚至没有问候她。"

"直到知道她没事了，我也就放心了。"他最后说。

"你们到现在都没有再联系吗？"我问。

"她后来去了深圳，我跟你提过的吧？不过现在我偶尔去深圳出差，我们也见过两次。因为我已经好得差不多了嘛。"当我正想着要怎样接话才能稍微安慰到他，他却自顾自笑了，"其实我觉得现在这样很好啊。那半年……毕竟已经过去了。"

晚些时候，我们从甜品店出来。在路口，顾潮生忽然想起什么似的问我："你现在是不是不住那里了？要打车回去吗？"

"时间还早，要不……我们走走吧。"我说。

如果换作以前，我一定不敢这么说。我都会等他有空，等他想散步的时候主动问我："要不要走回家？"

但这一次我却忽然非常、非常地舍不得他。

我想好好地看一看他，却又不太敢，只好默默地低着头，亦步亦趋地走在他身旁。

他偏头看看我，饶有兴味道："怎么？"

我不敢告诉他，因为我很久没像现在这样，和他一起散步回家了。

顾潮生只是微微顿了下，默许般给了我答案。我走在他身边，不远不近的距离，有时候会挨他近一点，有时候又隔着很大一块空地。

夜色浓浓，我多希望这条路根本没有尽头。

直到最后，他催促我说已经很晚了。我假装去路边的小店买东西，其实不过想要目送他走远而已。看他的背影一点点被黑夜吞噬，消失不见，我吸了吸鼻子，缓缓地转过身。

隔天我起得特别早，跑去名气挺大的那家凉面摊打包了份凉面，给他送去。

他妈妈看到我，特别热情地跟我打招呼。我猜当时他应该还没睡醒吧，于是把早餐交给她。

后来他给我发信息说："很好吃，谢谢。"

我还是紧张得不知道回什么好，只好呆呆地发了个可爱的表情。

顾潮生，你知道吗？十九年了，这却是我第一次明目张胆想要对你好。

以前我也想的，可我又特别害怕被你发现。

以后，哪来什么以后。

你逗留的时间没多长，很快便匆匆回到你的城市。往后我又只能靠听说得知一点点你的消息。

而我知道，再过几年，我们会有各自的家。再久一点，你或许也会在别的地方安家。

只是，一想到再没理由和你穿过拥挤的人潮一起回家，再不能在家附近散步时小心翼翼地张望你可能出现的方向，就觉得还是有点遗憾。

顾潮生，我和你一起走过那么多的路，答应我别忘了吧。

回程那天中午，我在家附近的路口等他。他从车里探出头，喊我上去。路上我们聊着有的没的话题，我忽然问他："回来这几天，在长沙没有要见的朋友吗？"

"没有吧。"他说，"本来应该有的，但是因为每次回来的时间也不是很多，有时候别人约我，我没有去，下次人家也就不会约我啦。"

"其实就是你懒。别人约你的时候你不想去，只想自己无聊的时候对方正好有空。"我犀利地总结。

"哈哈哈，对啊。"顾潮生笑起来。

时光总会为我们筛选和淘汰掉一些人，而对于顾潮生，我多么庆幸，我还留在你的生命里。

我比他先下车。回到住的地方，我开始洗衣服、收拾房间。手机忽然响了，他打来电话懊恼地说，下车才发现，自己的钱包落在家里没有带。虽然身上的钱够车费，但身份证、机票和银行卡全部在包里。

"澜澜，我怎么办啊？"

顾潮生一定不知道，这句话在我听来有多熟悉。

那一瞬间，曾经空白的五年时光似乎短暂地消失了，我回到从前那个他可以在不知所措的时刻依赖和相信的身份。

"你可以打一下那天送我们回去的师傅的电话，看他什么时候再往长沙送客。中午的时候我给他打过，当时他还在长沙回去的路上，说不定现在刚好准备过来呢。看看他可不可以现在去你们家，帮你捎一下。"我脑子转得飞快，帮他想办法，"我等下把他的电话发给你。"

"好。"顾潮生迟疑了下，又问，"那我需不需要给他钱啊？给多少合适呢？"

"一般这种情况，我们就会给平常一个座位的钱。"我说，"好啦，你先打过去问问吧。"

挂断电话，我开始等他的消息，看到他说联系好了师傅，那边也答应尽快赶过来，希望不会让他误机。我看了看时间，已经下午了，就问他有没有吃东西。

其实就是一个想去见他的借口。

因为当时总下意识地觉得，他这一走，下次见面又不知道会是什么时候，觉得很舍不得。

他回复说，现在还要去办点儿事情，大概六点多结束。

"如果到时候忙完还有时间，我再联系你好吗？"顾潮生说，"但是我现在也不能确定，到时候需不需要和别人一起去吃饭。"

"好的，那我等你的消息。"

我假装淡定地回复完他，接着便放下手头收拾到一半的房间，跑到洗手间去化妆，扎头发，又换了身衣服。

想到他和人谈事情的附近刚好有家85度C，我自作聪明地没有跟他说，索性出了门。

我给自己找理由，我只是突然想吃那家店的面包了，所以才坐半个多小时的车，只为见我心爱的"凯撒大帝"一面。

六点半，我接到顾潮生的短信。

"钱包我顺利拿到啦！谢谢你！不过不好意思哦，我和这边的朋友刚谈完事情，已经在和他一起去吃饭的路上，只好下次回来再见啦！"

我当时刚选好了面包，从85度C里走出来。

"那好吧，一路顺风哦。"我按下这几个字，发送过去，然后又走到马路对面，等一趟回程的公交。

在路上我吃了几口面包，听了几首煽情的歌，给闺密发了几条短信，又刷了一会儿淘宝。所有足以让我分散注意力的事情，我全部做了一遍。

我假装一点儿也不失落。

我甚至给林航发了条短信，问他最近还好吗，什么时候会回来呢。

不过，林航并没有立刻回复我。

那时候他已经离开长沙一个月，我们一个月没有见面。林航在半个月前曾给我留言，问我什么时候去看他。

他撒娇般发了个可爱的QQ表情，我望着那个表情，发呆了很久，却只回复了他一句有些敷衍的话："你早点回来吧。"

那时我便知道，很多事情，从我不顾一切跑去北京的那天起，已经发生了质的变化。

如果说以前，我还能一次又一次地催眠自己，我有男朋友了，我的心里不应该再装着其他人。在被噩梦惊醒的夜，我不断梦到他，会勒令自己要放下。

不管多难忘，都要忘。

但现在，一切都不一样了。

当我把以往封存起来的记忆一点点地唤醒，当我写完那本十几万字的长篇，我就知道，无论我如何欺骗自己，我心里的那个人从来都没有离开过。

他除非不在。

他只要出现，我的世界势必会地裂山崩。

很巧的是，和顾潮生一起回家的第三天，沈明朗看到我在朋友圈发的状态，跟我说他刚好也在家。我白天也没什么事，就问他要不要出来坐坐。

那天我们本来约好下午见，我去给顾潮生送完凉面，经过以前住的地方时，却忽然下起了雨。我只好快步跑到楼上去避雨，当时以为旧房子里还会有雨具，去看了才发现并没有。

"你准备出门了吗？突然下雨，我被困在以前住的房子这边，没有伞，下楼要去打车得淋一段路的雨。"我给沈明朗发消息。

他那个时候正好还没有出门："是你以前住的地方，我去过的那个地方吗？你告诉我一个比较好找的坐标，我打车过去接你吧。"

我记得一个多月后，刷微博时，看到有个博主问："你觉得你朋友多吗？下雨天在通讯录里找不到一个可以送伞的人。"

当时我想起沈明朗，想起这场雨。我身边早已没有这样的存在。

可沈明朗，却成了那个愿意打车来接我的人。

我钻进出租车，他才说："师傅，麻烦你开回刚才我上车的附近，我再告诉你怎么走。"说着微笑地看了看我，"我们家附近新开了一家甜品店。"

他居然还留意了附近的甜品店！明明上次一起去许留山的时候，他还说自己没有去过甜品店呢。到了店里，我开心地看甜品单，他问我要吃哪个，我指了指上次没有吃成的榴莲班戟和榴莲忘返。点完以后，我又抬头看着他："你吃不吃榴莲啊？我在你旁边吃，你会不会觉得味道难闻得想把我赶出去？哈哈！"

沈明朗被我逗笑了："那应该是不会的啦。"

"你怎么会突然回来了呢？"我问他。

"请了几天假，家里有点事情。"他说，"你呢？现在怎么样？上次你说工作的事情，已经辞职过去帮你姐姐了吗？"

我点点头："是啊，不过我之前在家里写长篇，就是跟你提到过的那本。她那边也还在筹备，所以还没有开始上班。"

"那一本啊……"他似乎想到了什么，"对了，那你现在和……还有联系吗？"

他一做出那个表情，我立刻心领神会，知道他说的是谁。

"我这次就是和他一起回来的。"我说到这里，应该是有点不自觉地低头笑了笑。

沈明朗试探着又多问了句："你到现在还没打算跟他说吗？"

"我跟他说了啊！我已经跟他说过了。"我突然想起来，去北京的事情我并没有告诉他。

"那他怎么说？"

"他什么都没有说。"我跟他简单说了去北京的经过，"……就是这样啊！他最后让我好好和林航在一起。我想意思就是告诉我说，我们不可能了吧。"

"那你怎么想呢？"沈明朗认真地看着我。

"其实我也不知道我自己怎么想的。"

他大概是想帮我想办法："你难道就没有想过再争取一下吗？"

"我不知道怎么争取，"我摊手，"而且他昨天见面还跟我说，他忘不了前任。我能怎么办呢？我取代不了他心里的那个人。"

那个下午，我们和以往一样说了很多很多的话。

到饭点的时候，沈明朗看了看表。我立刻会意地问他："你要回去吃饭了吗？"

他看着我，似乎在等我先说我的安排。我会意地主动说："我也差不多要回去吃晚饭啦，爸妈应该已经在等我了。"

"那好吧！那我们……下次再约？"他的酒窝还是和以前一样，让人觉得特别明朗。

然后我们在甜品店门口分手。我走了几步，不知道为什么，又回头看看他。

傍晚天色昏暗，雨刚停，地面还湿湿的。

沈明朗的背影还是那样熟悉，他步伐很轻，快步地走向和我相反的方向。

可那竟然是我最后一次见他。

八月，我有一天在路上收到沈明朗的消息，开场白还是那句常见的："我有个问题想问你。"

我回他一个表情："问！"

没想到他说："你们天秤座的女生，是什么样的啊？"

我才知道，他恋爱了。

他说两个人相处下来感觉都很好，只是女生和前男友还有联系。然后他问我到底他要怎么做，才能让女生和前男友断了联系，是应该生气，还是应该和她讲道理，或者还有别的办法？

"我们在一起的时候，她和他还没有彻底分手，不过因为他们是异地，所以其实很久都不联络，应该算是名存实亡吧。但现在她提出来后，对方不肯答应，还一直在联系她。"

我下意识地帮他出谋划策，就像从前无数次，他充当我的心灵导师时一样："你最好还是和她说清楚你的底线，如果她在意你的话，肯定会顾及你的感受的。"

没想到一语成谶。

后来，我成了他女朋友替他从微信列表里选中，并拉黑的那个人。

没错啊。不管我和他是不是普通朋友，我的存在如果让他女朋友不开心，他当然应该考虑她的感受。

只是原本，我始终以为，沈明朗有着自己的原则和底线。虽然我和林航经常吵架，还数次闹着要分手，但我毕竟是有男朋友的，他怎么会喜欢我呢。

以前办不到，现在不可能。

他的话当然没别的意思，他不会看轻我，更不会为我放弃自己的原则。

可现在看来，竟然并不是这样呢。

当他遇见真正喜欢的人，原来所有的框架都是可以被打破的。

但是沈明朗，你知道吗？你是唯一一个曾为我点亮黑夜的人。

你陪了我那么久，竟让我天真地相信了，这个世界上的所有人都有可能弃我而去，只有你，一定不会。

我们不是特别特别好的朋友吗？

为什么我从来没有试过把你的玩笑当真呢？

人生漫漫，你已经找到那个接下来要好好守护的人。可是，我只是还没有反应过来，怎么会这么快呢？

沈明朗，对不起，我知道的，你没有错。

不是你太快退场，而是我太慢了。你给了我五年、六年、七年……而我，竟然从来只是装傻，直到，你终于从我的世界离去。

而我已经分不清，你是友情，还是错过的爱情。

第十二章

你离开后
世界好大
却没有人再听我说话

一个月后的傍晚，我在家里修改稿件，一年前已经检查出的胆结石忽然急性发作。我痛不欲生只想撞墙，哭着给远在广州的林航打电话："你到底什么时候才会回来啊？"

他忙着店里的生意，竟然只是把听筒放在身边，再无答话。

那个晚上，我一个人蜷缩在房间地板上，翻来覆去地痛，彻夜未眠地哭。其间我发了三条仅对他一个人可见的朋友圈，以为他看到会回复我。但直到早上八点，我都没有接到哪怕是一条信息、一个电话。

后来林航对此的解释是，他以为我根本没什么大事。他说："我怎么知道你发那些朋友圈是不是自己在伤感？你反正又不是第一次这样。"

第二天一早，我哽咽着给爸妈打电话，跟他们说我两小时后到家。我回家便马不停蹄地赶去医院检查，医生看我疼得厉害，建议我先去挂水。

我哭着问医生："挂完水就不疼了吗？"

医生看了看我："开完刀才会不疼。"

"那为什么还要挂水啊？现在就开刀，我要开刀！"

爸妈却拉了我一下，似乎在征询我的意见："澜澜，家里现在一下子也拿不出这么多钱，你看能不能……咱们先消炎，看能不能再挺挺？"

事实上一年前我就查出患有严重的胆囊结石，医生已经建议我最好做胆囊摘除手术。但当时爸妈就是以暂时还没钱为由，建议我先拖一拖。

但我现在实在太痛，一刻都拖不下去。

我委屈地看着爸妈。最终妈妈决定，让爸爸先陪我在医院挂水，她回去想办法筹钱。

她离开以后，爸爸帮我拎着药瓶到一楼的病房。我看着大大小小五瓶药水，忍不住问："这个要挂多久啊？"

"可能几个小时吧。"爸爸说。

我当时有点内疚，觉得让他陪我在这里特别无聊地坐好几个小时，很辛苦他。

爸爸突然开口："林航呢？他不回来照顾你吗？"

我本来还强撑的坚强在这一瞬间坍塌，眼泪顷刻再次落下。如果说以前的每一次，我都还在期望他会像很久以前那样体贴温柔。这一刻，我才第一次下定决心要和林航分开。

我用手机残存的微弱电量给他QQ留言："以后你就不要联系我了，我们就这样吧。"

"你又怎么了？"他看起来根本不知道我回来准备做手术的事情。

"我明明发了朋友圈，现在在医院准备手术。你觉得你还算是男朋友吗？你关心我吗？你心疼我吗？"

"我怎么知道你的朋友圈是什么意思？你随便发两句不开心的歌词，我就知道你要做手术了？"

面对他的质问，我无力地捂着嘴，生怕自己哭得太大声。好在爸爸还在我身边，他看我哭，问我是不是林航那边有回应了。我点点头，难过地看着他，就像是在告诉那个懦弱的自己："我一定要和他分手。"

爸爸忽然沉默了。

半晌他才说："不要指望别人。你真正有事的时候，在你身边的永远是家人。"

林航那边沉默了很久，久到我以为他已经接受了我分手的提议，久到我以为这个人从此真的要从我的世界消失了。

晚一些时候，妈妈赶了回来。见面的时候她一直愁眉不展，我立刻猜到了原因。

"是不是没借到手术费？"

"嗯……"她蹙着眉，还没来得及说什么，林航却出乎意料地打来了电话。

"有事吗？我手机要没电了。"我不想让他听出我的委屈。

他的语气听起来倒是很平静："手术费凑齐了吗？"

"没有。不过我妈已经在想办法了。"我继续逞强道。

林航继续追问："手术费要多少？"

这时我已经大概猜到了他的意图，那刻我本来可以有骨气地拒绝的。但看了一眼身边为难的爸妈，我还是说了实话："医生暂时估算说一万五，具体要看住院多长时间。"

"你好点了吗？"他终于问到我了。

"嗯，在输液。"我已经擦干的眼泪啪嗒一声掉下，狼狈地想去擦，却擦不过来。

"手术费我会想办法，我爸妈这边可以搞定，你放心。不过你也知道，这段时间我爸爸这边也有些事，所以手里没有余钱，但我向你保证，今晚会借到。"他斩钉截铁地说，"我明天转给你。"

爸妈听到我的几句回答，大概也猜到了情况。看到他们的眼神，我不由自主地心一软，答应了他："好的。"

那几天，林航给我发消息的次数明显变勤。术后因为没有及时打止痛针，几个小时里，我痛得撕心裂肺。当时林航的妈妈打来电话，还客气地问我："要不要林航回去照顾你？"

我倔强地拒绝了："不用了！阿姨，真的不用！林航如果回来照顾我了，你那里怎么忙得过来呢！"

"那倒没有关系，我们总能想到办法的。而且钱的方面你也不要担心，我和他爸爸虽然没有多少积蓄，但你生病治病的钱，无论如何都付得起。"她安慰完我，话锋却又一转，"不过林航倒是跟我说了，你说不用他回去照顾，有你爸妈会照顾你……"

或许那时我就该意识到，我和林航之间的问题从来都没有消失，只是难得他会退后一步，我就不忍心再去逼他。

当那些失而复得的温柔重新出现，我一度催眠自己，不论他怎样对我冷落，但当我真正需要他时，他到底没有置之不理。

之后，林航偶尔会发消息来问我："好些了吗？"

但除却这些关怀的话，也没有再多的了。

准备出院的那天，我起床才发现伤口意外撕裂，主治医师来给我重新包扎，并建议我最好再多住两天。

可我想想按天算的高昂住院费，最终还是坚持说没关系，我扛得住。

医生看劝不住我，只好叮嘱我："至少要在家休养两个月，千万注意，不能剧烈运动，伤口不能沾水，避免提重物，最好还是有人照顾一下生活起居。"

我一一认真记下，连爸妈都已经做好了照顾我的打算。然而我却只在家待了五天，仅仅只是挨到了伤口拆线。

原因是外婆也需要爸妈去照顾。

虽然爸妈为让我安心，告诉我不要多想，但我却无法坦然地享受着本该属于外婆的待遇。拆线后，我借口长沙还有没完成的工作在等我。爸妈虽然挽留，可还是拗不过我。

于是那段时间，没有人知道我是一个人，一个人推着大箱子从家到长沙，一个人忍着伤口疼痛走了整整半个小时。

后来的半个多月时间，我自己擦洗，自己走很远的路去换药，自己买菜，自己煮粥，靠看剧打发一日又一日难挨的时间。

我怎么敢倒下？我身后空无一人。

十月，林航家里的事情终于解决，他从广州回来。

直到那时，白晴那边的筹备工作还没有做好。我总觉得自己背了手术费用的债，加之每个月还需要缴房租以及生活支出。即便我再节省，但也总要有收入来源啊。

更何况林航回来后，一直没有工作，所以我尝试跟白晴提出，暂时想去别的地方工作。

我不知道那个晚上，白晴是不是对我有些失望。反正她说："没关系，即使有一天我还需要你，也不会再让你辞职来帮我的，你放心。"

我心里虽然愧疚，可生活所迫，没别的办法。

我只是没想到，当时病急乱投医换的工作并不理想。再一次因为工作痛哭的晚上，我还是没能忍住，给沈明朗发了消息。

"你睡了吗？"当时已经是晚上十点多。

"还没。"现在回想起来，其实那次一开始沈明朗的态度就有点儿奇怪，总觉得好像有事，又不忍心拒绝我。但我当时还以为他只是在加班，就心想，我不会耽误他太久时间的。

我从房间里跑出来，因为觉得屋里特别沉闷压抑，就想到小区里走走。小区很大，大概随便我怎么哭，都不会有人注意。

周身一片黑暗，我带着哭腔给沈明朗发过去一条又一条语音消息。他照例帮我分析了下情况，而似乎每一次，他说的话，我都特别能听进去。

"按你心里想的去做吧，不要太在意结果，有些事情真的尽力就好，而且就算这里失败了，接受它就好，还有下次机会。人生是一场马拉松，而不是一次短跑。"沈明朗发给我的这条信息，我保存了好久。

"嗯，你说得对！我现在觉得好受多了。"我拿胳膊擦了下眼泪，觉得有点不好意思，"耽误了你好久哦！"

"没关系，只不过我还在加班。"沈明朗说，"你早点回去休息吧。"

印象中，那似乎是沈明朗第一次在结束对话的时候，对我说他正在忙。我一下子觉得自己耽误了他特别多的时间："好的好的，那你快去忙吧，今天谢谢你哦！"

"好。"

180

那个晚上，我握着手机，特别有安全感地往回走。那时候我觉得，沈明朗真的是这个世界上最懂我的人。

可我并不知道，这竟然会是我收到的来自他的最后一条信息。

后来纵使我还给他发了"生日快乐"，纵使2015年2月我还看到过他的朋友圈，可再过不久，我就失去了他的全部消息。

我曾鼓起勇气，尝试着拨通他的电话，可在电话接通的那一瞬，我听到他用普通话说："喂？您好，哪位？"

我竟然下意识地心虚，用普通话没头没脑地接了句："啊？难道我打错了吗？"

分明就是他的声音，可我竟然不敢承认。

接着我听到他在那边自顾自地问："你是不是××的女朋友？"

我并不知道××是谁，我更不清楚他是真的没有听出我的声音，还是故意把我认成了别人。后面他还说了什么，我慌乱丢下一句"不好意思，可能我真的打错了"，就挂断了电话。

然后我小心翼翼地发给他一条短信："请问这个号码还是沈明朗在用吗？我是打错了吗？"

当时我已经换了手机号，我以为他会回复，然而这个消息像是石沉大海，再无回音。

2015年4月底，我独自收拾行李去了广州。

我抵达的第一个星期，和两个作者朋友碰面去吃榴莲比萨。见面时，我还唏嘘地和其中一个女孩子感慨，广州这么大，我未必能在这里偶遇想再见的人。

说完这句，我才忽然想起，她当初不是添加了沈明朗的微信吗？

我用她的手机，点开沈明朗的头像。

当时我还抱有仅存的一丝侥幸，心想说不定他只是清空了朋友圈，而非屏蔽或拉黑了我呢。但当我发现，此时此刻从她手机里可以看到他全部的更新，我发最后一条"生日快乐"给他后没几天便是情人节，情人节那天他更新的内容，是一个小视频。

沈明朗吉他弹得很棒，以前他经常说有机会弹给我听。但我没有想到，唯一的一次听到，竟然是从这里。

那首曲子叫 *river flows in you*，中文名字是，《你的心河》。

他分享视频时放了好几个网站活动标签，"我们会幸福""一首歌一个故事""情人节，一起过吧"，最后一句是"亲爱的，情人节快乐"。

我点开来，是真的很好听。

视频上，沈明朗换了新发型，抱着吉他的动作很帅气。

我慢慢慢慢地，任由它从头至尾播放完毕，我才肯承认，这次是真的。

五年了，他走了。

他停留在我世界的那五年，就这样结束了。

沈明朗，我只是很遗憾很遗憾。

从前你找我聊天，我们曾经探讨过那么多大大小小的问题，琐碎到生活中的点滴，深奥到人生百态，你却从来没有告诉过我，人生，是没有回头路的。

或许十六岁的时候，还可以指望什么"来日方长"。

可是二十六岁的时候，我就知道你选择的女生，你会为她担负起未来人生的责任了。

如果说来广州之前，我脑海中还有藏不住的对你重回单身的复杂期盼，如今这荒唐的念头却被我从脑海中狠狠划去。

连同这所有的侥幸、所有的张望，都一并狠狠地，划去。

我忽然想起那次我生日，你送我的那张孙燕姿的新专辑。

我想起上学的时候你总是跟我借专辑听，我们都喜欢的周董出了新歌，你总是会第一时间和我分享。

你是第一个送 CD 给我的人，后来人生漫长，随着 CD 的不再流行，

182

你也成了那些年中唯一的一个。别人怎么会知道我喜欢玩什么桌游，怎么会笑起来像你一样天朗气清，又怎么会记得我最想要哪一张专辑。

沈明朗，我好想你，我可以想念你吗？

我又想起那段话。

"懂一个人，是真的要花五百顿饭，五百瓶酒，五百个日夜，去一点一点接近的。懂一个人要耗费多少心力、时间、情智、耐性……若不是因感情之深，怎舍得这般耗费。生命无外乎心力与时间，愿意去懂一个人，是多么奢侈的事。"

可是沈明朗，我却再不能在辗转反侧的深夜，无所顾忌地拨通你的号码；再不能在号啕大哭的时刻，独独想要找你倾诉；不能再自信地觉得，无论我失去这个世界上的谁，都绝对不会失去你。

我甚至不知道自己哪里来的自信。

你离开后，世界好大，却没有人再听我说话。

而我后来想起你时，总会去听那首歌。

"你如果很幸福 / 半夜的简讯我就无需回复 / 因为你的悲喜已经有了容身之处 / 我也能有最纯粹的孤独 / 最孤独的孤独……"

十月底，我的第一本长篇正式签约，准备制作。签完合同的当天，我忽然特别想要再去一趟北京。

我总隐约中有种预感，等到书出版，顾潮生看到后，他万一不愿意再见我怎么办？

刚好那段时间工作压力很大，我也想出去走走。

事实上，一年前林航放弃广州的生意陪我回来时，我所有的积蓄都给了家里，而他日常开销大入不敷出，导致我们根本没有下钱。刚来长沙的房租，还是我跟朋友借了几千块才交付上的。

林航来长沙后，一直在家里折腾电脑游戏，称可以通过做游戏工作室赚钱。当然，他也的的确确在前两个月赚了两三千，但却抵不过他一次又一次拿来升级电脑配置，加配一台又一台电脑。可想而知他欠款的数字也在不断叠加……他还跟我说，他就是不想去找其他工作，游戏才是他真正想做的事情。

好在我虽然最初几个月薪水不高，但后面工作渐入佳境，到发年终奖时，不但还清了房租欠款，同时还替林航还清了他的欠款。

那时候我不是没有过怨怼。

可是每次想到，他是孤身陪我来到这座城市，我总会对比当初我放弃一切投奔他，在陌生的城市，没有亲人也没有朋友，除了他，我没有任何依靠。

我忍不住一次又一次地安慰自己，再等等吧，等到他发现此路不通的时候，他总会回头。

但我真的等了好久好久。

一直等到我没有钱做手术，他请家人想办法帮我筹到费用。我充满感激地对闺密提及此事，闺密却嗤之以鼻，"你们在一起这么多年，他却连一笔手术费都掏不出来，还需要向家里要钱，再和你一起还。你还觉得他对你很好，对他拿钱的行为感恩戴德？"

我们最后一次吵架，是他指着我的鼻子质问我："你别以为我不知道，你就是不想用你的稿费偿还手术费。但你别忘了，手术是你自己做的，难道让我帮你还这个钱？"

我愣然望着他，眼泪倾泻下来。我从来没有想过，一个人可以从最初的温柔变成现在这样。

那是第一次，林航令我觉得害怕。

不知道从什么时候起，他已经像现在这样，他大声吼我，他再难对我温柔呵护了。

我订了两周后飞北京的机票。

2014 年 11 月 11 日，下午五点十五分，北京街头。

184

我从公交上下来，一个人按导航找到了798，简单逛了一家画廊，便迫不及待地给顾潮生发过去一个定位。

很快，手机震了一下。

"逛完了还是刚到？"

我想了想，回过去一个模棱两可的答案："逛了一会儿。"

这样一来，如果他已经忙完了，我可以说自己也逛够了；反之，如果他还没忙完，我也完全可以自圆其说，状似不经意地再等等他。

发完这条，我捧着手机晃荡到另一间展厅。

"肚子饿吗？要先吃饭吗？"

"其实好想吃那个酸奶……"

我说的是前一天和朋友在南锣鼓巷吃过的冻酸奶，当时觉得实在太好吃了，必须拍下来分享到朋友圈。

话是这么说，其实我只是想知道，顾潮生有没有关注我的朋友圈更新。

"这里没有，好像望京有。"

我愣了一下，不自觉地嘴角上扬。

顾潮生的电话就在这时拨了进来："你现在的具体坐标是？"

我迷迷糊糊地看看周边，支支吾吾，半天说不出个所以然。

"没关系，让我想想，"他似乎很快洞悉我的想法，"798里面是挺大的。"

我轻轻"嗯"了一声，他继续说："你先问问路人知不知道万红路，那边出口有个'751'的标志。"

挂断电话，他发来一个位置共享。我盯着屏幕上我们俩的头像在地图上逐渐靠拢的样子，有点雀跃地快步走向他的方位。

北京的天黑得很早，我踩着下午从商场逛了好久才买下的一双红色蝴蝶结尖头小高跟，有点艰难地找到了顾潮生说的那个出口，拍了张有些昏暗的照片，传给他。

手机的电量唰唰唰地掉，但两个头像之间的位置终于越来越近了。

我抬头，远远看见傍晚青色的天幕之下，顾潮生正站在不远处的路边，脸上带着些拿我没办法的笑。

"你走得真够慢的！"顾潮生指了指手机屏幕，"刚才我们俩之间的距离如果分成四等份，我起码走完了其中的四分之三。"

我不自觉地呆住，忽然想起小说里曾看过的那个句子——

"倘若我们之间有一千步的距离，只要你跨出一步，我就会朝你的方向走完余下的九百九十九步。"

他说他朝我走完了四分之三，我忽然感觉鼻子有点发酸。

夜色中，顾潮生再自然不过地给我腾出一点位置。他走在靠马路的那一侧，我跟在他身边。趁着风大，天气又冷，我带着点故意，边走边凑过去挨着他。

"啊，原来有这么远，我以为我已经走了很远很远了。"我不好意思地笑了笑。

原本还担心他会躲开，但我的呢子外套分明紧贴着他的羽绒服。我朝手心哈了口气，喊了声："好冷啊！"

不知不觉间，顾潮生已经带我走了很远。

我和他走在一起，总嫌路程太短，时间太匆匆。穿过闹市区，来到一段没什么行人的街，他指了指不远处一栋楼。我心领神会："那就是你们公司啊？"

顾潮生点点头："不过，我们先去吃饭。只有一个小时哦，待会儿我还要去化妆准备。"

"好的！"我高兴地应声。

他带我到路边的唯一一家餐馆："其实这家我也没吃过，不过应该还不错！"

我有点好笑地接话："那你平时都在哪里吃啊？"

"外卖啊！"顾潮生故意一字一顿，实实在在地把我可爱到。

他推门进去，问我要吃什么。

我随便翻了两下菜单，天秤座的选择恐惧症便发作了。我只好把单子塞回给他："腊肉！"

"有腊肉吗？"他看一眼旁边的点菜员，又看一眼我，"土豆丝行不行？"

我连忙用力点头："你爱吃的菜真是多年如一日地不变。"

"专一呗。"顾潮生意味不明地笑了笑，"不过我也经常会让爸妈帮我寄腊肉。"

我刚想开玩笑说，我们真的好适合搭伙过日子，但紧接着便听到顾潮生试探着问了句："你和林航……现在怎么样？"

"在……分手。"我不知道怎么讲。

"那就是他不肯分哦？"顾潮生低着头搅了几下米饭。

"……嗯。"

是我看错了吗？顾潮生竟然苦笑了一下："现在忽然觉得他好可怜哦。"

"……可怜？"我脱口而出，"他哪里可怜？"

"就是觉得，以前都是你追着他啊，现在……"他叹口气，"你难道没有听过那句话？"

"嗯？"我等他揭晓答案。

顾潮生望着我："陪伴是最长情的告白。"

"……"我哑然。

究竟要怎样才能让他知道，这些年我离开他，过着怎样的生活？

第十三章

一个人若不够狠

爱淡了不离不弃

多残忍

两天前，其实我已经见过顾潮生一面。

那天他带我吃过饭，在三里屯附近的大使馆散了会儿步。金色的银杏叶几乎铺满整条街，他掏出手机拍了几张，自顾自道："怎么我拍出来的一点也不好看？"说完又偏头看我一眼，"不过，这条街很美吧？"

我的眼神流连在他称赞的景色上，赞同地点点头，跟在他身侧，穿过郁郁葱葱的树木。

"对了，其实钓鱼台那边有条银杏大道，那里的银杏叶才漂亮。下次带你去看啊。"光是听他描述，我已经觉得那里的银杏一定很美。

后来晚了，他送我去坐地铁，我理所当然地以为，这三五天的行程安排里，他不会再抽出时间见我了。

可我想说的话明明还没有说。

我有点着急，脑海之中天人交战。如果说上一次我莽撞地跑来北京，只为酒过三巡，亲口对他诉说一切。那么这一次，我却想为自己的念念不忘真正尝试去争取。

喜欢一个人的感觉大概就是，即使很久没见了，但只要得到一点他的消息，只要见到他……

一旦靠近，就还是会想拥有。

好在地铁进站时，他忽然主动说："周二我应该会早点下班，可以再带你去吃别的。"

我想到还会再见，就觉得自己好像中了开盖有奖的买一送一。

我雀跃地连连点头："那周二我来找你啊。"

地铁门打开，他偏了下头，我乖乖站进去，回过身朝他挥了挥手。

地铁轰隆隆地开走。我脑海中，只留下他青色的双肩包。

或许是陌生的城市，喧嚣的人潮，夜色下散步的我们，让我有些恍惚。

那一刻，我很舍不得。如果，我能留下来，在这座城市留下来，是不是就可以常常陪你散步了？

这天吃过饭，顾潮生带我去了他工作的地方。

我一路跟在他身后，看他进化妆间准备。等直播的时候，他给我介绍他的工作环境，说他工作时有趣的事情。我坐在布景旁不远的位置，听他游刃有余地喊："导播，麻烦帮我切一下 7 号机。"

这短短的几十分钟，我在他的城市看他工作，从前脑海中抽象的概念也都一一变得清晰。

直到坐我旁边的男生戳了戳我的胳膊，问我说："哎，你就是那个……他几十年来最好最好的朋友吗？"

我猛然被问住，尴尬了一秒，才有点生硬地回答："哪有几十年啊，那么夸张？"

但没有人能体会，那一刻我心中泛起的唏嘘和酸涩。

我偷偷掏出手机，拍下几张顾潮生的侧脸。

节目直播当中也会有几十秒的空当，顾潮生会突然扭头过来，冲我调皮地眨眨眼，问我："怎么样？还可以吧？"

我微笑地看着他，并没有说话。

我当时只是觉得，以前都没有这样的机会，像现在这样，坐在离他不远不近的距离，认真看看他。

看时光在他身上留下的印记。

看他这些年的成长，还有变化。

看他从容自信的模样。

但我却不清楚，这样的凝望，在往后漫长的人生之中，还可以有吗？

录完节目，我等他卸完妆，跟在他身边往外走。

当时只有晚上九点多，但那条街景却出奇的荒凉。

我从没见过北京的深秋，风大得好像可以随时把人吹得飞起来。我整个人走得摇摇晃晃。

那段路好短啊，短到我感觉自己甚至来不及和他多说几句话。

"北京的消费高吗？"我没头没脑地问了句。

顾潮生认真地看了看我，说："我跟你这么算，早餐就算你花十块钱，午饭十五块的外卖，晚饭也要十五块吧，一天下来也是四十块钱。一个月呢，一千多。加上生活用品、交通费，怎么也要将近两千。再加上房租，我现在和别人合租，一个月一千五。也就是说每个月要花掉最少三千五，还不能生病进医院，不能买衣服，不能逛商场，你觉得高吗？"

难道他看穿我的心思了？

但也许是耳畔呼呼的风声太张狂，给了我不假思索的底气，我脱口而出："可是我想来北京。"

……陪你。

其实我是想来北京陪你。

但后面两个字，我不敢说。

"你一个女孩子，在离家近的地方工作有什么不好吗？"他还不忘举例说明，"我平时想回一趟家，再怎么赶时间，订最早班的飞机，从出发到真正踏进家门，也需要将近十个小时……"

我忽然一点都不想再听他继续说服我。我打断他："可是我就是想来北京啊！"

"我都不太想在北京待了。"他的回答让我意外，"我来北京也很长时间了，明年合约到期，我都不打算再续约，想去试试能各地跑的工作。"

我怔住。

"反正，我不会再留在北京了。"他怕我不信，还特地笃定地重复道。

前天重逢时，我问他在这边工作会不会无聊，他当时明明回答我说

"无聊，非常无聊"的。

这句话让我觉得，北京城应该是很孤单的城市。他在孤单的城市，不会想要有人陪伴吗？

但我怎么忘了，连我都渐渐不再寄望于陪伴。

连我都可以独自一人撑过夜的孤单。

一个人的坚强最不可逆，听起来，也最为令人伤感。

这时候顾潮生忽然伸手，帮我拦下了路边好不容易出现的一辆出租车。

"这里很难打车的。"顾潮生说，"快上去！跟师傅说到最近的地铁站就行。趁现在还有地铁，来得及赶回你朋友那里。"

我都没来得及反应，已经被他推搡着塞进车里。

"我不走！"我仰起脸看着他。

"别矫情，我同事还在呢，想让人家看笑话？"他笑着推了我一下，"我们来日方长啊。天这么冷，你到了给我个电话。"

我虽不知如何反驳，却仍不甘就这样走掉，于是一个劲地摇头，眼巴巴地盯着他。

顾潮生却砰的一声，替我把车门关上："师傅，到亮马桥地铁站。"

直到出租车开出很长一段路，我还没有反应过来。自己现在算是被他赶走了吗？今天来这里之前，我和闺密在后海的小饭馆里一遍又一遍排演好的对白，我都没机会说了吗？

那么说好要像袁湘琴一样执着地不放弃呢？

"师傅，麻烦你靠路边停下！"我也不清楚自己从哪儿生出的勇气，在那段荒凉的地段下了车，掏出手机，迎着呼啸的冷风，颤抖地反复拨着同一个号码。

一开始听筒里只是提示对方无法接听，后来变成没有信号。再后来，过了十多分钟，我感觉自己已经快被寒风吹成雕塑的时候，顾潮生的回电终于接进来:"怎么了?"

"我没走!"我孩子气地掷地有声,"我下来了!"

"别闹!"顾潮生有点无奈,却忽然话锋一转,"你知道有些事是没办法勉强的。"

我听到自己心漏掉一拍,却挣扎道:"可是我真的很喜欢你啊。"

"我们这么熟了,你也知道我的性格……"他大概不想伤害我。

我仍然不服气:"是啊,就因为我知道你是怎么样的人,所以才更喜欢你啊。"

"你再这样,我们真的连朋友都没得做哦。"明明是拒绝的话,他却说得带着几分不忍的温柔。

"可是我从来都不想跟你只做普通朋友啊。"

这句话一出,顾潮生大概实在拿我没办法了,只好故作严肃道:"我无法跟你继续说下去。你快回家,我挂了……你快回家,我真的挂了!"

我还没出口的其余言语,霎时全部如鲠在喉,通话断了线,我感觉手机震了一下。

是顾潮生发来的微信消息,三个字:"快回家。"

我发现自己很想哭,却并没有。

也再没勇气拨通他的电话。

我花了半个钟头,在大风里想要拦一辆出租车。我终于承认顾潮生说的难打车是真的,零下2℃的北京街头,风力四级,刀锋般锐利,割得我脸上一扎一扎地疼。即便开着叫车软件,仍然没有一位师傅愿意接单。

半小时过去,我接到唯一一位过路师傅的电话。可当他问我具体位置在哪个路段的时候,我支支吾吾了半天,却无论如何都和师傅对不上。

四周除却被吹得左右乱摇的一棵棵大树,我放眼望去,连一盏街灯、一丝光亮都看不到。

最后师傅实在没有办法,才说:"真不好意思!姑娘,你另外叫车吧,好吗?"

我咬咬牙,挂断电话。

那一刻我都没有哭。

我继续在风里等车,又过了十多二十分钟,终于有一辆空车经过。我搓着冰凉的手,钻进车后座。车里开着空调,我总算感觉到被温暖包围。

"师傅,去亮马桥车站。"我说完这句,再也忍不住,眼泪大颗大颗地滚滚而下,我拿衣袖用力去擦,却怎么都擦不干净。

想到他对我说:"我们来日方长啊。"

想到他的同事问我:"你就是那个……他几十年来最好最好的朋友吗?"

想到他说:"反正,我不会再留在北京了。"

车上的电台刚好在放林宥嘉的《浪费》,我模模糊糊听到其中几句:"没关系你也不用给我机会,反正我还有一生可以浪费。我就是剩这么一点点倔,称得上我的优点……"

我胡乱抹了抹眼泪,又掏出手机。

我给他发了一条好长的信息,长到好像想要一次性把前面小半生在心里排练过无数次的话,统统说给他听。

因为我怕过了今晚,就再也没有机会了。

永远,都不再有机会。

我边打字边哭,直到手机上显示发送成功。

"你是我第一个喜欢的人。因为想和你接近,下意识地接近你身边的朋友,甚至你喜欢的人。为了和你有更多接触的机会,所以才会追别的男生,刷存在感。

"没想到后来你会和别人在一起。我当时觉得只有和你做朋友才能长久,也只有我也有男朋友,你的女朋友才不会拦着我和你玩。很幼稚对不对?后来我就很想忘了你,不想喜欢你了,我不想破坏你的幸福。

"你刚才不是说,陪伴是最长情的告白吗?其实在我的记忆里,我最难忘的永远都是和你一起散步的时光，觉得你那么好，再也没人能代替得了。有时候越喜欢，就越害怕接近，更害怕失去，所以想对你好的时候，又不敢太明显。我知道你说的，不想失去我这个朋友。其实我也是啊，整天这样告诉自己，觉得只有做朋友才不会失去。

"但是我又很害怕，怕以后和你不在一个地方，怕以后总有一天，没办法和你一起散步、逛超市。

"我知道我很矫情啦，但是让我任性一次吧！

"逃避了这么多年，我就想勇敢一次。也许现在的时间不对，但是我也害怕以后你身边有别人，我连说的机会都没有了。我真的很喜欢你，不是因为一时兴起。一辈子那么长，我真的不想将就，除了你，谁都不行。

"不过你也不用这么为难，有些话可能要说过之后才不再觉得遗憾。我知道你说的不能勉强。以后如果到老了，还可以偶尔见到你，一起散散步，我就很开心了。

"你说会吗？"

那天我等到很晚，但最后也没能等到顾潮生的回复。

我眼睁睁地看他在九点整更新朋友圈，想起他说："我跟你讲哦，自从你说晚上九点时发朋友圈回复的人最多，我就再也不想在别的时间发！"我忍不住吸了吸鼻子。

他分明记得我说的话，能和我彻夜谈天。

我又想起那首在出租车上听过的歌："没关系你也不用对我惭愧，也许我根本喜欢被你浪费。随便你今天拼命爱上谁，我都会坦然面对。即使要我跟你再耗个十年，无所谓……"

两个月后的傍晚，微信提示有一条新消息，我顺手点开。

是顾潮生发来的。

"上次跟你说，想给我爸妈在老家买房的事儿，我定好了。"他从百度地图丢过来一个坐标。

我看了一眼，虽然距离我爸妈住的地方不算太近，但好在也不算远，还是那座小城。我忍不住揉了揉眼睛，模模糊糊间，似乎看到很多很多年以后，他和我都很老很老了……

而我还能接到他打来的电话，问我："吃过晚饭了吗？出来散步吧？老地方见。"

晚上，我正在家里煮面，有人敲门，我开门去看，竟然是林航。

我第一反应是把门关上。他拦住，反问我："我们真的就这样了吗？"

见他不肯走，我也不想让他进来，索性靠在门边："你这么晚过来，住哪？我这里没有地方给你借住。"

"那我进来坐一会，好吗？"他似乎并不介意我的冷漠，仍然恳求地看着我，"就一会儿，我有话想跟你说。"

我犹豫了一下，让开一点位置："有什么话，你说。"

"温澜，我承认我以前对你不够好。"他刚说第一句就哭了，"这段时间，我在家里已经想得很明白。但我觉得，我们不应该分手啊。你想想，如果我现在学着对你好，而你也还是对我像以前那样，那我们两个人以后一定会很幸福的，你说呢？"

他真诚地看着我，表情理所当然到，好像我之前所受过的伤都根本不算什么。好像我得到了他这几句认错，就应该原谅他，然后和他重新来过。

他该不会已经不记得了吧？

不记得我从北京回来的那个晚上。

因为飞机晚点，我凌晨三点才从机场降落。上飞机前，我们曾在电话里吵了几句，最后我匆匆关了机。但我原本以为，就算我们再争吵，可作为男朋友，还是会担心我这么晚从机场回住的地方吧。

我独自在长沙上班那几年，林航每次都要求我不能超过晚九点到家，到家要给他报平安。虽然他不一定回复，但我却觉得，他是真的关心我。

196

所以我理所当然地开机，第一时间去看有没有来电提醒。

没有。

也没有短信。

微信消息也是空的。

这期间我去取了行李，又推着箱子出了大厅，上了机场巴士。

坐到巴士上十分钟后，林航的电话才接进来，声音听起来波澜不惊："到了？"

我"嗯"了一声，满以为他会问我怎么这么晚才下飞机。

然而这也没有，他反而好像比我还要生气，只说了句"哦，好"，就啪地把电话挂断。

当时机场巴士本来可以开到终点站，那边下车可能更加安全一点。但如果要方便我回住的地方，也可以从中途下。不太好的是路段比较荒凉，不好打车，几乎都没有人烟。

不过当时已经很晚了，我也想到家还可以睡一两个小时，毕竟第二天还要上班，所以我在中途站就下了车。下车后我才发现，路段比我想象的还要荒凉，而且旁边就是施工工地。我有点害怕，再次鼓起勇气给林航打电话："我下车了。"

"哦，什么时候到？"

"……我这里特别荒凉，好像不太好打车。"

我带着点自言自语，满以为林航能就着这个台阶，哪怕只是问一句：要不要我过去接你？

再差一点，他只陪我一路讲话也好，总好过让我一个人走完这整条街。

"那你快到了告诉我一声。"说完，他再次挂断。

我清楚地听到自己心灰的声音，但即便如此，我都还没有彻底放弃。我绕了一段路，终于打到车，上车以后又打给他："我上车了。"

他不是说，让我快到了告诉他一声吗？我就以为他是打算下来接我。

就算不去机场，退而求其次，在小区楼下接我，也算聊胜于无吧。

"好的。"林航在电话里应了句。

然而当我一刻钟后从路口下车，再推着行李箱上了一个长长的坡，绕到小区门口，进小区，走到楼梯间……一直做完这一系列动作，林航压根就没有出现。

直到我站在电梯前，看到电梯下来，停在一楼。林航从里面意外地走出来，我在心里几乎已经喊出声：你来接我了吗？我好累哦，你帮我搬一下行李……

但我什么都没来得及说，林航却好像当我不存在一样，冲我点了下头，就转身朝外走去。

我满脑子疑问，根本不明白他这个时候跑出去做什么。但我又身心俱疲，就兀自进了电梯上楼。

回到房间，我开始收拾行李。过了一会儿，林航突然从外面怒气冲冲地拧开门，冲我劈头盖脸就是一句："外面所有店都关门了，你都不告诉我一声？"

我被他问得一头雾水："什么？"

"我晚上都没有吃东西。"他说完这句，我才总算弄明白，原来他半夜下楼根本和接我没有关系，只不过是因为肚子饿了。

我无奈地摊手："我怎么知道你是出去买东西？"

他看到我的反应更加生气，把冰箱上的塑料袋摔在我面前："你到底有没有关心过我？你自己跑出去玩，一去就是好几天，这几天里你关心过我的死活吗？我一个人在家里，只有你走的时候留下的一百多块钱，到今天花完了。我出去买晚饭的时候，只剩下十块。但我想到你回来，知道你爱吃水果，还特地买了你喜欢的香蕉和木瓜。"

他控诉完，用"我对你这么好，你知不知道我有多委屈"的表情看着我："可你对我呢？你从外面回来，我以为你会帮我带点吃的，可你却明知道店铺都关了，还不告诉我！"

我低着头，听他愤怒地说完。

"既然你也知道自己身上只有十块，那为什么不肯去找工作？"我想那大概是我对林航说过的最刻薄的一句话吧，"我并不需要一个花光我给他的十块钱买水果给我的男朋友。你觉得你自己这样很伟大吗？"

林航望着我，良久，才委屈地反问："你为什么变成现在这样？你以前不是说过，只要和我在一起，我们一起吃白饭咸菜你也愿？可现在呢？"

林航应该从来都没有想过要保护我，或者照顾我吧。

想到这里，我觉得很悲伤。

那些悲伤几乎抽空了我的力气。

我放下还没整理完的行李，跟他说："我真的很累了，我们可不可以不要吵了？我想先休息。"

"好！"林航回答得掷地有声。

然后我就看着他把被子挪到地板上，和我的行李箱并排在另一侧，他整个人缩成一团躺在上面，似乎是以这样的姿态在表达对我的不满，像是在说：你看吧，我这么委屈，我都睡地板了，你还不来安慰我，你还不认错？

我又好气又好笑，但因为真的非常累，所以我和衣坐到床边，也不想再洗漱，倒下正准备睡，却忽然听到了……

林航的哭声。

一下，又一下。特别隐忍，但在暗夜里，却又格外清晰。

我不知道那刻，如果换了是以前的我，会不会非常心疼他。

但那一刻，我却只是心如冷冰。

我想到的是曾经在广州的无数个晚上，我委屈地捂着脸掉眼泪，却又害怕自己的哭声让他不耐烦，他就偏偏在旁边大声斥责我说："你能不能别哭？真的很吵。"

那些时候林航大概没有想过，在他身边的我是多么无助、难过。

所以此时此刻，我真的无法用冰冷的自己，去温暖他。

199

"也许现在你心里已经觉得，我们这么多年的感情，不过如此了吧？"林航带着鼻音，低声地说。

"……嗯。"我侧躺在床边，应了一声。

这一声却成功令林航的小声啜泣变为号啕大哭。他拼命地大口呼吸，我想那的确是我唯一一次见到那样手足无措的林航。

"我真的没想到，我刚刚只是随口那么一说，我只是赌气那么一说，你竟然会回答我说'嗯'。"林航说着，自己起身去找纸巾。

我只觉得时间真残忍，它可以把一个人的心打磨得坚硬，却没有教会这个人，怎么再次让心变得温柔。

那个晚上我断断续续地听到林航的哭声，却惊讶地发现，自己竟然很快入睡了。

那时，我知道，我们之间是真的再也回不去了。

我再回不到从前那个害怕孤单的女孩，而他，也不再是那个我依赖的人了。

次日清早，我六点多起床。去公司以前，我下楼给林航买了早点。我拿上来放在他身边的时候，他特别孩子气地以为我不生气了，就坐起来高兴地接过去吃。

我看着他吃完，然后对他说："你之前不是想继续做游戏吗？我记得你说过，你想回老家去做工作室，你家里那边比较宽敞，有场地，"我说到这里下意识地把头别向一边，"不如你今天就去吧。"

林航听出我话里的意思，良久他终于说："好的。"

那天去公司后，我发了条微博——

"的确，我很舍不得。但想到未来的日子里，如果让我为这些懦弱的不舍，就要承担你教给我的坚强，我忽然觉得，这些不舍也没那么容易打垮我了。"

林航回来找我这天，坐在地毯上。他说的话我没有回答，所以他掏出手机，我以为他要给谁回消息，没想到他打开了一首歌。

以前听这首歌我总是会哭，而他从来也不明白我为什么哭。

我当然没有告诉过他。

但我知道他这时选它来放，在这个场景，无非是希望我听到最后一句的泪点——"永远不会再重来，有一个男孩，爱着那个女孩"，好明白他的心情。

我没有说话，而是等到他放完最后一句。我点开我的音乐软件，搜到另一首歌放给他听——

是否很惊讶 讲不出说话

没错 我是说 你想分手吗

曾给你驯服到 就像绵羊

何解会反咬你一下 你知吗

回头望 伴你走 从来未曾幸福过

赴过汤 蹈过火 沿途为何没爱河

下半生 陪住你 怀疑快乐也不多

没有心 别再拖 好心一早放开我 从头努力也坎坷

统统不要好过 来年岁月那么多

为继续而继续 没有好处还是我

若注定有一点苦楚 不如自己亲手割破

这首歌几乎人人耳熟能详，但林航只会哼唱，从没在意过歌词。他听不懂粤语，我看到他打开百度，搜到原词。

没多久，我听到他哭了。

我递给他纸巾，听到他跟我说："对不起。"

林航走后，我关上房门，这才一个人捂住脸，身子贴着门边一点点地往下滑，最后跌坐在地。

201

我们这么多年，只可惜每次我最需要你的时候你都没有出现。慢慢地，我发现自己根本已经不需要那样一个人了。

异地恋三年，你从来没有回来看过我，现在你却愿意从老家坐长途汽车，沿路颠簸来找我。

可是林航，你知道吗？

什么叫多余？多余就是夏天的棉袄，冬天的蒲扇，还有等我心凉以后你的殷勤。

现在你越是难过，越是努力想要对我好，我就越想起曾经那几年里自己的低声下气和委曲求全。我付出和牺牲了那么多，却一文不值，如今我什么都不做，反而拥有了一切。

如果这就是你爱我的方式，如果爱情的本来面目是这样，那就未免可笑。

2015 年的除夕来得很晚。

二月初，顾潮生接了一档长沙的节目，午休过后我才接到他的短信，问我下午有没有空，他走之前可以一起吃个饭。

那是我第一次翘班。我们约的下午四点，我两点半左右就溜回家，换了双好走路的球鞋，梳洗了一下，然后从小区出来，等车，乘车，穿越半座城市去见他。

抵达目的地时，手机上显示时间刚好差一分钟。我前脚下车门，后脚收到他的语音："到了吗？我刚出来。"

我刚准备发过去问："你在哪里？"一抬头，就看到他从左边那栋大楼的停车场远远地走来。

那天他逗留的时间其实仅仅只有两个多钟头，晚上又要飞回北京。

我们一起吃饭的时候，不知怎么的，就聊到他以后要去哪里发展。他说："或许是深圳吧。"

我立刻想到，傅湘不就在深圳吗？当时很想戳穿他，但想了下，还是没有。

然后我们又聊到共同的朋友阿明，他这几年一直都待在广州。顾潮生忽然说："每次去深圳出差，我都告诉过他，可他没有提起要来找我。"

我笑了下："广州到深圳也不近吧？坐动车也要四五十分钟呢。"

"不会啊，我觉得有心的话，哪里都不算远。"他认真地说。

这句话不知怎么，让我想起自己穿越半座城市来见他，途经的每一条街。想到翘班的下午，主编碰巧开例会，发现我不在。

恍惚间，我又想起那个晚上，北京的天空。

也许顾潮生说的是梦话，可我却当了真。

农历年底，我跟公司提出离职申请。那时候白晴的工作室已经进入前期招聘阶段，原本连我自己都以为我一定会去。

但我大概是穷怕了。

或者，是动荡得怕了。

我支支吾吾地跟她提出想要后撤的意思，忐忑地等待她的反应，然而令我意外的是，她却像洞悉我的心态般，没有再挽留。

如果我还是当初那个赚钱自己用不了多少，只想存着给身边的人以应急，有梦想，也有勇气不顾一切拥抱梦想的我，也许我会选择和她一起。

但时间教会我们的却唯有残酷，与身不由己。

那以后，我们便有默契般地不再联系。

除夕回家，我几乎到家第一天起就一直在忐忑，想知道顾潮生会不会给我发信息。我还是期待他初三初四走完亲戚，百无聊赖地打来电话，约我出去走走，然后我们在下雪天穿过人潮拥挤，穿过灯火辉煌，我们走啊走啊，却心知肚明，怎样也走不到他心里去。

但我唯独以为他年初一的晚上不会有空，所以其他几天有朋友约，我全部都推掉了，只说到时候看情况，却偏偏约了那晚和妹妹一起看电影。

没想到就那么巧，当天晚饭后收到他的语音："在干吗？"

"在电影院取票，我妹妹待会儿过来找我。"我以为他只是在亲戚家里没事可做，所以在玩手机。

"好无聊啊！刚在饭桌上吃得饱饱的，没有地方可去。"他发来这么一句。

我当即有点懊恼，甚至想跟妹妹爽约，但又马上觉得自己这样太明显，所以再不情愿也只好回复："要不明天约？"

早知道他肯定会傲娇："明天啊，再说咯。"

果不其然，接下来的几天，都没有收到他的任何短信。

我知道他初八要走，初七中午吃过饭，意外地收到他发来的一张照片。我问他："咦，这是哪里？"

他报出一个地址，然后说："下午出来走走？"

我装得特别淡定："好啊。"

我也没有问他具体什么时间，早早收拾好就出了门。和上次见面同样巧合的是，车子快抵达目的地，我正好收到他的短信："到了吗？"

"两分钟。"我回复，很快下了车。那天下了一点小雨，我在车站等他，不一会儿看到顾潮生背着双肩包，远远地从左边的长街慢慢向我走来。

刹那间像回到了那些年，我每天在车站等他，一起上学，一起下学。

时光在我们之间留下了许多痕迹，但又刚刚好，让一切温柔地交叠。

我们散步走到以前的学校，经过了那块十四年前我来学校报名时，写着新生分班安排的小黑板。

任时光散场了多久，我永远记得那天。阳光正好，我呆呆地站在这块黑板跟前，一行一行地在花名册上找寻他的名字。我惊喜地一回头，他就那么不声不响地出现在身后，像一个更大更大的惊喜那样，冲我露出无可匹敌的微笑。

我只后悔当时佯装若无其事的自己，一场假装，竟也能不动声色十几年。

在学校转了一圈，出来以后，我们打车去了银行，陪他办理之前买房时没办完的贷款手续。当时他在窗口排队，我在一旁帮他拿着合同，看到上面很多年没再看到过的，他写得特别好看的钢笔字。

还有合同上的具体街道和门牌。

那时，我才仿佛真真切切有了踏实的感觉。

就像是终于确定，他不会再走了。

确信无论我们落脚的城市是哪里，家，都还在一起。

可那天晚上，我却看到他更新的朋友圈。

其实就是特别简单的一个微信聊天框截图，上面是他和朋友的聊天记录。对方问他，你是不是打算单身一辈子啊，给你介绍那么优秀的女生你都不要。

我屏住呼吸，看到他的回答。

多么熟悉的一句台词啊。

"如果你的生命里曾经出现过那么一个人，那么你就会发现，其他的人都是将就。"

我想起自己在北京的那个打不到车的晚上，曾经发送给他的短信最后一句："一辈子那么长，我真的不想将就，除了你，谁都不行。"

原来我们都一样。

你有你的刻骨铭心，我有我的念念不忘。

不知道顾潮生有没有听过那首，我提到过好多次的歌——

"后来的我生活还算理想 / 没为你落到孤单的下场 / 有一天晚上 / 梦一场 / 你白发苍苍 / 说带我流浪 / 我还是没犹豫 / 就随你去天堂。"

第十四章

被旧爱连累半生

若我敢

再次试试蜜运

2015 年 4 月，我的第一本书上市，我也重新回到广州。

我没有在偌大城市中，偶遇沈明朗的运气。

有天晚上，竟然有个读者效仿当初的徐南，在 QQ 上喊我："Hi，美女作家！"

我当时不在线，对方却以为我在，还试探着发来第二条："你怎么不按套路出牌呢？"

我看到消息已是两天后的事，却忍不住觉得这个读者有趣，回过去一个表情："你好可爱啊！"

对方竟然刚好也在："我只是按照书里的套路来的，但是你接招的方式完全不对啊。"

书里徐南曾假扮我的小读者，来找我聊天说话。

我想了一下，确实也有些唏嘘地回复："因为过去好久啦。"

我发出这句，便去忙手边别的事了，过去半个钟头才来得及看一眼留言，居然发现对方发了一长串：

"哇，终于见到活的作者了。

"等等，我翻翻书，看看下一句台词是什么来着。

"哦，找到了，台词上说'你有喜欢的人吗？'，对吧？

"蹲了几天电脑，终于见到不是留言的消息了。

"还在不在？稍微给个面子，多回几个字啊。

"唉，算了，不逗你了。你说的没错，都已经是好多年前的事了，怎么还会和当初的剧本一样呢。你已经不是当年的你，徐南也不是当年的徐南了。好唏嘘啊，不知道这次，你是否有察觉呢？"

怎么会？难道真的是徐南？他看到这本书了？

我发过去一串省略号："……我不信。"

对方似乎没来得及看我的回复，大概以为我不想理他了，发来一行："算了，不打扰你了，这个 QQ 暴露了，今天过后，也不会再上。北北。"

"北北"两个字，一瞬间将我的记忆拉回。

我想起以前，每次联系，徐南给我回的最后一条短信，都会说一句"北北"来代替"拜拜"。

但这个细节，我并没有在小说里写过。

我有些鼻酸："这次我信了，北北，真的是你的画风。"

"我可是特地找了个等级高的 QQ 号。"他说。我一下子想起来，当初我就是根据他 QQ 等级太低，猜到他那个假扮读者的 QQ 可能是新注册的小号。

我愣然望着电脑，半天只敲了一句："你怎么会第一时间买到书呢？"

"如果我说，我从半年前看到你在网络上宣传新书，就一直在当当网搜索，你会信吗？"

我当然信，我为什么不信呢？

只是我不懂，他为什么要在我身上浪费时间。这么多年过去，他应该早就知道我不喜欢他。

为什么还要每年记得发生日祝福给我？甚至打电话到我家，追问我的电话？

徐南最后一次打给我，是我妈妈接的电话。

当时我人在广州，是我到林航身边的第二年，和徐南已经好长时间没联系。妈妈告诉我："有个男生说是你以前的中学同学，打到家里来问你现在的号码。"

"他有没有说自己的名字啊？"我猜不到是谁。

"没有。但他说以前上学的时候，和你还有顾潮生关系都很好。"妈妈复述道，"你上次不是还说，不要随便把你的手机号给别人吗？我让他加你的 QQ，他却吞吞吐吐说加不上。"

顾潮生？

我一愣，脑海中迅速浮现出徐南的样子。

他可真会，在我妈妈面前，居然用"认识顾潮生"来强调自己和我相识多年的这层关系。

这几年中我每次生日，徐南都会换一个新的 QQ 来加我，然后给我留句不痛不痒的"生日快乐"。

除此之外，便再无多言。

可我无一例外地，只要收到他的留言，便会把他的名字送进黑名单。我满以为，他总会慢慢地不再记得我，不再记着我的生日，不再记得我的 QQ，不再记得我老家的电话。

他明明已经有女朋友了。

而此时此刻，我心里明明知道那个答案，可我偏偏不愿承认。

"你看我的网名。"他又自顾自地补充道，"还有个性签名，是你书里写到我的那个章节的一个小标题。"

我看一眼他用的名字，居然是我们多年前一起去 KTV 参加他的生日会，我点了让他唱的一首歌。

我不知如何应对他的话，只好又顾左右而言他："突然觉得好不公平哦，你和顾潮生看完书，就都能从书里了解到我当初的想法，可是我却永远没有机会知道你们的想法了。"

好一会儿，徐南那边才有了动静："其实你想想，我只是知道了你想要告诉大家的一切，你不想说的永远都在你心里。"

我怔住，眼眶一下子就红了。

原来面对我，从来都是玩世不恭的徐南，竟然明白我拼命地想留住的是什么。

徐南却没有放过我，又继续说："我有时候觉得，如果我是顾潮生，看到这本书，心里的难过一定不会比你少。"

我瞬间无言。

"但是我说了，只是如果，如果我是顾潮生。"他话锋一转，"可惜我只是徐南。"

他说完，见我没有回应，又主动转移话题："不如你来猜猜，我下次出现是在多久之后，又是以什么样的方式呢？"

我还是不知说什么才好，他又继续自顾自地解释："我想了半天，才设计出这个开场白，你却隔了那么久才回复，害得我还以为你又智商爆灯，猜到是我了呢。我真担心你根本不会理我。"对话的最后，他云淡风轻，"好了，看起来你挺忙的，我也有事要忙了。"

他连台阶都给自己找好，好像不这么说，那个突然结束对话的人就会是我，而他害怕出现那样毫无防备的情况。

我忍住泪意，回过去一个言简意赅的"北北"，然后故意调侃："哈哈哈，这才是你的画风！"

没想到徐南却回道："其实北北是好多年前你的画风。只是当初习惯了，就一直用了下来。"

我还想说句什么，组织了半天语言，也没能发过去。这时却看到徐南的头像，突然间灰了。

他再次抢先一步，把我拉黑了。

我大概永远都会记得他嘻嘘地说："如果你要找我的话……算了，如果你要找我就一定找得到，可你却不会找我了。"

他像是在跟我强调：我是不会打扰你的生活，造成你的困扰的。

就连结束对话，他都生怕再看到自己的好友列表上我的名字不翼而飞的一刻。所以，他点击"将自己从对方的好友名单里删除"，自己"拉黑"了自己。

他也在面对一个会忽然消失在他生活中的人，原来和我好像。

他每次努力尝试联络我，或许只是不愿意永远失去我的消息。

我忽然回想起以前，我常常尾随在顾潮生身后，我总是在等他回过头来看一看我。我的眼光永远落在想要追逐的那个人身上，所以自然从不曾回头，不曾仔细打量过徐南的身影。

而他就那么挺拔地站在那里。学校的天台上，城市的街灯下，微笑地注视着我，好像他一伸手我就会消失不见一样。

他从不曾擅自走近。

等得久了，我以为他会黯然离场。我已经伤害他那么多次，他为什么还不走啊？他怎么永远都没有脾气，他难道都不会痛的吗？

他当然会。

直到七月底，我的第一场签售结束的那个晚上，我们一群作者在房间里拼酒，然后特别老套地玩起了真心话大冒险。

我输的第一轮，她们就嚷嚷着要给顾潮生打电话，我只好乖乖地上缴了号码。

不过听到顾潮生声音那一瞬，大家一下子都怂了，十几个女孩子一片静默，大家都不敢说话。我在旁边紧张地抓着打电话的那个女孩子的胳膊。

"哦您好，我是那个……卖保险的。"她说完这句，果不其然，顾潮生挂断了电话。

其实她们都不知道，我最想拨通的，是沈明朗的号码。

但下一盘又轮到我时，大家却提到了徐南。

我右边坐的是当天签售的主持，一个声音特别好听的NJ（网络电台主播）。她拨通徐南的电话，打开免提，熟练地说："您好，请问您是徐先生吗？我是 FM80 电台主播芮汐。您好，我现在正在进行节目直播，有几个问题想问您一下。"

这时候徐南还没弄清楚状况，只是迷迷糊糊地"啊"了一声。然后我们就听到芮汐继续说："今天是温澜的签售会，您作为书中的一个重要角色，此刻有没有想对作者说的话？"

徐南听到我的名字，才总算反应过来，然后他就真的相信了这是在节目现场。我们都听到他说："……我好像也不是什么重要角色吧？"

当下四周的女生都齐刷刷地看向我，口型也是一致地统一："好——虐——啊！"

我无奈地低下头，听到徐南在听筒那边说了一些很真诚的祝福的话。

"您觉得这本书是不是真实地还原了您学生时代的场景？"芮汐又问。

徐南顿了一下："嗯，算是吧。看完以后，回忆起了很多以前的事。"

"嗯，那最后您对澜澜还有什么祝福吗？"这时候大家已经开始强忍笑意了。

"就希望她以后会一切都好吧！还有，希望她能创作出更多更好的作品，我会一直购买并支持她的。"徐南认真地说，声音听起来还有一点点紧张。

"哦好的，祝您生活愉快，感谢您的参与，再见！"

挂断电话，一群人爆笑。大家调侃芮汐的主持处变不惊，简直大师级别。这时有人发出感慨："真的好虐啊！你们有没有觉得徐南真的好虐？"

我顿时遭到群众围剿一般，赶紧举双手投降："都是我的错！"

在离开你以后，还以这样的方式打扰到你。

是我的错。

后来签售会结束，我回到广州。半月后，天津的一场爆炸事故震惊全国，网上传遍其火势凶猛的全程录像。我点开看到的第一时间，想起正在天津的徐南。

当时已经凌晨三点多了，我因为赶稿，这时才准备睡。我躺下玩手机，却意外看到一个比一个吓人的爆炸视频。

我翻来覆去，却怎么也睡不着。

手机里明明有徐南的号码，我原本也可以在这时拨通他的电话，但我思虑再三，还是觉得自己不能再贸然打扰他平静的生活。

所以我尝试在微信群问有没有朋友没睡，没有人理我。又在朋友圈发状态，希望有人回应。这时终于有个晚睡的读者回复了我，她私聊我说："澜澜，有事吗？"

我简短地对她说明情况，将徐南的号码转发给她，然后再三叮嘱，只要接电话的是个男生，而他旁边听起来并不是处于吵闹的环境，就可以立即挂断了。

一分钟后，她回复我："澜澜，打完了。是个男生接的，他那边听起来很安静。"

我长吁了一口气，感激地回复她："谢谢，这么晚辛苦你了，早点休息。"

他身旁安静，说明是半夜被电话惊醒，也就是说他没有危险。

那么还好，幸好我没有亲自拨打这通电话。

你永远不知道明天和意外哪个先来，但你一定要好好照顾自己。

我想起在剧里看到过的一个对白。

他对她说，他不会喜欢她，所以也拒绝和她当朋友。她不甘心地问："你自己不也一样，这些年守护在那个人身旁，为什么我就不行？就连和你做朋友也不可以？"

正因为我受过那样的伤，才不希望你也和我一样。

"广州到深圳也不近吧？坐动车也要四五十分钟呢。"

"不会啊，我觉得有心的话，哪里都不算远。"

也许顾潮生说的是梦话，可我却当了真。

我去了那座他口中有心便算不得远的城市，然而他并没有去他之前说想去的地方。我撑过一段时间，觉得几乎无法再撑下去了。

身边关心我的姑娘给我建议："要不，去北京吧！"

我想了想，摇摇头。

不是我不想，而是我始终觉得，北京太大了，而长沙……顾潮生总是要回家的吧。

八月底我刚回到长沙，和朋友约着一起吃晚饭，快十点店铺要打烊的时候，顾潮生在微信上喊我，发来一个定位。

我惊讶地发现，他离我居然只有步行三分钟的距离。

命运就是喜欢捉弄人。

每次我才刚刚觉得，和他之间的时差好像消失了。可下一秒，又会被现实残忍地打回原形。

我和朋友结账后出门，远远看到顾潮生往这边走来。我和其他人招呼说"拜拜"，然后和他一起，朝另一边的街道走去。

走着走着，顾潮生说："好像我们也有很久没见了。"

"是啊，有半年了呢。"我说完侧过脸打量他，他还是没有变，只是看起来似乎有一点疲惫，想来是因为辞去了稳定的工作，忙着各地飞。

当时只有路边一家粉店还开着门，我们进去，他一个人点了一碗。我坐在他对面看他吃东西，忽然听到他问我："你相不相信，一个人会丧失爱的能力？"

几天后的清早，我醒来发现家里竟然停电了，迷迷糊糊地去摸手机，打开蜂窝移动数据。

微信响了两下，我随意滑过去点开。

看到的第一条，是顾潮生凌晨四点的时候发来的："要不然，我们试一试吧。"

我的心漏掉一拍。

我刚想回复，又看到网络闪了一下，紧接着蹦出来下一条："算了吧，我开玩笑的。"

显示的发送时间，是十分钟前。

我颤抖地握着手机，犹豫半天，发过去一个问号。我想知道为什么啊，总要有个原因吧。

"昨天晚上有个女生跟我告白，我拒绝了。"

顾潮生一条一条地发进来消息，每一条的内容都特别短，一句接着一句。

"但我当时一下子就想到你。

"既然我可以接受别人，为什么我不能接受你呢？

"至少这样，我们两个人里面，有一个人可以幸福了呀。

"所以我喊了你。

"可是你没有回。

"我后来起床喝了点酒，昏昏沉沉的，就睡着了。

"刚才醒来，我看到自己发给你的消息，又觉得这对你不公平。

"因为你想要的东西，我没有办法给你。"

我看到这里，本能地不服输地反问："可是我觉得你说得没错啊！至少我们两个人里面，我可以幸福。我会很幸福很幸福的，你知道吗？我真的会特别幸福。要不，你还是先试试，好不好？"

"可能你现在觉得跟我在一起就幸福了，但是你跟我在一起以后……"隔了大概三十秒，我收到顾潮生发来的最后一条消息。

我捂住脸，一下子就哭了。

"……你就会希望我爱你呀。"

终章

越过山丘
才发现无人等候

我有时候会想，如果你能早一点来到我身边就好了。

沈明朗，你大概还不知道吧？

后来我曾向你的朋友打探过你。

那个晚上，你陪我聊天到深夜，后来你的朋友送我回家，我们互相加了对方的微信。后来我发现你屏蔽了我，我根本就不愿相信这是真的，急急忙忙找到他的名字，问他，还能看到你的朋友圈吗？

我那时候还想着，也许是你心血来潮清空了所有内容，谁也看不到了也说不定。

沈明朗，你知道这些年来，我有多么相信你吗？

相信你曾对我说过的每一句话，相信你替我考虑过的每一个决定；相信你温柔的笑容和温暖的声音；相信我们之间有过的对白，相信它们我永远都不会失去。

但同时也是你让我明白，失去一个人，究竟是多么可怕的一件事情。

她们说，你对我的所作所为，是我的报应。

在我当年阻拦了我的世界里顾潮生的一切消息时，就已经埋下的一颗预演的种子。

当初我怎样用尽一切办法留在顾潮生的世界，再在他习惯我以后，残忍而自私地把他用力推开，现在你就怎样让我依赖上你，再不声不响地消失在我的生命里。

我再次面临困境，躲在被子里悄悄掉眼泪的晚上，沈明朗，我想过要找你的。

可是点开微信上你的头像，看到消息发送框里，我不舍清空的那唯一一条信息。

是系统提示我说，"请先发送好友验证请求"。

我望着它，就好像对面有一个冷漠的人，它在对我说话。它说，你已经拥有自己的幸福了，如果我还念着你的好，就不要再打扰你。

无论我有多害怕，害怕在别人面前暴露我的脆弱……我一次又一次地跌倒，然后再一次又一次地站起来。

以前我还有你扶我的，现在，我却只有我自己了。

我只能一个人，一遍又一遍地告诫自己，你曾对我说过的话。

人生是一场马拉松，而非一次短跑。就算我会狼狈地摔倒，我还会站起来，接着往前跑。

那么沈明朗，我只想知道——

我是否还能固执地相信，这马拉松般漫长的时光，还有可能让我和你重遇？

沈明朗，我不信。

我觉得你不会再回来了。

十几岁的时候，我一点儿也不信你和她能永远。

后来，果然被我猜对了。

可是时间真的过得好快啊，为什么转眼之间，时光的脚步匆匆，已经过去了五年那么久呢？

五年里，你不应该对我那么好的。

如果你早一点遇到喜欢的人，然后冷落我，或许我还不会那么害怕你不见。

又或者，你早一点遇到喜欢的人，然后我发现其实我很舍不得你，我便还能与她一较高下。

有人说，如果你的心在两个人之间摇摆不定，那么请你选择后者。

因为如果你的心里住着一个人，就不会对别人动心。

所以我应该有理由相信，你是真的不会回来了吧。

也许是你的朋友太聪明，看到你朋友圈的一刻就已经了然了一切。他竟然吞吞吐吐地回复我说，你并没有屏蔽我。他说他也看不到你的更新……

可当我进一步求证，让他发个截图给我看看的时候，他却忽然以在忙为由不说话了。

沈明朗，你看，有时候人自欺欺人的本领，真的有一点荒唐。

事实分明已经清清楚楚地摆在我眼前了，我却选择了相信他的话。我想他没有道理骗我呀，你一定是清空了消息，你没有屏蔽我。你怎么会屏蔽我呢？

我们曾经那么要好啊。

我抱着这样的侥幸，又痴痴过了很久。

直到我来到广州，真正从朋友的手机里，看到你这些时间以来所更新的每一条动态。

你过得很好，很幸福，和喜欢的人感情稳定，你的工作顺遂，你一切都很好。

只不过你的生活里，再也不会分出哪怕是一点点多余的时间，给我了。

很久之后我才明白，原来人生的残忍之处，不在于爱上一个永远不会爱你的人，也不单单是明明相爱却不能相守。

而是我们每一个人，都在用漫长的一生时光，去做一道无从回首的单项选择题。

你选了别人，那个人不是我。

沈明朗，我知道我不可以怪你。

我可以怪你什么呢？

怪你对我太好？还是怪你的残忍，你的决绝，你的不回头？

要知道，这些在曾经的时光里，我也同样做过。

有人告诉我，这个世界上一定有那么一个人做着你想做的事，爱着你想爱的人。这个人就像是平行时空里的你自己。

听到这句话的时候，沈明朗，我忽然想起你曾经问我："你们天秤座的女生，什么样的啊？"

我们天秤座的女生……是啊，你现在喜欢的人，她是不是和我有一点点像？

那她是不是就像平行时空里的温澜，在被你宠爱，也在好好地爱着你。

上个星期，有个读者给我寄了一份生日礼物。

我拆开包裹，发现是一张 CD，周杰伦的《哎哟，不错哦》。

我顺手翻看背面，却看到她写给我的一张字条，上面是一行很漂亮的钢笔字：我们都可以是你的沈明朗。

我握着 CD，一下子就掉下泪来。

沈明朗，原来所有人都知道，她们都知道，我错过你了。

这个世界上有太多太多事，我们都可以认错，都可以悔改，都可以低一低头，抛却自尊就能重新来过。

但唯有深情，经不起重来。

那么朋友的朋友，就是我们最后的定位了，你说对吗？

当老同学加我的微信说起你，问我和你还有没有联系，我发过去一个看起来一点儿也不在意的笑脸说，没有呀，他重色轻友，哪里还会记得我。

可我心里，其实真的有一点点不舍得。

不舍人生短暂，我们已经过完了差不多一半，而接下来的半生，却哪怕连一点点你的消息都不会让我听到。

就像我以为，我没资格再打电话给你，没办法再发微信给你，无法再用短信联络你，不能再堂而皇之地点开你的 QQ 空间，关心一下你。但好在，你还在我的 QQ 列表里，虽然我发过去的表情无一例外地石沉大海，虽然我知道我不会再得到你的任何回应。

我的名字在你的好友名单上，像个活死人。

可即便是这样，也好过我连听说你都不可以。

但是沈明朗，就在刚才，我不知怎么的心血来潮，再次在好友名单上搜索你的名字。

我只不过想再看一眼你的 QQ 签名。

你一个星期前的 QQ 签名我还见过，是《我是歌手》第三季播出时，胡彦斌翻唱的《山丘》里的一句歌词："越过山丘，才发现无人等候。"

这是我看这场比赛时，也最为喜欢的一首歌，是我在手机音乐列表里单曲循环很多遍的歌。

沈明朗，你知道吗？当我意外地看到你把它写在签名档里，我还会怀念当初我与你有过的默契。

然而此时此刻，我在查找框里输入你的名字，列表里却没出现你。

我险些以为自己看错了。

几天前你灰色的头像还好好地躺在我的好友列表里，我还可以对着它发呆，猜测一下你的近况。

就算你再也不会更新任何状态，但至少，让我还能保有与你之间最后的一丝关联。

然而连这竟也不会再有了。

沈明朗，你知道吗？再过几个小时，是我 27 岁的生日。

恍惚之间，我想起了十年前那个秋天的傍晚，江边吹过的大风，以及你坚持要先走的时候，微笑着回头对我说："十二点之前，记得听电话哦。"

原来从那么久以前，我和你就一直都在错过。

每次我觉得自己可以走向你的时候，你身边都有别人。

而当你转身看到我，关心我，陪伴我的时候，我身边也有别人。

我黯然关掉 QQ，走在下班路上。渐暗的天色，轻拂的晚风，我一遍又一遍用力擦掉脸上的泪。

耳机里在放一首老歌——

"当所有的人离开我的时候 / 你劝我要耐心等候 / 并且陪我度过生命中最长的寒冬 / 如此地宽容……我终于让千百双手在我面前挥舞 / 我终于拥有了千百个热情的笑容……我却忘了告诉你 / 你一直在我心中……我终于失去了你 / 当我的人生第一次感到光荣……"

沈明朗，你才是那个从最开始便鼓励我追求梦想的人，你才是那个会认真看我写过的每个故事的人。

但当我终于靠近梦想的时候，却找不到你了。

我18岁的那一年，你没有为我留下。

明天我27岁，我知道，我不会再接到你深夜睡眼惺忪时，打给我的电话。

很久以后，我做了个梦。我梦见你来找我，阳光特别特别好。你笑着对我说："我喜欢的人是你啊。"我正毫不犹豫地起身，想要跟你走，然而梦却醒了。

我舍不得这个梦境，又昏昏沉沉地睡过去。可下一个梦里，大雾中，你说，你和你现在的女朋友在一起很幸福，很开心。你告诉我，我如果再去找你，会令你觉得很困扰。

我假装开心地笑着，大方地点点头。我说："当然啊，我怎么会打扰你呢？我不会的，你放心吧。"

后来这个梦醒了。

我发现我的世界什么都没有。

如果说这个世界上只有一个人，曾经可以拯救我于水深火热之中，他会踩着七色的云彩来接我。

在我心里装着另一个人的时候，只有他，有机会把那个人赶走。

那个人一定是你，只会是你。

可是沈明朗，你走了。

从今往后，如花美眷，似水流年，若你我再不相逢，那我只能在这里写上一句祝你幸福。

远远看着你搭上往未来飞的客机
狂挥手臂 眼睛湿湿的
把过去握紧了在我最柔软的手心
我相信 一定会再遇见你

后记

一生热爱
回头太难

这小半生遇到太多的人，但最后，我却还是孑然一身。

一个影评说，每个人的青春期智商都很低。

我像被戳痛软肋那样，怅然若失地对自己嘲笑。

写完这本书的那个晚上，我收到很多生日祝福，但属于这个故事里的人，却一个都没有出现。

好友开玩笑地对我说，也许这是天意，天意让过往的林林总总，在27岁的这场分水岭，消失在你的世界。

那一刻，说不难过，说不失落，一定是假的。

其实少女时代，我曾经一度觉得自己非常勇敢。

是那种喜欢谁就可以对谁表白、性格里充满莽撞因子的女孩子。

可现在回头想来，其实原因又那么一目了然。大概因为我所遇上的，总是自己不那么在意的人，所以才能在面对那个人的时候，想哭就哭，想笑就笑，一点儿也不担心。

等到我真正后知后觉地意识到，谁才是我不应该失去的人时，其实已经很晚很晚了。

晚到我们都在别人的感情世界中千锤百炼，晚到我们之间的交集像秋天枯黄的落叶，满目疮痍。

十几岁的时候，也觉得最好能一生只爱一个人，所以对那个人的筛选过程，总是复杂又充满奇怪的鉴定技巧。

每次靠近一点点，稍微觉得不对劲，又自己先选择了逃离。

这样一步步走来，却没有注意到，时间的脚步飞快，我们都长大了。

书里的五年时光，我不得不承认，对我自己来说真的太快。

我根本还没来得及意识到失去，我已经失去了。

我根本来不及多想谁说过的话里是不是夹杂着深情时，而那深情已经远离。

这本书的第一册上市后，很多读者来我的微博留言，他们问我，这是你的真实经历吗？不可能吧？

有的我回复了，有的我发过去一个表情，也有的因为一些原因没能一一回应。

但是每次，我都一样觉得感伤。

在别人眼里，这只是一个故事。即便相信了它的真实，那么至多也只是一个"真实的故事"。

可对我而言，它却是我的青春。

是我青春之中最为浓墨重彩的一笔注记，而我用上我所有的力量，才能保证在写下每个字的时候，对自己足够诚实。

坦白地说，第一册结尾，我写得有些潦草。

当时将林航这个角色的细节简写，大概也是源于自己的私心。

一些不快乐的，不愿深想的，我下意识地选择将它一笔带过。

不得不说，写这本时，我与自己记忆的撕扯，不亚于第一册。因为没人比我更清楚地知道，这个故事，不会再有下一册。

所有之前我没有写完的话，已经在这里一一讲完。

感谢陪伴我写完这个故事的六歌，是你一直鼓励着我，让我能不遗余力地与真实的自己对话。

而这个故事里的人，我想，他们大概都已经有了各自精彩的人生。

自从重新联系上顾潮生以后，我想，如果能一直拥有那个人的消息，而未来人生漫长，即便我们终其一生不会走到一起，但至少这一生里，我都能知道，你过得很好。

看到你过得很好，我也会替你开心。

而看到你难过，就算你不再需要我来安慰你，可你会知道，如果你需要，我就会在这里。

你不会再像那五年找不到我。

你不会再失去我了。

这个世界上有那么多的人，但当你真正知道有一个人，无论发生什么事情都不会离开你，我希望你因此，能够多一点点继续用力生活的勇气。

我不想再让自己后悔了。

如果再失去你的消息，如果再让我靠听说来感知你，如果让我连像家人一样陪伴你的资格都失去……

我想，我一定会非常难过。

至于那个人。

沈，我梦见他的那些年，总是不知所措地打电话给你。

这些天来，我梦见你，我知道，这是我的报应。

这一生，我控制不了我自己。

我伤害过别人，也被别人伤害。

再来一次，我不要这样过。

林栀蓝

2015-10-18

番外

隔着这人海相濡以沫

十一月底的一个晚上，林小果正对着电脑边煲剧边啃苹果。手机嘀的一声响，她滑开看，发现是微信新消息。来源是互加好友后没怎么聊过的一个名字。

是许一的同学，也是他好哥们儿。

"我心情不好，想到你是美女作家，应该很会开导人吧，可不可以和你聊聊天？"

她一怔，赶忙回复："发生什么事了吗？"

"我喜欢的女生遇到了她很喜欢的人，但那个人不是我。"

这种时候明知安慰无济于事，她也只得尝试和他说了许多。可对方仍流露出抑制不住的伤感，她也有些感伤，索性说："要不我也和你说说我的事，也许你会觉得我比你还惨呢！"

"嗯，你说。"

"还记得过年的时候我问你，许一是不是把我拉黑了吗？"她打字一向很快。

"对不起！"对方还没等到她的后文，已经猜到她要说什么，"我骗了你，当时是怕你伤心。"

模模糊糊间，她似乎想起那个傍晚，她习惯性地在好友列表里点开许一的头像，想看看是不是有被她平常忙碌时忽略掉的朋友圈动态。她有一段时间没有和他联络了，自从知道他交了新女友那天起。

虽然他和她，本来就只是能分享心事的好朋友，但她也不知从哪来的自觉，仍然有些下意识地避嫌。

但令林小果怎么都没想到的是，眼前她点开的他的朋友圈，状态栏竟会是一片触目惊心的空白。

她根本不敢相信这是真的，一遍又一遍地下拉菜单刷新，甚至于怀疑是不是无线网络出了错，还是微信有了什么漏洞。怎么可能呢？许一把她拉黑了？他怎么会？

如果说是因为他交了女朋友，那也不对啊，他又不是刚谈恋爱，好几个月了，为什么偏偏是现在？

她不能接受，猛然间想起了自己的微信好友中，还有一个是他的好哥们儿。

是有一次为了方便传照片，互加的微信。这一刻她似乎还有些庆幸，庆幸这自己唯一保留下来的，与他有关的一点点人脉。

她赶紧点开消息框，一刻也不愿多等，直接发了语音："你在吗？我想麻烦你帮我看一下，许一的朋友圈内容是不是清空了？我点开他的朋友圈，什么都看不到了，不知道怎么回事。难道是他清空了内容吗？还是他把我拉黑了呢？可是我总觉得他应该不会拉黑我。完全没有理由啊，能不能麻烦你帮我看一下呢？"

一口气发完这些，她忐忑地捧着手机。好几分钟过去，屏幕终于亮了："我帮你看了，我好像也看不到他的状态，应该不是拉黑了你吧。他本来就很少更新，而且平常给他电话、短信，他也都不怎么按时回复的。是工作很忙吧。"

对方回答得特别诚恳，林小果终于松了一口气。但为保险起见，也为让自己完全放心，她忍不住又提出要求："那你可以截个图让我看看吗？"

可这一次，对方却变得含糊起来："我现在在外面。你放心吧，真的没有拉黑你。你们关系这么好，他怎么会呢？你可以打电话给他啊。我先不跟你说啦，改天聊！"

话已至此，她也不便再强求，只好遗憾地说："那好吧，麻烦你了，谢谢。"

林小果怎么也没有想到，对方原来是在骗她。

"我后来自己发现了，给他发了消息，系统提示说让我重新发送好友验证。不过当初问过你后，我确实以此为由，自欺欺人了好长一段时间。"

"是他女朋友删掉的，不是他本人，我打电话帮你骂过他。"

林小果一激动，差点就捧着手机蹦起来："说好替我保密呢！"

"你们关系很好。"对方却突然没头没脑地来了这么一句，"你喜欢过他，是不是？"

深呼吸。

接着，她看到消息框里的下一句："他想过和你在一起。"

心口像被拳头击中，泪水顷刻间模糊了眼眶。这个答案她早就猜到过，想过好多好多次。可当初毕竟还只是她自己单方面的猜测，胡思乱想一通过后，又可以堂而皇之地自我否定。

这半年以来，林小果无数次安慰自己，这一切不会是真的。

电影电视剧里的桥段，怎么可能刚好发生在自己身上？一定是她会错意，或者他一不小心表错情。

可当这一切真真实实地呈现在她面前时，她还是痛了。

林小果用力揉揉眼睛，回过去："可是太晚了，他现在应该很幸福吧？"

"你试试联系他啊。"

对方替她出主意："别让自己有遗憾，何况，他过得也没你说的那么好。"

"是吗？"

"他现在在老家装修房子。"

"在老家"三个字，表明的是许一离她的坐标很近很近，至多也就是一两个小时的车程。可林小果却偏偏被"装修房子"这个词刺痛了眼睛。

"……婚房？"她颤抖地敲下这两个字，点击发送的瞬间，似乎用尽了全身力气。想想自己的年纪，是真的不小了。二十七岁，怎么可能再像

231

十七岁那样，任性地说什么来日方长。她忍不住又补上一句，明明是发送给对方看，却又像是在说给自己听："如果有一天他结婚，你一定要转告我。"

新消息提示音再响起时，她觉得自己的心都快要停跳。她屏住呼吸点开，紧抿双唇看过去："不是，是他父母的房子。"

林小果长长地舒了一口气，脑海中有一个念头却愈发清晰。

她想见他。

一面都好，如果他愿意的话。

那个晚上，她整夜整夜地在听同一支歌，李易峰的《请跟我联络》——

"别听我说/听内心呼唤/这是否想要的结果/别跟我说/你情愿不死不活/隔着这人海/相濡以沫……"

到后来哭得倦了，她才沉沉睡去。

次日清早，她果然没听到闹钟响，起床时已经有些来不及了。她匆忙换了衣服，抓起包包就向外冲。去公司的车上，她给闺密发短信，说起前一晚发生的种种。这期间她无数次点开许一那个再也接收不到消息的头像。她生气地发消息给他：

"我就想问问你。

"你这辈子都不会联络我了吗？

"为什么你有话总是不直说呢？

"为什么你不愿意早点告诉我呢？

"我在你心里有那么聪明吗？

"你不告诉我我怎么会知道啊？

"你知道你告诉我，你和她怎么在一起的时候，我心里多唏嘘吗？

"好啦，还是祝你幸福。"

林小果一共发了九条，每条得到的回复却无一例外，统统都是："许一开启了好友验证，你还不是他（她）的好友。请先发送好友验证请求，对方验证通过后，才能聊天。"

她握着手机，眼泪吧嗒吧嗒控制不住地往下掉。靠窗坐的女生正好把窗子拉开一条缝隙，风肆意地吹在她脸上，眼泪被迅速风干。

闺密跟她提议："我帮你告诉他！不能在一起，也要让他知道，让他后悔！"

"你说啊！你倒是说！"

她当时想的是，反正最坏也不过就是这样了。

反正他也不会再见她，不会再找她，不会再联络她，所以还能怎么差呢？

闺密边发消息给他，边截图直播给她看。

"请问你是许一吗？你应该知道林小果吧？不知道你有没有买她的第一本书《听说你还回忆我》？她开签售会的时候我也去了，玩真心话大冒险的时候存过你的电话，不过当时没有打给你。她曾说，你是书里沈明朗的原型。"

没想到，十分钟后他竟然真的回复："我知道，我看过这本书。"

闺密发来一连串"啊啊啊啊啊啊啊啊啊"，激动地截图给她看，并且发送下一条："现在她写了这本书的第二部，第二部里沈明朗是主角。曾经想说的、来不及说的都在书里说了，明年四月上市，希望你还会买来看看。因为错过这本书，你可能永远也不会知道她曾经想和你说什么。还有，她说过你不是她生命里的路人甲，而是最不想错过的，也是心里以为永远不会离开她的那个人。她手机坏了的时候，第一时间问我要的也是你的号码。虽然知道不会再打给你，你也不会再回到她的世界。

"第二部是我陪她写的，那些她写书的深夜里，回忆以前的时候，或者遇到的瓶颈，她总和我说起你。她说以为无论如何都不会失去你。她一直记得你曾安慰她的话，你说人生是一场马拉松，而非一次短跑。她也怕你看不到她写的书，想要寄一本给你，但是她写完第二部的那个深夜，发现你连她的 QQ 也一起拉黑了。

233

"写完第一部时，她去你在的广州待过一段时间，但最后还是没有勇气去找你。"

林小果确实去了广州，也想过去找他的。她在百度地图上搜过他所在公司的地址，一次又一次，可最终还是没能成行。她整整停留了四个月。四个月里，她总觉得自己去过他去过的商场和店面，走过他走过的路。可那又怎么样呢？她和他都是太知进退又太懂分寸的人。

"我删掉她 QQ 没有别的意思，只是不想让我女朋友担心，并不是对她有其他意见。而且，我也没想到她会把我作为第二部的主角。我看过第一部，我猜出来沈明朗是以我为原型的，所以我以为我对她没有那么重要。其实除了高中时期，后来我一直都只是她生活的旁观者。她和我说过，她有个从小到大都特别喜欢的人，我以为她心里最放不下的是那个人，而我只是她学生时代的小插曲，工作以后能够分享心事的好朋友。所以我没有想过另外一种可能。"许一回复道。

"她和我说的是，她以为你不会再喜欢她，加上她当时有在一起的人，她脑海中常常闪过喜欢你的念头，但是又自己否定了。她怕往前一点会失去你。她一个人去看了电影《我的少女时代》，然后说那里面的男女主就像她和你，明明心里喜欢对方，却都在彼此面前说自己喜欢的是别人。其实那是因为太在乎，所以不敢轻易开口，害怕退不回原来的位置。如果你没有删了她，她可能还在自欺欺人。"

闺密发完这条，激动地截图给林小果看："他问你是不是在长沙！"

"告诉他是啊！我可以分分钟回老家！分分钟！扔了工作就走！"如果他愿意的话，她可以放下手边的一切去找他。

"对，她回长沙了，"闺密又发过去一句，"你是不是真的一辈子不联系她了……"

而许一的回复竟是："有时候我也觉得太巧合，今天我知道了这些，就正好在去长沙的路上。"

闺密给了许一她的号码，没多久，林小果收到他发来的短消息："林小果。"

她一怔，眼眶顷刻间被浸湿。林小果这个名字，是十年前她和他学生时代，她写过的第一个和他有关的短篇里她给自己取的名字。那时候还没有沈明朗，也没有温澜，只有林小果和许一。

许一不知道，她曾无数次想要联络他时，在短信消息框里输入的两个字也是："许一。"

她想着，这应该算是他们两个的秘密，所以短信就算被别人看见，他也可以恰当地解释说不知道许一是谁，也许是发错了。

当年那个短篇，写完后她第一时间拿着本子献宝般地给他看。在毕业纪念册上，他写了一封信给她，用的昵称也是林小果。

但她犹豫多次，到底还是没能发给他。

如今却收到了他发来的消息。这三个字足以令她明白，他还记得，他全部都记得。

"你知道吗？相比沈明朗，我更喜欢许一这个名字。当初我看你的书的时候，我第一时间想找到许一，可最后却找到了沈明朗。那个时候我就觉得，这好像不是我们的故事啦。"

她被他的话牵动了情绪，忽然好难过。想了半天，她只好说："因为我觉得这个名字很像你给我的感觉啊。不过刚刚看到你发给我的信息，我好想告诉你，我之前也好多次在短信上输入许一，然后又删掉了。"

"今天长沙的天气还算明朗，只是没有阳光。"

"啊，你在长沙吗？"她只有装傻。

其实她也想过自己去找他，但她又害怕，害怕打扰他，害怕为他带来烦扰。

"嗯，很巧吧？"

"我也在长沙啊！"

"今天你朋友给我看了你写的第二部小说里的一段。刚刚看你的文字，我发现我还是很认真地在看。碰巧今天我来长沙，我自己都觉得太巧合了。"

"……请我吃饭！谁让你删掉我的！"

"我怎么记得是你欠我一顿饭来着？不过可能来不及了，我下午的高铁……"

"几点？我就在高铁站旁边上班啊，你忘啦？"

"十二点多的。"林小果看一眼时间，十一点二十分。虽然很赶，但她还是立刻从座位上蹦了起来，在钱包里慌忙翻了一通，找不到足够的现金，又连忙找同事借了一圈，拿着钱就往楼下冲。

这期间，她还装作若无其事地给他回复："我现在每天上下班都从这边经过，阳光正好的时候，我都会想起以前去高铁站接你。"

她想过好多次，会不会有一天突然就收到他的短信，内容是：我快到长沙了，你今天有空吗？

可她怎么也没想到，多年后再见，会是去送他。

她忍不住想起那句话：你走，我不送你。你来，无论多大风多大雨，我要去接你。

忽然她就模糊了眼眶："那我去送你吧，你现在到哪里啦？"

他不知道她说这话时其实早已下了楼。公司和打车的路口有将近20分钟的步行距离，她踩着高跟鞋没命地往前跑。她平常不爱运动，这时候简直后悔得不行，跑了没多远就已经气喘吁吁，双腿软得仿佛可能立刻跪倒在地。可她仍然强撑着，喘口气，又马不停蹄。

她忽然很慌，害怕明知道他就在距离自己好近好近的地方，最后却没有见到。

如果错过这次机会，是不是即便自己再努力奔跑，前面也不会有一个叫许一的男生等着自己了？

"你到高铁站要多久？"

"打个车十分钟吧。"她握着手机云淡风轻地说，耳畔响起呼呼的风声，似乎害怕他拒绝，她又补充，"好啦，我现在下楼。"

她好不容易跑到路口，放眼望去，竟然没有一辆出租车经过。她忙打开叫车软件，有师傅接了单，但距离她还差一个路口。她怕师傅不肯返程过来载她，只好致电过去央求："师傅你等我一下！我马上到！"说完又像上了发条的小马达，噔噔噔地穿过车流。

上车第一件事是发给他一条短信："我大概五分钟可以到。"

其实没有那么快，但她就一个劲地催师傅开快点。

好在许一回复说："那我在这边等你。"

她一颗悬着的心，这才放下了小半。

下车后，她拨通了许一的电话："你在哪里呢？"

他报了个方位给她："我这个角度刚好看得到电梯，但没有看到你啊。"

她匆匆忙忙地下楼，顺着电梯拨开人群往下狂奔，凭着方向感，快步走向他的方位，然后第一时间远远地认出了他："……我看到你了。"

他穿了件驼色大衣，搭同色系的围巾，风尘仆仆的样子，拖着行李箱远远地冲她笑。眼睛弯弯的，露出两个酒窝。她走到他面前，特别笨地觉得自己的手都不知道往哪儿放。他看着她，她却躲躲闪闪，不好意思去迎他的目光。

许一带她走到比较明亮的地方，她挨着他，听他说话。

他告诉她，早上收到她闺密的短信，知道了这一切。她含含糊糊地应声，只说："她告诉我了。"

那天，他们真的说了好多好多话。

在此之前，她恐怕从没想过，有一天他会把心里所有的想法统统都告诉她。

"还记得上学的时候，我们年纪都还小嘛，身边的其他同学都还没什么烦恼，你就开始发表文字了。看起来，你似乎早早地承担了其他同龄人并不需要承担的东西，比我们都更早地独立。当时的你，会让人觉得心疼吧。我不知道这么形容是不是准确，就姑且这么说。我在想，是不是正因为这样，才会让你分不清一个人对你好和爱情之间的区别。所以，你才会和林航在一起。"

她不明白为什么他总能洞悉她。可她更不明白的是，原来他早就知道她对林航不是爱情。她以前一直以为他是因为有林航的存在，才迟迟没有走向她。所以根本就不是这样吗？

"我以前一直觉得，顾潮生才是你喜欢很多年的人，而我只不过是恰好参与到你的生活中。我也想过问一问你，但又怕自己多此一问，怕说出口以后，连朋友都做不成。可是如果你早一点告诉我有可能，如果我早一点知道的话，"许一说到这里，忽然扭头认真地看着她的眼睛，"我一定会追你。"

那应该是她这辈子听到的，最心动，又最心痛的一句情话。

她永远都不会忘记，那一刻，许一笃定而真诚的眼眸。他眼睛里有光，让她想起他们十几岁那一年，他拿给她看的那本《喜欢你》。逆光之下少年额前的碎发，他手心的太阳，还有她清晰感觉到自己的心动。

是她错过的那一份。

她哽咽了一下，不知道如何回答。

"也许女生的直觉真的比较准。"他说，"我跟我女朋友说起过你，她也知道你在我心里是很特别的那一个。我说你只是把我当成可以分享心事的好朋友，但她否定了我，说不可能，如果只是当朋友，不可能会有那么多话和我说。

"你写的书我看了，虽然同类型的小说我看得很少，可能没有客观评价的资格。但我还是想说，我觉得你的这一本比所有的写得都要好。我觉得你写得最好。

"我好开心，看到这么多年过去，你还在坚持做自己喜欢做的事情，因为我真的看到过好多人都在追逐梦想的中途选择了放弃。所以我想，你以后都要一直写下去。不论读者多还是少，都没有关系，至少有一个读者一定会一直买一直看，那就是我。也许我不会是个很高调的粉丝，但我一定会一直在。

"其实我刚刚在想，你说四月去过广州，我恍惚之间不知道为什么听成了去年四月。我一下子想到，去年四月的话，那时间就刚刚好啊。"

他忽然叹了口气。

"刚刚好啊"四个字在林小果的耳边回荡，她始终低头望着别的地方，拼命忍着眼泪。

"现在并不是因为你不够好。可能是因为你从小成长的环境，让你一直都不够自信。但你知道吗？其实在别人眼里你很优秀。你知道为什么我女朋友一定要删掉你的联系方式吗？因为她也看过你的朋友圈，觉得你很漂亮，你的存在让她觉得……有威胁。

"我也去你空间看过你为新书拍的那套照片，在学校里拍的那一套。真的很漂亮。"他说到这里顿了下，"……大概真的就是，我们总是在错的时间吧。"

错的时间。

其实林小果何尝不知道，是在错的时间呢？

如果不是时间不对，她可能早就去找他，可能会在见到他的时候不管不顾地给他一个大大的拥抱，可能会对他吼："你这个混蛋，你为什么不早说？"

可能也会敢于在他面前展露出自己所有的脆弱。

虽然，还没有一起看过电影，但也一起追过剧。

第一时间分享给对方好听的单曲，互送过专辑。

一起看过烟花，介绍彼此给自己的好朋友认识。

参加过对方的朋友聚会，甚至单独约会过。

如果这些都还不算，那么上学时，无论是老师讲课的停顿里，还是课间刚好的阳光下，她和他总会隔着很多个位置，在同一时间，迎上对方的目光。被发现了，又赶忙假装看向一旁。

这些可不可以作数呢？可不可以算作相互喜欢的证据？

她对他的每次心动，都悄然藏在这些画面里。

可是此刻，她却没有办法再对他说：你才是那个带我看过爱情的真正模样的人啊。

"不知道为什么，刚才你没有出现的时候，我一直觉得这种感觉不是很强烈，甚至可以说有点不敢相信。包括现在，我还是觉得，"他说着扭头看向林小果，"你看起来……很平静。"

她被这句话戳到，心里泛起一阵酸涩。她好想反问他一句，不然我还能怎样呢？

应该掰断一只高跟鞋，赤脚出现在你面前，让你看到我赶来得多么狼狈？应该把头发弄乱，更不要在公司跟同事急急忙忙地借化妆品，在路上还忙着化个淡妆？

她为了见他，让自己看起来这么从容不迫，而他却以为，自己不值得她风尘仆仆。

林小果吸了吸鼻子，又听到他说："你说的那部电影我还没有看过。但是《小幸运》这首歌我最近倒是经常在排行榜上看到，只不过没有听。"

她于是给他推荐了这部电影，又推荐了这首歌的 MV。

虽然不知道他回去以后，会不会找来看看，会不会在看到的时候也想起她，想到她和他真的很像徐太宇和林真心。上学的时候，她的头发也有自然卷，后来去做离子烫弄直了，进教室以后照例坐在他身边的座位，他取笑她说："你好像贞子哦。"

她总是在他面前提到顾潮生，就像林真心总是在徐太宇面前说起欧阳。他也总跟她说自己对别的女生的感觉，可偏偏上课的时候，都在偷偷摸摸避开任课老师的目光，和她聊天说话。就像徐太宇在林真心面前声称，自己喜欢的人是校花陶敏敏。

可他们这样做，其实不过是为了想靠对方更近。

电影最后，徐太宇说："即使你又矮又笨，还喜欢别的男生，可我还是很喜欢你。"

林小果每次回想起这句台词，总觉得像是许一在对她说："即使你总是有好多问题问我，还喜欢别的男生，可我还是想过要追你。我试探过你，但为什么那时候的你看不清？"

"其实我一直以为你不会喜欢我，我以为你一直把我当好朋友嘛。"林小果说，"如果不是你把我删掉，我也不会反问自己，为什么被删掉的不是别人，偏偏是我？你女朋友介意什么？难道你曾经喜欢过我吗？也是因为这样，我才忽然回想起从前的许多画面，觉得它们好像终于可以被串联到一起了。你还记得你以前说，每次你和别人认真说一件事的时候，对方总会以为你在开玩笑吗？我以前真的有很多次都想过，你会不会是喜欢我的，可是你从来都没有说过啊。所以我就总会告诉自己，不可能的，一定是我想太多。"

说到这里，她第四次问他："有没有到进站时间？不会赶不上吧？"

他之前每次都是看一看表，说："没关系，还够。"

只有这一次，他忽然做了个转身的动作："我其实已经把票退了，那……我先去重新买票。"

她一怔，好想拉住他对他说："你可不可以别走了？"

售票的网站一直登录不上去，她又想说："你看这根本就是天意嘛，天意让你不要走。"

他去排队买票，银联卡几次没办法支付。她还是想说："看起来你今天真的走不成！"

但她就是没办法死皮赖脸，让他为难。明明知道答案的事情，她还可以怎么做？

可她却可以听出他的话里有话。

因为他最后对她说："其实有时候，真的不要觉得太难选择。因为你迟早都会发现，最后无论你选择的是什么，结果都不至于太差。"

她听得懂，他是在告诉她，他的选择。

也是在对她说，不要害怕离开他，因为就算和别人在一起，也总会

241

遇到合适的那个，最后都不会过得太差。

她想起以前看过的一句话：在错的时间里，你一出场就输了。

他打印车票的时候，忽然扭头问她说："你在广州待了那么久，有没有去哪里玩？"

她摇摇头："没有。"

"去吃你最爱吃的85度C了吗？"

她尴尬了一秒："也没有，好久都没吃过了。"

"为什么？"他惊讶地问。

可他不知道，她难过的却是他还记得她的喜好。她想了想，干脆直率地回答："因为每次去都会想起你，所以就不想去了。"

这次反而轮到许一有点尴尬，他转移了话题："你们公司离这里不远吗？"

"不远啊，就在喜盈门旁边。"

"喜盈门旁边啊……"他看起来像是陷入了回忆，她知道他是想起了那次她去接他，然后他们一起去喜盈门吃东西，"上次你还带我去过，我觉得很远啊，坐车坐了好久！"

她当时几乎就要脱口而出："就算你在广州我也会去啊！这么一点点距离算什么远！"

但她更多的却是难过。原来，他和她一样，虽然这些年间他们见面的次数寥寥，但在彼此心中，却留下清晰的印记。

生命中一定会有这样的人吧，你以为要认识得越久，才越了解。你以为要相处得越深，才越不舍分离。你以为要常常见面，才代表重要。

但就是会有一个人，他打破了这些规则，让你知道，彼此懂得只需要一个眼神，一份默契，一点心有灵犀。

她送他去坐车，在检票口他对她说："那……我就先进去了。"

"嗯。"她轻轻应了一声。

他微笑着冲她开玩笑："又不是以后都见不到了。"

"嗯。"说是这么说，可她还是恋恋不舍地望着他。

好像，这也是今天唯一一次，她不再躲闪他的目光。

她看着他一直拉着行李往前，每走一段路就回头张望。直到走了好远好远，她还是能一眼分辨出他在哪，能精准地分辨出他的身影，能看到他回首与她对望的眼光。远到他进行行李安检，过最后一道关卡时，她甚至已经看不清他的面容与五官，可还是能清楚地感觉到他的目光。

她望着他，他也一路都在看她。

她招招手，像是在对他最后一次说：许一，再见了。

她想起他说："我们之间发生的真的好像偶像剧的剧情啊！你放心吧，我一定会记得你，不会忘记你！"

她掏出手机，发给他一条短信："好舍不得你。"

她不知道他今天答应见她，是不是跟她一样，是因为舍不得。

最难过的就是，她与他之间既没有天灾也没有人祸，更没有什么说不出口的苦衷，有的仅仅是时间而已。但时间，却已经足够分开他们了。

"其实我刚刚想说——不知道怎么讲——可能我一直都不太懂爱情是什么样的，但你是唯一一个让我好多次都觉得心动的人。虽然我以前骗过了自己，但不管怎样，谢谢你带我去看过爱情。"

虽然以前骗过了自己，但她还是想让他知道，她以前只不过太口是心非，总是学不会诚实面对自己的心。

"过了这段时间就好啦！你还有梦想，朝梦的一方努力，就不会觉得悲伤。我还记得这句。"

是她写给他的第一个短篇小说里，许一说给林小果听的那句话。

十年过去了，她好像跌进往事，竟然听到他用上了这句陈旧的台词。可他偏偏没有说错，他说的每句话，她都清清楚楚地记得，也会认认真真地照做。

"我以后还会再见到你吗?"

"对不起,这个可能不行,我不想让我女朋友担心,而且这样对你也不公平。以后不会主动联系啦,等你找到你的幸福,我们就能像好朋友一样啦,虽然现在也是。"

"所以你就是骗我!果然就是见不到了!"她好后悔自己没有不顾一切地抱抱他,她揉揉眼睛,不想让他太有负担,她假装俏皮,接着输入下一句,"好啦,我明白你的意思……车开了吧?"

"你这样想也可以,说不定对你更有好处。嗯,车开了。"

那天她在进站口呆呆地站了好久,直到过了他的发车时间,才慢吞吞地打了车往回走。路上,她一直没有回复这条消息。

不知道为什么,她就是有种预感,发完最后一句,他和她之间的联系就要彻底中断了。

耳机里在单曲循环那首歌:"许过多少承诺 / 才懂得把握 / 情太深 / 想太多 / 才擦肩而过 / 什么都可以错 / 别再错过我 / 你在哪里 / 请跟我联络……"

她直到回到公司楼下,要进电梯的那刻,才颤抖着按下"发送",内容是:"那你休息一会吧,我到公司啦!"

许一回复她的最后一句,是个毫无悬念的单薄字眼:"好。"

坐到电脑前,她压抑地打开了上午由闺密转发给许一的那个文本文档,是第二部最后一章的电子版内容。文档的最末,她看到自己写过的那个梦。

那个梦是真的。

她梦见他来找她,对她说:"我喜欢的人是你啊。"她开心地正要毫不犹豫地起身跟他走,这个梦却醒了。她不舍这梦境,又昏昏沉沉地睡过去,可下一个梦里是大雾天。他说,他和现在的女朋友在一起很幸福,很开心,如果她再去找他,会令他觉得困扰。

244

她假装开心地笑着，大方地点点头，说："当然啊，我怎么会打扰你呢？我不会的，你放心吧。"

现在，这个梦竟然成真了。

她捂着脸，终于崩溃地哭到不能自抑。

这是他们相见的最后一面。

而他，是真的，再也不会回来了。

她想起以前看过的一部港剧，结尾时男主对深爱的女主说：我只能和她（前女友）在一起，因为她不能没有我。而你，我知道你很坚强，你一定可以的。

许一，你一定觉得我很坚强，我一定可以，我还有梦想啊，我不会悲伤的，对不对？

可我好想知道，如果我抱住你大哭，你会不会改变决定？

隔天下午，林小果翘了班，跑到隔壁的商场 KTV，独自躲在包间里唱了一整个下午。她点了三遍《小幸运》，看到 MV 里每个画面都会好想好想他，哭得毫无形象。她唱了他曾经推荐给她听的《稻香》，唱了《以后别做朋友》《你就不要想起我》，还有她一句一句教他唱过的《安静》，一听到就会想起他的《小酒窝》《爱笑的眼睛》……

她也知道自己很矫情。但她就是想他，在他不知道的地方，用他永远也不会看到的神情。

她想跟他说："你有没有看过《第 16 个夏天》啊？好想推荐给你，你一定要去看！"

就像那一年他对她说："你有没有看过《我可能不会爱你》啊？你看了一定会哭。"

可惜她再也没有机会，像以前一样和他聊天，听他说话。

而往后时光漫长，许一，林小果只想告诉你，她以前真的说过好多口是心非的话，请你在想起的时候，不要再分不清真假。

还有就是，你说不会忘记她，你不可以再骗她。

那声再见竟是他最后一句

2016 年春节，我陆陆续续，前后一共去了那条街七次。公司原本规定初八上班，但为避开初七的返程高峰，我是计划初六回程的。

十天假期，我用了其中七天想要偶遇你。

但我竟然也没好运到，能够碰上你。

初四那天傍晚，我和闺密坐在街尾那家冰点屋，脑海中再次回放的，始终是两年前那次和你相见的画面。

两年前的正月初三，我和林航大吵一架，当时他身边有众多亲友，然而他却为面子扔下泪流满面的我，转身和人推搡着上了车，头也不回地扬长而去。

我一遍又一遍地拨他的手机，系统却提示：“您拨打的电话已关机。”

我无助地握着电话，犹豫再三，还是给你传了简讯。

那天是你的生日。

我原本不该打扰你的。

我想你应该很忙，忙着和家人一块吃饭庆祝。我很不好意思地试探着，点开你的头像：“你有空吗？”

你一听我声音不对，立刻问我出了什么事。我吸了吸鼻子，简单地跟你说了情况。你问我在哪，我说我就在你家附近，不算特别远。

“我可以去找你吗？”我问。

你答应了。

地点定在你家附近的茶馆。我在路边买了包面巾纸，胡乱收拾一下自己，便钻进一辆出租车。

去见你，好像从来都是一件不需要犹豫，让我充满安心感觉的事情。

那天，你陪我说了好多好多的话。

后来我们回忆起，你还懊恼地说，应该早一点想到，如果不是互相喜欢，两个人之间怎么总有那么多想说的话。

你跟我说，如果是你，一定不会让喜欢的人孤独承担被丢在人潮之中的难堪和痛苦。你忽然问我，还喜欢林航吗？我摇摇头，不知所措地望着你，半晌后才吞吞吐吐地回答："我……我也不知道。"

许一，你不知道那时候我望着你，心里总有个声音在说，为什么你那么好啊。

为什么那么好的你，不喜欢我呢？

如果你喜欢的人是我，你一定不会让我哭。

冰点屋里人声嘈杂，我跟闺密正聊到你，她们说你是我的"酒心巧克力"——不是德芙，也不是费列罗，而是那种最醉人的酒心巧克力。

"可惜，"闺密故意调侃，"酒心巧克力已经化了，吃不到了。"

我眼眶一热。这条街总共只有两家我们一起去过的店面，冰点屋在街尾，另一家甜品店则在街头，我这几天都去过多次，也没遇见你。

你大概不会来了。

或者，你今年过年根本就没回老家？

我不确定，我不知道。许一，我手机里明明就存着你的号码，我明明也有你好哥们儿的微信，可我却不敢开口，哪怕问简单的一句话。

我只是抱着渺茫希望在等。

但这一刻，我却忽然灰心了。

我想我是等不到你了。

如果能等到，这么多天，早该等到了，不是吗？我顿时有把回程日期提早的念头，想着不如就初五走吧，这样也就不用再有无谓的期望了。

我喝了一口杨梅汁，听到闺密问我："酒心巧克力到底有什么好啊？"

"就是很好啊，"我回想你的样子，正想要尝试描绘什么，"我跟你说哦，他……"一句话还没说完，"……我好像看到他了！"

聊天时我始终盯着门口，进店的每个人都绝对不会错过。可你和你哥们儿出现时，我仍然紧张得揉了揉眼睛，我怀疑自己是在做梦。

许一，我以为你不会来了。

可你偏偏在我说起你的时候，就那么堂而皇之地出现了。

我以为你会推门进来，脑海中正盘算着怎么和你打招呼，可你却不知怎的，没完成那个推门的动作。

你松开了门把手，转身走了。

"他没有进来……"我下意识地碎碎念了一句，不等闺密给出反应，已经一把抓起包，起身便冲了出去。

那一刻，我只有一个念头。

我守株待兔了七天，我不能放走你。哪怕就和你说一句话，只看你一眼，也好过你分明就在我面前，我却要骗自己你没出现。

可是许一，你知道的。

倘若，十年里我早那么一点点，拿出这刻十分之一的勇气。

我又怎会与你、与往事失之交臂。

我推开店门，走到门口的那刻，正停在几米之遥的你们大概也听到了声响，扭头一眼便认出了我。

迎上你的目光时，我慌了，连手都不知该往哪儿放。

我似乎这才后知后觉地反应过来，我们上次不是说好不再见了吗？那么此时，我有什么资格冲到你面前？我又以什么姿态和你对话呢？

我尴尬地慢吞吞踱过去，十指紧张地捏着包包提手："你们……要进去吗？"

你和你的朋友对视一眼。我猜他大概也不清楚你的心意，所以不敢随便替你回答。可你不知道，我感觉自己的舌头都打结了，心跳声轰隆隆地响着。

我多害怕下一句你说:"我们先走了。"

还好,还好你没有。

我们三个尴尬地别扭了一会儿,最后你终于说:"那进去吧。"

那一秒,我听到自己心口像炸开了一束烟花。我等了你那么久,你总算来了。

我不只能远远地看你一眼,或许我还可以和你聊聊天,听你说说话。

许一,我觉得我好像从上天那里偷到了一点儿好运气。

在闺密的谦让下,我和你们坐了一桌。那天店里原本人满为患,你也说是因为觉得人太多、太吵,才没有进来。但你知道吗?好巧,唯一剩下的那张空桌子,正是两年前我们坐的那张。

而和你一起的你的哥们儿,也是两年前的那个。

我们点完单,老板把东西一一上齐。你哥们儿照例掏出手机拍照,准备发朋友圈。我也滑开了手机。你在旁边笑着看我们,说:"你们怎么都拍啊!"

你不知道,几天前我一个人来时,也是这个座位,我拍了两张和两年前同样角度的照片——我们点过的杨梅和巧克力味的松饼。发朋友圈时,我配了句话:"年年岁岁花相似,岁岁年年人不同。"

那时,我没预料到自己会好运得还能和你一块坐在这里吃东西。

两年前,你哥们儿也是坐在我们俩对面。我和你在茶馆聊了一下午,傍晚时你问我有没有觉得好受一些,我这才意识到已经占用了你那么长时间,于是问你:"今天不是你生日吗?你家里是不是来了很多亲戚朋友啊?"我还记得当时你说:"没关系,我们中午一起吃过饭了。"

你随后给家里打了电话,然后又贴心地叫上朋友,说一起吃点东西。你总是这样,从来不避讳你的朋友也知道我。

我们从茶馆转战冰点屋,你哥们儿拍杨梅的那张照片碰巧抓拍到我和你的半张脸。

250

那张照片我保存了很久，大概，也是我们之间唯一一张合照。

照片上你笑得好灿烂，我也笑得好甜，分明已经看不出几个小时前还在委屈哭泣。

许一，我已经记不清有多少次我坐在你身边，我坐在你对面……上学的时候，毕业以后。我和你说说笑笑，我的任何烦恼，似乎都会在见到你的那刻消散如烟。

这次他拍照后，仍然第一时间发在朋友圈。但我点开，刚想存图，眼眶却一下子湿了。

照片上，我和你分明都没有变。

物是人是，可彼此之间却又明白，一切都不一样了。

你望着我的侧脸，没话找话地问："你是什么时候回来的啊？"

"你生日的前一天。"我扭头看你，竭力不让你察觉我的紧张，"你呢？"

"我回来好多天了。"你想了想，"嗯……有一个月了吧？帮爸妈换了房子，最近在装修。"

我听到自己心里一声微叹，原来，你已经回来那么久了。

你和我就在同一座城市那么多天，却怎么像相隔天涯般遥远？

你让我觉得城市好大。

"今天真的好巧！"你戳了下咖啡杯里的冰激凌球。

"是啊。那是因为，"我朝你耳边凑，尽量小声到只让你听清，"我已经来等了你七次，还以为碰不到你了。"

你诧异地看我一眼，有些欲言又止，收回目光，低下头。半晌，我忽然听到你说："其实，刚才我们本来是打算去街头的甜品店坐的，我还想着会不会碰到你。但那边没有开门，所以我们就来这家了。"

我的心口似被什么一击即中。

我用力眨眨眼，这才故作轻松道："是吧……那边每天六点就打烊了。我也去过那家店好多次啊，充的会员卡都吃光了呢。"

那家甜品店，我们一共也就一起去过一次，但你却和我一样，想着有可能会和我遇上。

许一，如果这时候你指天发誓对我说，你心里已经没有我了，你觉得我会不会相信？

一个月前，我总是梦到你。梦醒后，我无意读到一条微博——

"你要我给你解梦，你说你每天都会梦到同一个人。我想了想，说，大概是那个人在慢慢忘记你。"

我相信了。

我大哭一场。

你哥们儿跟你聊，说打算喊初中同学一起聚聚，你们最后约定在初六。你侧过脸看我："哎，你初六一定要走吗？"

如果换作以前的我，一定会矫情地故作矜持地说："也不是一定啦……"好看起来显得一点儿也不经意。

可我们之间已经错过了那么多时光，我也后知后觉地学会了坦诚。返程高峰算得了什么，怎么比得上有机会多见你一面？

我率真地冲你笑："如果你想让我和你们一起去玩，我就晚一天走啊。"

你特别孩子气地笑出了声。那刻我分明能清清楚楚地感觉到，其实你也是试探着，怕我拒绝，你也希望多见我一面。所以你听到我的说法很开心："那就这么说定啦，初六一定要来哦！"

我点点头。你哥们儿又想起什么似的问："你出的书要不要送我一本？我要签名版的！"

这时你却插话道："我记得你答应过我，会送我一本签名版吧？"

我尴尬地笑笑，脑海中立刻回放的，却是你曾对我说的话——你觉得沈明朗和温澜的故事，已经不是林小果和许一的故事了。

我不想送你那本书，于是摇摇头："但我不想送你啊，等第二本出版吧。"

"那第一本我是不是可以扔了?"你故意跟我开玩笑,说着,忽然像是陷进了回忆,"不过那次也很巧,我在广州图书馆正好看到你的书,觉得标题很眼熟,再看到作者……"

这次轮到我愣了。

我一直以为你是特地去买的,还觉得按时间算,其实不太应该。

广州图书馆我去过,印象中它有差不多十个楼层,还不算其中繁复的分区。你竟能毫不知情地与我的书,在那里不期而遇。

我简直要被缘分之说彻底击败。

我们聊到我的签售会,你问我当时是什么感觉。

我掏出手机滑动半天,翻出了《我终于失去了你》这首歌,指着当中一段歌词给你看。

就是觉得,我终于离我的梦想越来越近了。可是你却不在我身边了,好像我拿你交换了梦想一样。我在心里对你说。

可碍于你朋友在场,我实在没法将这句话堂而皇之地宣之于口。

你却特别特别认真地看了看那段歌词,然后问我:"是觉得很感同身受吗?"

我用力点点头:"嗯。"

许一,你总是那么认真地看我写的故事,认真地听我说话,认真地和我聊天。可是,为什么你从来都没有认真地告诉我,你是怎么想的呢?

如果你比我勇敢哪怕一点点,也许今天我就不用坐在你身边,却还要和你保持着不远不近的距离。

我有好多次都好想偷偷去牵一下你的手,你不知道吧?

我们在冰点屋坐到十二点。两年前也是这样,不同的是,两年前我因为和你哥们儿同路,所以和他一起打车走了。但今天晚上,店门口只停了一辆出租车,你哥们儿特别绅士地冲我说:"你先坐吧。"

我像被遥控般地走到车门边上。都要伸手开门了，我忽然停住了。

我扭头看着他说："要不还是你先坐吧。"

他诧异地望着我："啊？"

"还是你先坐吧。"我又笑着重复了一遍。

他走后，我凑到你身旁，问你的新家在哪儿，远吗？你指着右手边漆黑的夜："我走路回去就行了，不远。"

"那我送你回家吧。"我猜我当时的表情看起来，一定又像要哭又像在笑。

我舍不得你，许一，你知道吗？

就像三个月前在高铁站，你要进站了，笑眯眯地对我说："又不是以后都见不到了！"

可我望着你，你每走几步路就回头恋恋不舍地看我的样子，我忘不掉。

你那样望着我，你叫我怎么忘？

我再发短信给你，我说我好舍不得你。你对我说，我们还是不要再联系了，你不想让你女朋友担心。

握着手机，我的眼泪掉个不停。

现在，那份不舍顷刻间再度将我侵袭。许一，我总觉得，这次才是我们真正的诀别。下次听到你的消息，或许就是你新婚的喜讯。下次和你说话，大概，我也只能问你一句，最近好吗？别来无恙？

但明知结局是什么样的，我还是想和你多说几句话。

我还想，再看一看你。

大概，是我刚好赌到了你的不忍心。

我们沿着柏油马路往前走，步伐很慢很慢。我双手紧张地攥着包，看着街灯把我们两个的影子拉得好长。

我想，这大概是这辈子最后一次，我可以走在你身边，拥有和你并肩的机会了吧?

你忽然说, 觉得好像回到了高中的时候。

"是啊, 高中有一次, 我还偷偷地跟踪你回家呢。"我想起那一幕, 笑着和你回忆。

昏暗的街灯下, 我们似乎只说了零零碎碎的几句话。

我感觉自己在你身边, 脚步越来越慢, 越来越慢。

可你的新家, 还是很快就到了。

你顿住脚步, 指了指右手边一幢楼。

我听到自己心口轰隆一声, 好像列车进站后被迫减速停下, 而我也被迫就要离开你了。

路上偶有出租车经过, 我意识中几次努力, 却始终没真的伸手去拦。

你当然也没有。

我们就那么静默地站在街灯下, 偶尔我看一看你, 偶尔感觉你在回望着我。

"其实有很多话想说, 但是因为各种各样的原因, 又没有办法说。"你叹了口气。

我偏着头看你一眼, 语速飞快:"你不知道吧? 刚才走过来的路上, 我其实跟你说了好多好多的话, 不过你都听不到。"

你沉默了一下, 接话道:"……我也不知道是我没有听到, 还是你没有说清。"

许一, 如果我没有理解错误, 那么你是在告诉我说, 你在给我机会? 可我错过了这个机会。

像以往十年之中, 我无数次错过你伸出的手那样。

我无数次, 读不懂你看我的眼光。

我无数次, 告诉自己你不会喜欢我, 所以我也不要喜欢你。

只有不喜欢你, 才不会那么害怕失去你, 才不会在你面前失了分寸, 乱了表情。

而这次，却是因为，我知道我没有立场。

无论我的理由是什么，无论我给自己多么漂亮的借口，我都不能为了争取你，而让你去伤害另一个很棒的女生。

许一，我一直都知道，你不是那样的人。

你那次问，我对林航的感情究竟是什么。我还在吞吞吐吐，找不到合适的措辞，你却替我率先总结出答案："责任？"

这两个字从你嘴里不假思索脱口而出的那刻，我就知道在你心里，它占据着多大的分量。

我没有挽留你的立场，所以这刻我选择了沉默，没有回答。

但我想起十一月底那次见面。临别时我最大的遗憾，便是没来得及抱抱你。所以我看着几趟空车从身边过，再三给自己做了心理建设，才终于鼓足勇气，偏过头，迎上你的目光。

我问你："我能抱你一下吗？"

你望着我，犹豫了一秒。

尔后，你点了点头："嗯。"

我就那么拎着包整个人扑到你的怀里，双手紧紧地环住你的肩膀。许一，你不知道你的怀抱有多温暖，你不知道你也用力地抱住我的那刻，你在我耳边重重地叹气，我有多难过。

我好遗憾啊。

抱住你，我不想松开。

无论理智如何将我拉扯，我都荒唐地寄望于时间的钟摆能够就此停下。

可你却叹了二十多口气啊，你知道吗？

每声沉闷无奈的"唉"，却都伴随着你紧紧抱我一下的动作。你揉揉我的头发，把我按在怀里。我忍不住啜泣着说："我都知道，但是我真的很舍不得你啊。

"我觉得人生好短啊，我们都只有一辈子，我真的舍不得你。

"我觉得人生好长啊，以后我都见不到你了，我真的舍不得你。

"你不要叹气了，我只是想再看看你。今天其实偶遇你的那刻，我就想，就算你转身就走，我也不会怪你，不会生你的气。我原本也只是想远远地看看你，所以今天……我觉得自己已经好幸运了。

"我今天的运气好好哦。

"你知道吗？除夕那天，你在微信上群发给我闺密的新年祝福，她转发给我了。她对我说，那是你说给我听的。"

我整个人已经语无伦次。

而你听到这儿，更用力地搂住了我。你始终在叹息，一声声，像鼓点，却无一例外震碎在我眉眼之间。

大概过了十几二十分钟吧。

你的手机响了。

听筒里，你爸爸问你什么时候到家。你轻声回答："已经在楼下了，等下就上来。"

这时候，我才缓慢地让胳膊从你的肩上滑落下来。

我再也不敢回头看你，而是伸手拦了一辆车。

上车时，我回头跟你摆摆手说："我先走啦。"

你说："好的，路上小心。"

回程的路上，车窗外是寂寥的长夜，耳机里则是一首循环播放的歌——

"从前直到现在，爱还在。远去的你漂泊，白云外。痛爱，让人悲哀。在世上，命运不能更改。放开，不能再相爱，难道这是上天的安排？情人离去，永远不回来。"

这首歌的名字叫作《一生所爱》。

我一整晚都没睡。

前后给你发了两条短信，都石沉大海，没得到你的任何回应。第二天，我早早便从被子里爬起来，梳洗之后，认真卷了头发，化好妆。我一点点做着这些的时候，也计算着时间。

我想去找你，但又不知道你是否有空。

我不敢先给你打电话，因为害怕你说你没时间，所以我收拾好就直接出了门。下了公交，又走了一段我们前一天晚上并肩走过的路，才抵达你的楼下。

我尝试着拨了你的号码。

是忙音。

不，不是普通的忙音，而是我只试过一次这功能就印象深刻的，被屏蔽的号码才独有的忙音。

我握着手机，忽然就慌了。

原来你不是没有回复我，是你根本就收不到我发给你的短信。

放眼望去，新年期间，你住的楼栋附近根本没几家开门的店铺。唯一一家超市，老板娘还说公用电话已经坏了，不能用。

我无奈之下，只好让闺密帮忙，发了一条短信给你，告诉你，我在你家楼下，希望你能联系我一下。

你很快用另一个号打了过来，大概是你在老家用的号码吧。我接听，你竟然像怕我认不出你的声音一样自我介绍说："林小果吗？我是许一。"

你真笨。

我怎么可能听不出你的声音？

那是在每一次我最最无助的时刻，安慰过我的唯一的声音啊。

我说："我知道是你。"

"你朋友跟我说，你在我家楼下。"

"嗯。你今天有时间吗？"我屏住呼吸。

"今天家里的客人有点多，"你话锋一转，"不是明天就能见吗？"

"但是……我今天就想见见你。"我坚持道。

我后来想，可能是我的坚持吓到了你，让你误以为我会纠缠不休？但其实不是的，许一，我只是想珍惜还能见到你的这一点点时间。

你是不是误会我了呢？

我不知道。

只是你拗不过我。我坚持等你忙完，希望你忙完再打给我，多晚都没有关系。你一直说客人可能会很晚才走，担心我等那么久，会很无聊。

"我不会无聊啊，我本来也没有什么地方可去。"

好在最后，你还是答应了。

挂断电话没有半分钟，你又打了过来，说你正好要下楼买点东西，可以见一面。我有点开心，又有点担心你是来劝我走的。

所以见面的时候，我先发制人："你该不会是想着现在见了我一面，就让我不要等了吧？"

你的脸上有一丝尴尬，我也不知道你究竟是不是被我洞悉了想法。但你反复地强调："我只是觉得他们真的会玩到很晚。"

我们去旁边的超市，你跟老板娘拿了两副扑克。我跟着你进去，老板娘大概还记得我刚才匆忙过来借电话，所以看看你，又看看我，意味深长地笑了笑。

我看到那个笑容，竟然感觉有些偷来的甜蜜。

从超市出来，我再次跟你表明立场："我会等你的，你不要骗我哦！"

你正准备过马路，转头对我扬起嘴角："好。"

许一，我到现在还记得，你过了马路，进楼道前回头望向我时熟悉的神情。

像那次在高铁站，你进站时几步一回头地望着我，眼光里全是和我一样浓浓的不舍。我都看到了。

清清楚楚的。

一秒一个刻度，永远地，刻在记忆里面。

再也不会忘了。

那天下午，我一个人去了冰点屋，坐了将近四个小时。后来下雨了，我怕我来不及去你家楼下，所以雨势稍小，我就冲了出去。出门那刻，身后的老板娘叫住了我，问我和我同桌的几个人是不是没付账。

我有些惊讶："他们和我不是一起的。"

"哦，那是我搞错了，我以为他们和你是一起的。"老板娘顿时一脸歉意，"你的已经付过钱了，我记得。你一个人坐在那，坐了一下午嘛。"

我忽然眼睛一涩，冲她礼貌地点点头，转身走进淅淅沥沥的小雨里。

雨忽然就变大了。

许一，然后，我就被困在了中途。

我固执地不肯打车，就在桥下药房的屋檐底下躲着。那时候我想，你是不是不知道下雨了呢？不可能，雨这么大，你一定知道。

但你却没有拨给我哪怕是一通电话。

我想起2014年的夏天，我们失联以前的最后一次见面，那天只是下很小的雨，可你仍然打车穿过半座城市跑来接我。

你担心我被雨淋湿。

可是现在，你不会了。

不知道为什么，那刻我忽然有个很悲伤的念头。

我似乎已经可以感觉到。

我在等的那个人，已经不是我要等的那个人了。

等你发现时间是贼了，它早已偷光你的选择。

半小时后，雨终于又小了点儿，我一路小跑，总算停在了昨晚和你分别的地方。那时是傍晚六点多，天色却已经全黑了，路上很少有往来的行人。我远远地站在你家对面的树荫下，正好能一眼看到你曾几步一回头，张望着我的那个路口。

我等到了八点，终于忍不住拨通了你的电话。

我怕你不来了。

你问我在哪里，我有点不好意思地说我就等在楼下，我吞吞吐吐，不知道说什么。直到你问："啊？你一直在楼下等啊？"

我生怕造成你的负担，赶紧说："没有没有。"

"刚刚不是下雨吗？"你又问。

"是啊，只下了一会儿，现在没下了。"我不想让你觉得我很可怜。

可你说他们还没走。

"没关系，我只是怕你不来了。我等你啊，你忙完再打给我就好了。"我着急地说。

那一刻，我都特别害怕你不想来了。

好在过了半小时，你出现了。

确切地说，我等了你八个小时。好在，我等到你了。

从那个路口，似乎是从夜的另一头，你缓缓走来。你过来对我说的第一句话是："外面这么冷，我看他们一时半会是不会结束的，但你又在下面等，就偷偷下来。要不我送你坐车，先回去吧？反正明天还可以见面的，不是吗？"

我站在原地没有挪动地方，搓着手。冬天的晚上是真的很冷，我当时感觉自己的腿已经冻僵了。

可我不想走。

于是我只好说："没有啊，我不觉得很冷啊。"

你似乎对我有点无可奈何，但却清楚地说："我昨天也没睡好，所以我一直在想，我们做的事情是不是对呢？"

"所以你觉得我们做得不对了？"

我知道你的意思，许一，我怎么会不懂呢？我知道自己有错，我全部都错了。你没有错，错的是我，我错在从始至终放不下你，三番五次期待和你偶遇；我错在舍不得你，我错在不理智，我错在纠缠。错都是我的，所以你可以不要再自责吗？

你只是不想给了我希望，又让我失望，所以你想狠下心来，让我走。

261

可你不知道，我只是想看看你，我没有想过要逼你啊。

沉默了一会儿，你才说："那么我换个方式问你好了。你觉得我要怎么做，你才能觉得好过一点？"

"我只是想珍惜和你在一起的仅剩的这一点点时间。"我认真地低着头，一字一句地说。

你似乎是拿我没办法，叹了口气，问我说："要不我们去旁边的KFC坐坐？那里应该暖和一点。"

我"嗯"了一声，抬起脚刚想走，却发现腿被冻麻了，半天都使不上力。你注意到我不对劲，问我是不是脚麻了。我不好意思地点点头，只好说："你慢一点走吧，等等我。"

后来我们坐到暖气开得很足的KFC里时，你跟我说，你觉得很难过。你说，尽管这刻你陪着我，我似乎是能开心一些。

"可是……这些开心是有期限的啊。"你说这句话时，脸上的歉疚夹着遗憾，我又怎会看不到，"我不能想象我不在你身边的时候，你一个人……是怎么过的，就像今天下午，我也不知道你……"

你的声音似乎哽咽了一下："是怎么过的。"

我忽然想起，你曾经告诉我，上学的时候我们同桌，有次看到我哭，你发现你会心疼我。

许一，你总能轻易洞悉我的软弱，听到你说这句话时，我才肯定地知道，你没有变。

你还是会因为觉得我受了委屈，而心疼我。

你还是会担心我，会不舍得见到我难过。

只不过，到底是因为我晚了几步。

所以，纵使相识十年，有些事真的来不及，回不去。

你帮我排队买了杯热饮。

我们面对面坐着，那时我捧着纸杯，觉得稍微暖和了一些。

似乎已经感知到，这会是我们最后一次见面。我看着你，我只想再多看看你，好把你不发一语、凝望我的样子，永远镌刻在脑海里。

你问我，还记得我给你写的那个短篇吗？

我知道，是林小果和许一的故事。

你神秘一笑，说你还留着那个故事的手稿。我一怔，这才恍惚记起，那时我写的故事，手稿都是自己最看重的东西。所以我当时一定对你说过很多次，威胁你不可以拿给别人看吧？

所以你跟我要第二部长篇的电子稿时，见我轻松地就从手机邮箱里翻出来递给你，让你转发到你的 E-mail，你饶有兴味地看着我笑："就不怕我泄露出去？"

我忽然意识到，许一，你早已经是我最信任的人。

我写的故事，如果你愿意看，我开心还来不及。

我觉得就算全世界的人都会骗我，但你一定一定不会。

你一定是那个支持我、相信我、鼓励我的人。

就像你曾对我说的，即便有那么一天，所有的人都不再看我写的故事，不再买我的小说，你也一定会是最后一个留下的读者。

你说过的话，我永远信。

快到 KFC 门口的时候，你跟我说："把一个人放在心里，其实也是很美好的一件事情吧。"

我故意呛声："放在心里有什么好呢？最后陪你度过半生的还不是另一个人？我还不是再也见不到你？"

你被我噎了下，却说："其实我曾经想过，如果有一天我突然从这个世界上消失了，谁会真的为我难过？"

许一，我好后悔我没有大声跟你说："我啊。"

我会很想你的，不管你在哪里。你知道我会很想你的，对吗？

以后路过我们曾一起驻足过的街，我送别过你的车站，听到我们都喜欢的歌手的歌……我都会想念你。

那么你呢？

你会不会也偶尔想起我？

"我刚开玩笑的啦，其实还是放在心里比较好。"我撞了一下你的胳膊，笑着补充道，"还是……不要忘了我吧。"

许一，别忘了我。

我想起那天我还跟你说了一句藏在心里好久的话。

"你在我心里一直都很好。"

我是这么说的。

可我不知道你是不是还记得，我以前也跟你说过"有你真好"啊。

就是那句，程又青一本正经地跟李大仁说过的——有你，真好。

当初我在消息输入框打下这几个字的时候，我多希望你会没个正经地回我一句："你是不是喜欢我啊？"

可是你没有。

"许一，"我望着你，"你知道吗？其实你对我来说，是那个和我一起做过许多我不曾和别人一起做过的事情的人。"

"比如呢？"

"放烟花啊。"我说。

是我看错了吗？你的眼眸竟然有一丝黯然。

良久，你说："其实放烟花那次，我也想过要对你说的。"

我听你说到这，忍不住望着你笑了，我分明是希望气氛可以松弛一点的。我希望往后人生中，你回忆起我，会记得我笑的样子。

我笑着用手轻轻挡住额头，也挡住眼睛。

可是许一，我好难过。

你又继续说："那次在高铁站，你还记得吗？"你生怕我不记得似的，很努力地想要细述场景，勾起我的回忆。可你不知道，那些画面早在

264

我脑海里播过无数无数遍。"你去高铁站接我，好像真的是好久之前了啊……"你说着，又感慨起时光流逝。

我心头一软。

是啊，真的是好久之前了呢。

是我错过的时光呢。我狠狠地掐着自己的手指，觉得眼眶胀痛。你继续说："你带我去喜盈门吃饭，饭后我们又一起去吃甜品。那次，我本来也想要对你说的。"

我极力忍住自己的鼻音："……这两次，还有好几次，几乎每次我见到你，我都会对自己说，你如果喜欢我的话，你一定会告诉我的啊。你从来没跟我说过，那就一定是你不喜欢我，一定是我想多了。"

许一，你看，我们之间，连彼此心动的时刻都出奇地一致。

可我们就是情深缘浅，就是有缘无分。

我还能怎样和命运抗争？

这时，你却对我说了一个你藏了快十年的，我从不知晓的秘密。

"你写给我的那个故事里有个场景，我不知道你还记不记得。"你说，"有一次我们结束假期回学校，我问你'你是不是很舍不得我啊'，然后你在故事里写道，我问你这句话的口气很像另一个人。所以，我一直以为我只是那个人的替身。"

许一，我这才恍然大悟，原来这竟会是你的那个原因。

是我为了情节需要，为了故事能够逻辑自洽，给林小果喜欢上许一找来的理由。但那更是我内心矛盾、不好意思承认对你的感情，所找来的一个让自己可以理直气壮地喜欢你的理由啊！

就像昨天我抱着你，我深深地埋首在你的肩膀，我前言不搭后语地对你说："我写的故事，和我曾经对你说过的话，好多都是口不对心的啊。我怕失去自己的那一点点骄傲，我更怕你不喜欢我。"

我不想让自己看上去像个笨蛋，我总想让自己看起来再骄傲些。

不然你让那时候的林小果，怎么面对自己遇到你以后竟然那么喜欢你，喜欢到好像鬼迷了心窍，喜欢到竟然可以生出勇气，要将心里的另一个人驱赶出界？

我望着你，好想跨越时光，跟你诉说原委。

可那又怎么样呢？

我一直以为我们之间的分岔，是你十年前对我说过的"办不到"。可当我问你是否还记得这三个字的时候，你竟然恍恍惚惚地摇头又点头，你说："好像是有一点点印象，可是真的记不清了。"

因为你不记得曾经斩钉截铁地拒绝过我的心意，所以你说："这些年每次和你见面，我都想问你的。但我总觉得，你应该不会喜欢我，何况那时候，你和林航在一起。"

原来你是因为我根本毫无印象的，自己曾经写过的一句话。我却还一直以为，愚人节那次过后，我们疏远，是因为我放弃了你。

可事实却截然相反。

是你在相距不远的时间节点，放弃了我。

那时我也以为，我和林航在一起，所以你一定不会喜欢我的啊。你怎么会喜欢一个有男朋友的女生呢？可直到你和现在的女朋友在一起后，你竟然告诉我说，你们相识最初，她有一个异地的男友。

我才清晰地感觉，心口有迟缓的钝痛。

也是这时候，我才后知后觉地意识到，林小果是有过机会的。

她曾一次又一次从你眼里看到的光芒，你望着她微笑的样子，都不是假的。

几天后，我看到一位作者说起他写过的爱情故事。他说，现女友追问他，什么时候把她写进小说里。他望着她，坦白地说："我只写结束了的爱情。我最希望的是，我的爱情小说里，永远没有你出现。"

我想起那天我妄图对你解释，为什么这本书的第一部，所有人和女主角都有一个句号，却唯独沈明朗没有。

是因为我不忍心，你知道吗？

我不想和你就这么结束，我不想和你之间，只可以是个句号。

一直到我的第一本书完稿，我还习惯于把你小心地藏起来。我从没和林航提过你，没和顾潮生再说起你，你不在我的生活圈，亦不在我的话题里。

即便和知道你的人提起你，我也是一脸云淡风轻。

你是我的秘密，我小心地，很好地，把你藏了好多好多年。

我骗过了所有人，甚至于，我也成功地骗过了自己。

所以，当我企图让你明白，我只是下意识不希望你再出现在我的故事里，但我却总觉得，那天的我，从始至终，词不达意。

也不知道，你听懂了没有。

但此刻我回头去看，似乎我和你的故事，也终究不能免俗。

我们从 KFC 出来，我跟在你身边。我问你："是不是我让你感到很为难啊？"

你有没有觉得我在明知故问？

"那次在长沙分开以后，你过得还好吗？"你问我。

许一，我要怎么回答你呢？告诉你我过得不好，然后让你于心不忍吗？我又怎么忍心再让你自责。我只得坦然地说："还蛮好的吧。至少知道有一个人在那里，会觉得很安心。就像你说的那样。"

我重复道："知道有一个人……在那里……的那种感觉。"

你点点头。

你说："你的回答更让我确信，我当时没有做错。"

可你现在也没有做错啊。

错的那个人是我。

我又问你："你是不是觉得，我明天还是不要来了？"

许一，你一定不知道，问出这句话时，我鼓足了多大的勇气。

你还在费力地解释："也不是，就是觉得那些同学你也未必认识……"

我终究有些不甘心，所以故意回击你道："但你以前也没觉得我和他们不熟啊。"

以前你总带我去参加你的各种朋友聚会，你难道以为我失忆了吗？

"……以前是在外面，这次毕竟是在家里嘛。"这么蹩脚的回答，你讲完，一定连自己都觉得毫无说服力吧？所以你也笑了，"……我也不是不想让你来。"

你的自相矛盾我听懂了。

你的不忍心，我也听懂了。

我懂了你的意思，所以站在那个我等你的路口，你和我之间不足半米的距离。我望着你的眼睛，一分一秒都不舍将目光转移。

"所以，明天我就不来了吧。"我一字一顿。

你看着我，倒退了几步。

夜色朦胧，那将是我今后漫长的一生中，再见不到的，你深情的眼光。

接着，你转过身。

迎着漆黑的一望无际的夜，一直背对着我往前，直到消失在那条路的拐角，你再没有回头。

再也没有像前两次我们告别时那样，回头看我。

许一，我知道我和你，一路就走到这。

我对着文档敲击这行字，又想起你漆黑的眼眸。我终于捂住脸，失声恸哭。

次日清早，我拖着整夜高烧后咳得一塌糊涂的身子，坚持收拾行李，上了回程的车。

车里，我疲惫地靠在椅背上，脑海中一直回播初四那天傍晚，你一脸期待地对我说："那就这么说定啦，初六一定要来哦！"

我宁愿相信，你也想多见我一面。

但我好早前就听过一句话: 在狠下心前, 先要对自己残忍。

我知道你不忍心, 那么, 就让我勇敢一次。

勇敢地向命运拒绝可以再见你一面的机会。

勇敢地, 祝你幸福。

到达住所的时候, 我发了一封好长好长的E-mail给你。

写信的时候, 我脑海中浮现的是你明亮的眼睛, 想到的是你在操场上打球时, 我躲在走廊上偷看你的画面。

是上课扭头迎上你目光时, 你微笑的样子。

是我们一起被老师罚站。

是你跑到我租住的房子, 吃我给你煮的水饺, 吃饱喝足以后, 竟然趴在阳台上睡着了, 阳光洒了你一身。

是我们一块玩杀人游戏, 我睁开眼睛, 就看到你笑着看我时, 我心跳的音量。

还有好多好多。

好多你不记得的, 我还帮林小果的许一记着。

林小果一直都很喜欢许一, 我好想隔着时光, 对她说一声对不起。

是我太笨了, 所以让你以后都不能和你最喜欢的人在一起了。

许一, 你给了我一个句号。

只不过, 我一直以为有了句号以后, 我会松一口气。却没想到, 我想起你还是会好难过, 好难过。

我会好吗?

这不重要。

你带我看过最美最美的世界。

谢谢你, 出现在我的青春里。

那是我第一次给你写信, 也是最后一次写信给你。信件发出的时间, 是2016年2月13日下午16点41分。

一个小时后——17点48分——我收到了你的回信。

你给了我六个字。

你说——

"林小果，再见了。"

新版番外

可人总要丢掉些纪念

2016 年 11 月，我一个人去看了我们都喜欢的周杰伦的演唱会。

杰伦穿了粉色外套，让我想起第一次留意到你时，你也穿着粉色衬衫。我喜欢的人果然是这个世界上穿粉色最好看的男人。

《开不了口》的前奏响起的时候，我就预感这次听不到《安静》了。

但我仍然想起 2006 年的夏天，你央求我带上我平时都不愿意借给别人听的那张《范特西》专辑，翻出歌词页，凑在我身边，让我教你唱《安静》和《开不了口》。我唱一句，你跟着我学一句。后来周五的班会，击鼓传花轮到你受罚，你像模像样地站上讲台，用我教你的歌表演了节目。

"你对我有多重要，我后悔没让你知道。"

你唱得真好听。我趴在课桌上在心里悄悄地夸你。

我跟着大家挥舞着荧光棒合唱《晴天》，却在唱到"但故事的最后你好像还是说了拜拜"的时候眼泪猝不及防地掉了下来。许一，你还记得吗？你发给我的最后一封邮件，你说：林小果，再见了。

后来我一直都不愿给你回信。

我不想给你回信。

我总觉得，如果我还没有回复过，就当我没有看到吧，就当我还没有答应你的挥手作别吧。

可我终究还是在 2016 年 8 月的读者见面会结束后，深夜 23 点 59 分，矫情地掏出手机，填写上我早已经倒背如流的你的 E-mail 地址，给你发了两个字：再见。

这句话不是说给你听的，许一，是我说给我自己听的。

我假装过去不重要，却发现自己办不到。而说了再见，我才发现再也见不到。

　　杰伦弹着钢琴唱了《稻香》。

　　许一，我想起那年杰伦这张专辑刚出，你在 QQ 上找我说话，那时我们已经好久没联系了，你说这首歌很有感觉，很好听。

　　他扭头唱"追不到的梦想换个梦不就得了""笑一个吧，功成名就不是目的"的时候，我想起那一年你对我微笑的眼睛。在我觉得很失败，不知所措，不知道该不该继续坚持的时候，是你一次又一次的鼓励和安慰，让我拥有继续走下去的力量。

　　歌迷点歌的部分，我还意外听到了《借口》。

　　我想起也是 2006 年的夏天，我利用课余时间在本子上写小说，新的一篇故事里，我用上了这首歌的一段歌词。写完以后我藏拙地不想给你看，可你一直说你不会给别人看的，你眼里全是真诚，我相信了你，让你成了这个故事的第一个读者。

　　大概就像那句话说的：并不是你和这个人有很多很多的机会，而是你给了这个人很多很多次的机会。我给了你看我故事的机会，也给了你夸我的故事写得好看的机会。你成了第一个认真地一字一句看我写的故事的男生，也注定成为我心里那个特别的人。

　　安可曲目是《七里香》。

　　全场万人大合唱，我在一片粉色荧光棒的海洋里，回想起十年前的夏天。

　　那个夏天的广播站，每隔几天总要播放一次《七里香》。你照例来跟我借这张专辑回去听，那时我们还是同桌，你坐在我的左手边，上课时我们把课本叠得高高的，两颗头藏在课本的背面，小声地讲话。

　　后来我们的座位换了，隔着一整间教室的距离，一个在最左边，一个在最右边。

可午休时的《七里香》却没有变，我听到熟悉的音乐扭过头，就能看到你也刚刚好站在一片浓郁的阳光里，微笑着温柔地偷偷看我。我下意识别开目光，听到自己怦怦怦的心跳。

但人生永远都在毫无预警地一直向前啊。

没有人能停留在最美好的那一天。

你不会永远都在我的左手边。

说起来，冰点屋那次见面，你也是坐在我的左手边。我和你朋友都是聊几句就下意识看一眼手机，你却从头到尾掏出手机的次数不超过三次？你笑着解释说："我觉得如果对方有事找我，应该会直接打电话吧。"

那一刻，我恍惚想到那些年我每次发给你，你都秒回的一条又一条信息和语音。

许一，我不会再打电话给你了。

我不会再找你。

但我彷徨无助，无人能劝慰的时刻，我想我仍会记得 2014 年 10 月的你。

我不知道你还在不在那里，可我宁愿相信你在，在平行时空里。

你离开以后，是那句话始终陪着我。真庆幸当初的我下意识地截图保存了，让后来的我想起你时，都有其可供怀念。

"人生是一场马拉松，而不是一次短跑。"

而无论这些时光中，我曾经多少次试图摘掉对你的滤镜，无论你已经离开了多久多远。在我最无助、慌张的深夜，我不知道怎么办的时候，我想找个人说说话的时候，我仍然最先想到你，只想到你，想到你的温柔、你的坚定、你的鼓励、你的陪伴。

在我怀疑世界时，你给过我答案。

我想也许终其一生，我们都不会再遇到。

但你会好好的，也会偶然间想起我吗？

这也是你问过我的那个问题，你说你有时候会想，如果有一天自己从这个世界上消失，有谁会真正为你伤心难过。

我会好好生活，会成为那个遥遥挂念你的人。

或许有一天，我会与你隔着遥遥山海，隔着汹涌人潮，隔着漫漫时光，但即便是在不同的城市，我们亦能有幸看过同一场周杰伦世界巡回演唱会。

在我去看演唱会的前一天下午，我唯一曾有你微信的好友对我说，其实那一次，她并没有听我的话把你删掉。然后她给我看你的朋友圈更新，我却发现，距离与你相见的最后一面，直到今天，你只更新了一条状态。

我记得当时你说，你辞职了，为了你的梦想与坚持，你打算自己创业。我偏着头问你，有把握吗？你说你也不知道。但那一刻我却从你的目光中看到了熟悉的坚定。我清楚地知道，你一定不会轻易放弃的，对吗？

这些消失在社交软件里的时光，你一定很努力吧。

2016 年底，我在百度上搜到了你的一点踪迹。

我知道你开发了一款新手游，正努力经营。也看到她每天帮你管理贴吧，管理游戏玩家群。我用小号加上了那个群。

你在我的世界已经消失太久了，我没有你的消息。虽然有你的 QQ，倒背如流你的手机号码，我却从来都没有打扰过你。

可这一次，我只想偷偷看一看你。

我想知道，你还好吗？

你会不会在群里发言？

我一直潜水到除夕夜，跨年的那一刻，周围鞭炮声阵阵，你作为游戏创始人，也作为群主，出来给大家发红包。我那天就有预感你会出现，登录 QQ 小号的那一瞬间，真的看到你几分钟前发红包的历史记录，我点开，领了一个，就在那一秒，你发了一个表情。

而我迅速地，追加了一个表情。

许一，我很难描述那种感觉。那种你从我世界的盲区走出来的感觉。

我握着手机，想象着这一刻，你和我明明身处同一座城市中，而我本可以拨通你的电话，约你出来见一面，坐下来聊聊天。但此刻，我却躲在暗处，在这个近千人的群里，有幸和你同框，发出一个表情。

你看不到我，你不知道眼前这个风轻云淡的人是我。你认不出我，我们之间空有这疏离的对白。窗外是不断绽放的烟火，像极了那一年，你带我看过的漫天霞光。

可我怎么忽然那么想哭呢？

我退出了那个群。

我从微信里找出了我和你之间唯一的最后的关联——你的那个朋友的微信。我曾经对他说，如果得知了你的婚期，一定要私下告诉我。

然而此刻，我删除了他的微信。

2018 年 4 月底，刘若英拍的《后来的我们》上映，我第一时间在深夜，独自去了影院。

最戳我泪点的一幕，是经年过后，林见清与方小晓重逢，他一连问了她好多个"如果"——

他："如果当时你没有跟我分手……"

她："那我们之后也会分手。"

他："如果当时足够有钱，我们住进一个有大沙发的房子……"

她："你可能已经找了不下十个小三了。"

他："如果当时我们就是不管不顾，我们就是结婚了呢？"

她："……我们离婚好多年了。"

他："如果你可以陪我坚持到最后呢？"

她："那也许你就不会成功。"

他："如果我们没有离家去北京……"

……

方小晓终于眼含热泪："如果……没有如果。"

恍惚之间，我模模糊糊地竟想起了两年前。我办完一场读者见面会，接到徐南的电话。电话里，他也问了我很多问题。

"我一直想知道，如果当初我再争取一下……"

"你能不能告诉我，到底为什么不能再给我一次机会？"

"我后来很多次问自己，你到底有没有喜欢过我。"

"我甚至想，如果用现在的话来说就是'霸道总裁'一点，你是不是就会就范了？"

"如果当初我没有在你面前炫耀别的女生喜欢我，你会不会就……"

……

好像还有一些别的，他断断续续地想到一个问题就抛给我一个疑惑，而我，每一次，我都要在听筒这边沉默良久。我不知道怎么回答他，这么多年过去了，而我和他之间，我根本没有爱过。

因为没有爱过，所以他耿耿于怀多年的这些"如果"就全都不成立。

我和他穿插着闲聊，说起你。我没想到，我会情不自禁脱口而出："我也很想知道，如果那天我没有放弃争取，如果在他问我那个问题时，我能够再果断一点、坚定一点，是不是我们的结局就会不同。你们男生在这样的情况下，会怎么想？"

他顿了顿，好半天才迟疑地说："他怎么想我不知道，但我突然明白了，刚才我问你的那些问题，其实都只是想让你给我一个答案。我想让你告诉我，当初我是有机会的，你是喜欢过我的。"

"但你始终没有，"他很轻很轻地吁了口气，"你只想知道他给你的答案。"

我和他的爱而不得里，似乎都包含着这些"如果"。每一次想起，都忍不住追问自己这些"如果"。

见清问小晓的这些如果，小晓其实一一给出了答案。这些答案看似不同，其实，分明又都一样：我们终究会分开。

我们没有在一起。

我花了很长时间，来适应和接受我和你最后的结局。

2015年11月29日，我在那天，从你的朋友口中得知，你是喜欢我的。

深夜，我发了一条朋友圈："大概因为生命里总要有一些让人一想起来就恨不得时光能够倒退的事情。"

2015年11月30日，我辗转见到你，但我们之间的结局却并没有因此改变。

那天，我同样在很晚时更新："在错的时间里，你一出场就输了。"

望着朋友圈里我曾发布过的这些文字，仿佛能清晰地回想起那一天，我坐夜车回家，车窗外的景致飞快后退，世界在我眼中是模糊而潮湿的一片。

2014年，我在微博上看到有个博主说：你觉得你朋友多吗？下雨天在通讯录里找不到一个可以送伞的人。

我转发了那条微博，颇有些沾沾自喜地说，虽然没有这个给我送伞的人，但总算有过一个愿意打车来接我的人呀。

直到三年后，我最后一次见你，在街灯昏黄的雨天，我在你家楼下的路口，零下3℃的冷风中，等了你整整七个半小时。

那个晚上，我站在雨里，固执地抬头望向那盏路灯。我悄悄在记事本上写：也许有人会在你最需要他的时候出现在你身边，一次，两次，三次。但你总会明白，一生太长，陪你的不可能永远是同一个人。

我等了你一整个雨夜，看到你换微信头像，看到你纠结，看到你挣扎，我知道你无数次想过要不要出来见我，但是最后，你还是选择了放弃我。

大荧幕上，小晓追出来对见清说："之前分开的都匆匆忙忙的，这次，我们好好说再见。"

我捂着嘴，眼泪从指缝中大颗大颗溢出来。

我似乎看到，我喝光了你为我买的最后一杯热饮，与你并肩最后一次走过那段清冷的长街。

夜色之中，你眼神模糊而坚定地对我说，再见。

2019 年夏天，我们分别三年后，好友替我拨通了你的电话。

那是我第一次，也是唯一的一次，打扰到你。

她代替我问出口的那个问题，也是我一直想要问你的：那你们以后还会有联络吗？

高铁站分别那天，我目送你进站，曾问你：那我们以后还会有联络吗？

你当时说：不会了吧，除非有一天，你也找到了属于自己的幸福。

我后来看过一段话：

"他教会你一些技能就走了。你想过，他留在你身边一辈子，可能你一辈子都不会长大吧。

"不会长大的人是要吃更多更多生活的苦，你说他好狠心。

"后来，你终究要跟这个世界赤手空拳地搏斗。你的一招一式，好熟悉，是的，你曾经见他使过。

"如果有一天，侥幸再碰面，要感谢与世界过招这些年，曾有人愿意当你的陪练。"

你陪了我那么久，在我还没有长大的那些年。我甚至没有来得及对你说一声谢谢。

曾经我一度以为，你说过的话，就一定会做数。

可她甚至还来不及提醒你三年前你说过的话，就已经收到你简短的回复：不用了。

好友着急地催促我："还有什么问题想要问吗？可能这会是最后一

次机会了。如果还有什么想说的，快，我帮你发。"

我想了想，有的，我还有三个问题想问你。

"他结婚了吗？他以后是不是会一直待在广州？我后来写的书，他还买过吗？"

三年前的高铁站，你曾对我说：一定要坚持写书啊，我不管别人怎么想，但我知道，就算全世界只剩下最后一个人还在买你的书，那个人会是我。

这句话，我曾经一度，将它当作我们之间一个永远不会作罢的约定。

但后来，我们分明也都有了自己的生活。我很好，我知道你一定也很好。

我们谁都不想再要这个约定了。

可我还是想要跟你确认一下。

也许我就是那种一定要你狠狠给我一刀的人。

这一刀如果不是你亲手给我的，我不会相信从来没有成为过恋人的我们，也会有老死不相往来的必要。这一刀如果不够狠，我可能还以为有一天，我们能像老朋友那样，坐下来聊聊天。

我以为我还可以和你做朋友的。

但你说：

"结了。""这个不确定。""没有。"

谢谢你，亲口结束了我和你之间曾有过的所有约定。

虽然看起来，我走出来得好像比你要慢一点。虽然看起来，我不合时宜的追问让我的姿态不那么好看。

我想起我最后一次见你，那个大雪过后的冬夜；想起我站在路边，朝着手心呵气；想起那时你的犹豫，你对我说过的话。

我其实还不够懂你。

我不确定是因为你对我不忍，还是我和她之间的选择让你犹豫。但现在，我却忽然明白了。

以前，你让我看到的总是你对我温柔的样子。只有这一次，我看到了你守护另一个人的样子。

我错过了一个很好的人，但我也不遗憾了。

我跟她说，再帮我发最后一句给你吧。

"她说，你没有让她失望，你依然是闪闪发光的那个你。祝你以后一切都好。"

你很快回复：谢谢，同样的祝福也送给她。

我想起看过的一个日剧影评：

"而选择离开他，也意味着她开始从自己身上寻找力量。"

"在水族馆中，那条离群而游的沙丁鱼还在，而他和她终于能够互道一声：你已经一个人也可以游得很好了。"

我现在一个人，也可以游得很好了。

新版后记

我最大的遗憾，
是你的遗憾与我有关

其实分班以后，很多次，我路过学校操场，看到你在打球，我都很想要停下来，再看一看你。

课间休息，我会尽可能地多去走廊上站站，有时，也能偶遇到你从教室里出来。

我偶尔望向你，你微笑的眼睛里，似乎永远都闪着让我心动的光。

我望着你，我好希望，自己能够拥有走向你的勇气。

昨晚，我在房间整理这本书稿，忽然想起你曾说过的，十七岁那年，我写给你的故事。

我翻开那个故事，那个你说你还保留着我的手写稿的故事。

我看到了什么呢，许一？

在那个故事里，我写：

"许一，你知道吗，我是很喜欢很喜欢单眼皮男生的。"

林小果这么说的时候，就发现许一很好笑地看着她，然后他问："你是在说我吧？"

他把硬币拿过去，放到掌中央，然后向上抛出，几个轮回。

"许一，你在干什么？"

"呵呵，没什么。"他仍是笑着，眼睛微微眯起。

她重新写字条问他："到底中午，你是在做什么？"

"我只是在算，有个人是不是喜欢我。"

林小果看完这行字，心里忽地收得很紧，有一种说不上来的感觉。

她稍稍偏过头，迎上许一的目光，然后心脏开始跳得飞快，她急促将目光收回。

"那你，会不会喜欢这个人呢？"

"不告诉你。"

然后有一天，许一的位子空了。

空了整整两天。

林小果把硬币挂在钥匙串上，听它偶尔叮当作响，只要有人在教室门口出现，她便以为是他，抬了头，却始终不是。

第三天，许一进教室。林小果的心终于安定。

她关心地问是怎么了，她忘了自己如何措辞，但记得他回："这么舍不得我啊？"

她一下子呆住，她竟记起方南似是说过同样的话。

我找到了你说的那个地方，你以为自己是替身的那个地方。

这个故事里，几乎每一个字，都是十七岁的林小果，在对你说：我喜欢你。林小果很喜欢许一。

那一年的你，却偏偏只记住了最后一句。

我不怪你。

但有一个秘密，即便是我们最后一次见面，我也忘了告诉你。

2005 年的愚人节，前一天晚上，林小果给方南写了一封信，信上，她和他认认真真道了别。

只为了第二天，可以假装是玩笑地问你那句："你会不会喜欢我？"

也是那一年开始，她用你的名字，悄悄做了很多年的 QQ 密码。没有人知道她的密码是什么，而她每一次想起，也都没有改掉。

她对自己说：用习惯了，懒得换啦。

她从来没有当你是什么替身。

她只是害怕，自己没有那个可以光明正大喜欢你的身份。

但这一切，你从来不知道。

那一年你问我："你有没有看《我可能不会爱你》啊？你看了一定会哭。"

我以为是你太懂我，我以为我是李大仁，我以为你在和我共情。

我从来没有想过，在你的世界里，原来我才是程又青。

原来我也可以是程又青，一直被爱，却始终不自知的程又青。

被你了解，被你懂得，被你一直守护着的骄傲的程又青。

听你说过"办不到"，就一直以为你不可能会爱我的程又青。

冰点屋那个晚上，你问我有没有听过林俊杰的《可惜没如果》。

你当时望着我，目光深深。

我后来把那个 MV 看了很多遍。

我好像听懂了，你想说的。你说：全都怪我，不该沉默时沉默，该勇敢时软弱。

可当初的你，和现在的我，假如重来过。

许一，还记得你对我说的吗？

"人生很长的，而我们所做的每一种选择，到最后会发现，结果都不至于太差。"

林栀蓝

2022-5-6

我们恋过多少恋人

都已属于别人

走出了我们的人生